EDGAR RICE BURROUGHS

LES DIEUX DE MARS

Traduction du texte intégral anglais
de Charles-Noël MARTIN

ALBIN MICHEL

Avant-propos

Douze années s'étaient écoulées depuis que j'avais fait déposer la dépouille de mon grand-oncle, le capitaine John Carter, de Virginie, à l'abri des regards, dans l'étrange mausolée du vieux cimetière de Richmond.

Depuis lors, j'avais bien souvent repensé aux bizarres instructions qu'il m'avait données par écrit, concernant la disposition des choses dans ce monument funéraire ; particulièrement à celle demandant qu'il soit placé dans un cercueil *ouvert,* et à celle qui précisait que le gros mécanisme commandant la serrure de la porte massive, qui transformait ce mausolée en une véritable chambre forte, ne devait être manœuvrable *que de l'intérieur !*

Douze années s'étaient écoulées depuis que j'avais lu le remarquable manuscrit écrit par cet homme en tout point exceptionnel ; cet homme qui ne pouvait plus se rappeler son enfance, incapable de donner le chiffre — même approximatif — de son âge véritable ; qui avait conservé une jeunesse apparemment éternelle et fait sauter le grand-père de mon arrière-grand-père sur ses genoux ; cet homme qui avait vécu dix ans sur la planète Mars, y avait guerroyé pour le compte des Hommes Verts de Barsoom *, les combattant, à l'occasion ; qui s'était battu contre les Hommes Rouges, puis pour leur cause ; qui avait gagné l'amour de la très belle princesse d'Hélium, Dejah Thoris, et en avait fait son épouse, entrant ainsi dans la lignée de Tardos Mors, le jeddak d'Hélium.

Oui ! il y avait douze ans que son corps avait été découvert sur le promontoire situé devant son cottage dominant l'Hudson. Il m'était arrivé bien souvent, depuis, de me demander si le capitaine Carter était vraiment mort, ou bien s'il était en train d'écumer les fonds des océans asséchés de Mars, cette planète moribonde ? Avait-il pu regagner Barsoom et apprendre qu'il était parvenu à ouvrir à temps les portes massives et menaçantes de l'immense usine à atmosphère, sauvant ainsi des millions et des millions de gens qui allaient périr affreusement, asphyxiés par la raréfaction de l'air en ce jour si lointain où il s'était trouvé impitoyablement précipité dans l'espace cosmique, pour franchir les soixante-quinze millions de kilomètres le ramenant sur la Terre. Je me demandais aussi s'il avait finalement retrouvé les deux êtres dont il rêvait : sa princesse, à la superbe chevelure, noire comme du jais, et son jeune fils, si svelte, qui, pensait-il, était aux côtés de sa mère dans les jardins royaux de Tardos Mors, à attendre son retour. Peut-être n'avait-il pu que constater qu'il était arrivé trop tard devant l'usine à régénérer l'atmosphère, et n'était-il revenu dans un monde de mort, que pour entrer lui-même en agonie ? Ou peut-être avait-il disparu à tout jamais, rayé des vivants et ne retournerait-il plus jamais ni sur la Terre, sa planète natale, ni sur Mars, sa planète bien-aimée ?

Je me trouvais ainsi plongé dans une vaine réflexion, par une de ces étouffantes soirées du mois d'août, lorsque Ben, mon vieux serviteur, entra et me tendit un télégramme. Je l'ouvris à la hâte, pour y lire ces mots : « VIENS ME VOIR DEMAIN A L'HÔTEL RALEIGH DE RICHMOND. JOHN CARTER. »

Le lendemain donc, très tôt dans la matinée, je pris le premier train pour Richmond. Moins de deux heures après, je faisais mon entrée dans la suite occupée par John Carter.

Il se leva pour m'accueillir, alors que j'entrai, m'adressant un franc sourire de bienvenue qui illumina son mâle visage. Il ne paraissait pas avoir vieilli le moins du monde : se tenant toujours aussi droit, il avait toujours la même allure, celle d'un homme dans la trentaine, le type parfait du combattant aux membres agiles. Ses yeux gris perçants étaient toujours aussi brillants et les seules rides de son visage étaient creusées par sa volonté de fer et la détermination que je lui avais toujours connues, depuis mes premiers souvenirs de lui, il y avait déjà trente-cinq ans de cela !

— Eh bien ! mon neveu ! lança-t-il. As-tu l'impression de voir un fantôme, ou penses-tu avoir abusé des juleps préparés par l'oncle Ben ?

— Je crois que... juleps ! répondis-je, car je me sens tout à fait bien ; mais sans doute est-ce le fait de vous revoir ainsi devant moi qui me trouble tellement. Avez-vous pu retourner sur Mars, dites-moi ? Et Dejah Thoris ? l'avez-vous retrouvée en bonne santé. Vous attendait-elle ?

— Mais oui, je suis retourné sur Barsoom, et... mais ce serait une bien trop longue histoire à te raconter dans le peu de temps qu'il me reste avant de devoir repartir là-bas. C'est que j'ai découvert le secret, cher neveu, et je peux maintenant traverser à volonté le vide inviolé, aller et venir entre les innombrables planètes comme je le souhaite ; mais mon cœur reste à Barsoom et tant qu'il y sera attaché, à veiller sur ma princesse, je doute fort de quitter une nouvelle fois ce monde moribond qui abrite toutes mes raisons de vivre. Je suis revenu, aujourd'hui, parce que mon affection réelle pour toi m'a poussé à te revoir encore une fois avant que tu ne passes pour toujours dans cette autre vie que je ne connaîtrai jamais. Bien que je sois mort par trois fois déjà, et quoique je doive mourir une quatrième fois la nuit prochaine, me voilà bien incapable de la sonder, cette mort, tout autant que toi qui ne l'as jamais connue. Même les vénérables sages, les mystérieux Therns de Barsoom, ces adeptes d'un culte immémorial qui, dans leur forteresse imprenable accrochée à un versant des monts d'Otz, détiennent, dit-on le secret de la vie et de la mort, même eux sont tout aussi ignorants que nous autres, et je l'ai prouvé, encore que pour y parvenir j'aie manqué y laisser ma propre vie ! Tu pourras lire tout cela dans le paquet de notes jetées sur le papier à ton intention depuis ces trois derniers mois où je suis revenu sur la Terre.

Et, ce disant, il tapotait un porte-documents très gonflé qui se trouvait sur la table à côté de laquelle il était assis.

— Je sais que cela t'intéresse et que tu y crois. Je sais, aussi, que le monde entier porte, dès à présent, un vif intérêt à ces considérations, bien que les gens n'y croiront pas avant très longtemps. Oui ! pendant des siècles, parce qu'ils ne peuvent pas comprendre. Les hommes de la Terre n'ont pas suffisamment progressé et ne sont pas parvenus à un degré suffisant de science pour appréhender tout ce que contiennent ces notes.

Donne-leur donc ce qui te paraîtra sage, ce qui ne risque pas de les heurter ; et surtout, ne te sens pas blessé s'ils se gaussent de toi !

En cette nuit du même jour, j'allai avec lui au cimetière. Arrivé devant la porte de son mausolée, il se retourna, me pressant la main.

— Il se pourrait bien que nous ne nous revoyions plus jamais, comme je te l'ai déjà dit, car je doute de me résoudre à quitter ma femme et mon fils tant qu'ils seront vivants et tu sais que la longévité, sur Barsoom, dépasse fréquemment le millénaire. Aussi, je te dis adieu, mon cher neveu !

Il pénétra, sur ces mots, dans le monument funéraire, dont la lourde porte se referma lentement derrière lui. Les verrous se mirent en place avec un claquement sec ; la serrure intérieure cliqueta et, depuis lors, je n'ai plus jamais revu le capitaine Carter, de Virginie.

Voici donc l'histoire de son premier retour sur la planète Mars, dont j'ai glané, çà et là, les faits remarquables dans le paquet de notes qu'il m'a laissées sur la table de sa chambre d'hôtel, à Richmond.

Je suis loin d'avoir tout utilisé, il y a de nombreuses choses que je n'ai pas osé raconter, mais vous trouverez ce récit de la nouvelle recherche qu'il dut entreprendre pour retrouver Dejah Thoris, princesse d'Hélium, encore plus extraordinaire que l'était son premier manuscrit, qui provoqua tant de réactions d'incrédulité dans le public lorsque je le fis publier il y a peu. Il s'agissait alors de suivre les exploits du héros virginien, combattant dans le fond d'anciens océans, sous la pâle lueur des lunes de Mars.

E.R.B.

CHAPITRE PREMIER

Les hommes-plantes

Je me trouvais à l'extrémité de l'éperon rocheux s'étendant devant mon cottage, au début du mois de mars 1886, à mes pieds en contrebas, l'Hudson majestueux coulant, tel le spectre gris et silencieux d'un fleuve mort, lorsque s'exerça à nouveau sur moi l'invincible attraction, l'appel irrésistible du puissant dieu de la Guerre, mon Mars bien-aimé, que j'avais tellement imploré dix ans durant : oui ! dix longues et interminables années à le supplier, chaque soir, les bras tendus pour qu'il me ramène à mon amour perdu.

Jamais depuis cette autre nuit de mars, en 1866, quand mon corps était étendu à l'intérieur d'une caverne de l'Arizona, paralysé et sans vie, présentant tous les caractères de la mort terrestre, jamais depuis lors je n'avais ressenti l'irrésistible attraction émanant du dieu des guerriers, du dieu de ma profession.

Je me tenais donc là, les bras tendus vers la grosse étoile rougeoyante, à implorer le retour de cet étrange pouvoir qui, par deux fois, m'avait projeté dans l'immensité de l'espace. J'implorais, comme je l'avais déjà fait au cours de milliers de nuits pendant ces dix annés interminables qui m'avaient vu attendre et espérer.

Soudain un hoquet de nausée me secoua, tous mes sens se mirent à divaguer, mes genoux plièrent sous moi et je tombai à la renverse, m'allongeant de tout mon long, à la limite extrême de ce vertigineux promontoire.

Il faut dire que mon esprit se clarifia du même coup et que les limbes de ma mémoire se trouvèrent effleurés comme la plage l'est par la petite vague déferlante ; mais l'image dominante restait celle des horreurs ressenties dans la caverne de l'Arizona. Exactement comme lors de cette nuit lointaine, mes muscles refusèrent de répondre à ma volonté et, une nouvelle fois, bien que je fusse sur les rives du pacifique Hudson, mes oreilles perçurent le bruissement et les horribles gémissements de la chose effrayante qui m'avait menacé des profondeurs obscures de la grotte. Je fis alors le même effort surhumain pour rompre les liens immatériels de cette bizarre paralysie, assez analogue à une anesthésie, qui s'était emparée de moi. C'est alors que survint à nouveau la bizarre impression d'une corde de violon tendue à l'extrême et qui finit par se casser, avec un curieux son suraigu... et je me retrouvai entièrement nu, libre à nouveau de mes mouvements, avec, gisant à mes pieds, la dépouille sans vie, aux yeux fixes, encore parcourue quelques instants auparavant par le sang généreux et plein de vigueur de John Carter.

Mon regard ne s'arrêta qu'à peine sur ce spectacle et je tournai les yeux franchement vers Mars, relevant à nouveau des bras implorants. Et j'attendis.

Il ne s'écoula pas un grand laps de temps : à peine m'étais-je retourné que je me sentis précipité avec la rapidité de la pensée dans le vide effroyable ouvert devant moi. Il y eut le même très court moment de froid insoutenable et d'étrange obscurité que celui que j'avais ressenti vingt ans auparavant...

... Et j'ouvris les yeux sur un monde totalement différent !

Les rayons d'un soleil brûlant parvenaient à transpercer, par une petite trouée, le dôme de l'épaisse forêt dans laquelle j'étais étendu.

Le paysage étalé devant mes yeux n'était pas du tout un paysage martien, à un point tel que mon cœur me remonta dans la gorge, tant je fus saisi de panique à l'idée qu'une cruelle destinée m'avait jeté sur quelque planète étrangère.

Pourquoi pas, finalement ? Quels rails y avait-il et quels poteaux indicateurs qui puissent guider ma course folle dans les espaces interplanétaires ? Quelle assurance avais-je de ne pas être tombé sur une planète effroyablement distante, appartenant à un système solaire totalement étranger, plutôt que sur Mars ?

Quoi qu'il en soit, je me retrouvai étendu sur un gazon coupé ras, fait d'une herbe rouge ; et tout autour s'étendait un bois composé d'arbres aux formes belles et étranges, couverts d'énormes fleurs aux coloris éclatants et remplis d'oiseaux aux teintes brillantes mais totalement silencieux. Je les nomme « oiseaux » du fait qu'ils possédaient des ailes, mais aucun œil humain ne contempla jamais des formes aussi singulières, aussi étrangères à la Terre.

Cette végétation ressemblait assez aux pelouses des Martiens Rouges, ceux qui vivent dans les zones étendues le long des grands canaux ; mais, pour ce qui est des arbres et des oiseaux, je n'en avais jamais vu de semblables sur Mars. Bien plus ! à travers les bouquets d'arbres éloignés, j'aperçus la chose la plus étrangère à Mars qui se puisse concevoir, puisque ce n'était autre qu'une véritable mer, dont les eaux bleues ondulaient et scintillaient sous l'action d'un soleil couleur de cuivre !

Bien sûr, je me levai pour en découvrir davantage et ce fut pour renouveler la mésaventure ridicule que j'avais déjà connue naguère, lors de mon premier contact avec les étranges conditions physiques martiennes : l'attraction réduite de cette planète plus petite de même que la pression armosphérique moindre, du fait d'un air très raréfié, exerçaient si peu de résistance à ma forte musculature terrienne que le simple effort que je fis pour me mettre debout m'envoya à plus d'un mètre de hauteur et se termina par une chute, à plat ventre, sur l'herbe luisante et douce de ce monde étrange.

Mais, cette petite expérience me redonna un peu d'espoir : il se pouvait que je fusse de retour sur Mars en un lieu inconnu de moi. C'était d'autant plus plausible qu'au cours des dix années que j'avais passées sur cette planète, je n'avais exploré qu'une assez faible partie de sa vaste étendue.

Je me relevai, riant de ma maladresse, et j'eus tôt fait de maîtriser les choses en réadaptant mon énergie biologique d'être terrestre aux conditions nouvelles et réduites que Mars me posait.

Redescendant lentement la légère pente qui se dirigeait vers cette mer, je remarquai combien la pelouse et les petits arbres tout à l'entour donnaient l'impression d'être bien entretenus. L'herbe était tondue aussi ras qu'un gazon anglais et faisait la même impression de tapis ; quant aux arbustes, ils étaient manifestement taillés de manière à mesurer tous cinq mètres environ, si bien que, quand on regardait à la ronde, la forêt donnait d'assez près l'impression de se trouver dans une vaste pièce au plafond élevé.

Ces preuves de soins volontaires et attentifs me donnèrent la certitude que pour mon retour sur Mars, j'avais eu la chance de tomber sur un lieu habité par un peuple civilisé, et que j'y trouverais, par conséquent, la courtoisie et la protection dues à ma qualité de prince de la maison royale de Tardos Mors.

Continuant ma progression vers la mer, les arbres de la forêt traversée m'inspirèrent une profonde admiration : leurs troncs gigantesques, dont certains pouvaient bien mesurer dans les trente mètres de diamètre, impliquaient une hauteur tout simplement vertigineuse, que je ne pouvais qu'estimer, du fait que mon regard ne pouvait jamais pénétrer leur feuillage très dense au-delà de vingt ou trente mètres.

Les troncs et les branches semblaient doux au toucher ; ils avaient un aspect poli, le même que possèdent les pianos vernis. La teinte de certains de ces arbres faisait prendre ce bois à grain fin pour de l'ébène, alors que les arbustes dont j'ai déjà parlé avaient un bois blanc comme de la porcelaine très fine, luisant dans la lueur diffuse qui m'environnait. Mais le noir et le blanc n'étaient pas les seules couleurs, car on pouvait également admirer de l'azur, de l'écarlate, du jaune et un violet foncé.

Quant aux feuillages, qu'en dire sinon que leur somptuosité n'avait d'égale que la gaieté des teintes et la variété de formes des fleurs largement ouvertes, réunies en grappes à même les troncs et les branchages. Mais aucun mot terrestre ne peut rendre compte de cette sublimité : il faudrait pour cela disposer du langage des dieux.

En me rapprochant des limites de la forêt, je pus

mieux voir au loin. Entre la pleine mer et ce massif de végétation assez dense s'ouvrait une vaste étendue de prairie. Je n'étais pas encore sorti de l'ombrage des grands arbres géants lorsque s'offrit à moi un spectacle qui effaça instantanément toutes les images romantiques et poétiques que m'inspiraient les beautés de ce paysage étrange.

A ma gauche, la mer s'étendait aussi loin que portait la vue, du moins jusqu'à un vague obstacle, trahissant la présence d'une côte lointaine enfouie dans une sorte de brume. A ma droite, un fleuve majestueux, large, au cours paisible coulait entre des rives d'un rouge écarlate, pour se jeter dans cette mer paisible. Il paraissait surgir des pentes escarpées des falaises qui se dressaient brusquement à quelque distance.

Mais ce ne sont nullement ces preuves de grandeur d'une nature merveilleuse et bien digne de provoquer la méditation qui retinrent plus longuement mon attention, après la grandiose vision de la forêt. Non ! mon regard fut attiré par une vingtaine de silhouettes, se déplaçant lentement, dans la prairie bordant la grande rivière.

Leur allure était étrange et grotesque. Ces créatures ne ressemblaient à aucune de celles que j'avais vues sur Mars jusque-là, mais, de loin, leur forme évoquait une silhouette d'apparence humaine. Les plus grandes, lorsqu'elles se redressaient, dépassaient largement les trois mètres ; en outre, elles avaient nos proportions pour ce qui est du torse et des extrémités ; seuls les membres supérieurs paraissaient différer beaucoup des bras d'hommes terrestres : ils étaient nettement plus courts. On aurait dit deux trompes d'éléphant, du fait qu'ils ondulaient et étaient animés d'un mouvement général sinueux tel celui de serpents, comme s'ils étaient dépourvus de structure osseuse, ou ne possédaient que des vertèbres.

Tandis que je les observais, en restant caché derrière le tronc d'un des arbres géants, je vis une de ces créatures se diriger lentement dans ma direction tout en poursuivant ce qui semblait bien être l'unique occupation de ces êtres : ils ne cessaient de passer leurs curieuses mains à la surface de la pelouse, et ce dans un but que je ne discernai pas, sur le moment du moins !

Comme celui-ci était parvenu très près de moi, il me fut possible de l'observer parfaitement et, bien que cette espèce me devînt plus familière par la suite, je dois dire que ce simple examen superficiel de cet horrible produit de la Nature m'aurait amplement suffi si le choix m'avait été laissé. L'aéronef le plus perfectionné de la flotte héliumite ne m'aurait pas semblé assez rapide pour fuir cette hideuse créature.

Son corps, sans poils, avait une teinte générale bleutée, assez vampirique au fond, à l'exception d'une large bande annulaire entourant son œil unique qui faisait saillie, lequel œil était d'ailleurs entièrement blanc : globe, pupille et iris.

Le nez n'était qu'un orifice circulaire, raboteux et enflammé, au centre d'un visage livide : un simple trou ressemblant à une blessure faite par la pénétration d'un projectile et qui n'a pas encore eu le temps de saigner. Sous cet orifice répugnant, le visage continuait, sans rien jusqu'au menton, car il n'avait pas de bouche, du moins n'en vis-je pas.

La tête, à l'exception du visage, était recouverte d'une masse de cheveux tout emmêlés, d'un noir de jais, faisant une vingtaine de centimètres de long. Chaque cheveu avait la grosseur d'un lombric et, quand la créature tendait un muscle de son cuir chevelu, cette affreuse coiffure se tortillait, s'enroulait ainsi que des asticots rampant sur l'abominable figure, comme si chaque cheveu était doué d'une vie indépendante.

La nature avait façonné ces êtres avec la même symétrie du corps et des jambes que celle des humains ; quant aux pieds, ils étaient également analogues aux nôtres mais d'une taille démesurée, puisque, du talon aux orteils, ils devaient bien mesurer un mètre, et étaient très plats et très larges.

Quand la créature fut très proche de moi, je découvris que l'étrange mouvement de balayage des mains sur la surface du gazon était dû à une curieuse manière de s'alimenter, consistant à couper l'herbe à ras au moyen de ses griffes, tranchantes comme un rasoir, puis à l'aspirer par les deux trompes qu'ils avaient à la place des bras, lesquelles se terminaient par une bouche s'ouvrant dans chaque paume.

Outre les traits spécifiques déjà décrits, cette bête était aussi pourvue d'un appendice caudal massif, de deux mètres, rond à la naissance du corps et qui, s'aplatissant jusqu'à devenir tranchant comme une lame, pointait à angle droit avec le sol.

Mais le plus notable, chez ces créatures déjà remarquables en elles-mêmes, était que chacune possédait deux répliques exactes d'elle-même d'une vingtaine de centimètres de long, qui pendaient de chaque côté de leur corps, à la naissance des aisselles. Elles étaient attachées par une sorte de petite tige qui semblait pousser au sommet de la tête du petit être et les reliait au corps de l'adulte.

Étaient-ce des jeunes ou une simple partie d'eux-mêmes ? je l'ignorais. Mais, pendant que j'examinais cet être monstrueux, le reste du troupeau s'était approché pour se nourrir, et je me rendis compte alors que ces créatures miniatures se balançaient également sur certains individus et pas sur d'autres. De plus, elles n'avaient pas toutes la même taille : certaines semblaient n'être que de petits bourgeons non éclos, de quelque deux centimètres de diamètre, tandis que d'autres, qui avaient atteint leur complet développement mesuraient de vingt-cinq à trente centimètres ; et l'on trouvait tous les stades intermédiaires.

Au milieu du troupeau qui broutait — il n'y a pas d'autre mot —, il y avait un grand nombre de petits êtres, à peine plus grands que ceux qui étaient accrochés à leurs parents ; puis, les tailles s'étageaient jusqu'aux individus adultes.

Bien qu'ils fussent effrayants, je ne savais trop s'il fallait les redouter, car ils ne paraissaient pas tellement faits pour le combat. J'étais donc sur le point de quitter ma cachette et de me montrer à découvert, pour juger de l'effet que produisait sur eux la vue d'un être humain, quand cette intrépidité d'un moment se trouva réduite à néant — fort heureusement pour moi — par un étrange cri aigu faisant penser à un gémissement, qui semblait provenir des falaises à ma droite.

Nu et désarmé comme je l'étais, la fin que m'auraient réservée ces cruelles créatures aurait été à la fois rapide et abominable, si j'avais eu le temps de mettre ma résolution à exécution.

Mais, au moment où le cri se fit entendre, celles-ci se tournèrent toutes dans la direction d'où il paraissait provenir et, simultanément, chacun des filaments vermiformes de leur chevelure se dressa perpendiculairement, tout raide sur leur tête, comme s'il s'agissait d'organes sensitifs cherchant à localiser l'origine de ce gémissement. Cette hypothèse se révéla juste et je sus, par la suite, que ces appendices poussant sur la tête des hommes-plantes de Barsoom représentaient les multiples oreilles de ces hideuses créatures qui constituent le dernier vestige de l'étrange race issue de l'arbre de Vie des origines.

Tous les yeux se tournèrent immédiatement vers l'un des membres du groupe, un grand individu, qui devait manifestement être le chef. Une sorte d'étrange ronronnement émana d'une de ses bouches, dans le creux d'une main et, en même temps, il partit à toute allure en direction de la falaise, suivi aussitôt par l'ensemble du troupeau.

Leur façon de se déplacer, ultrarapide, était étonnante : ils bondissaient, franchissant à chaque saut entre six et dix mètres, à peu près à la façon des kangourous.

Ils étaient en train de disparaître rapidement quand l'idée me vint de les suivre, si bien que, en faisant attention aux vents, je me mis moi-même à traverser la prairie, dans leur sillage, en faisant des bonds encore plus prodigieux que les leurs : les muscles d'un terrien athlétique permettent d'obtenir de remarquables résultats lorsqu'ils n'ont plus à lutter que contre la pesanteur réduite de Mars, ainsi que contre une pression atmosphérique moindre.

Le chemin qu'ils prenaient les conduisait directement à la source apparente du fleuve, à la base des falaises. En approchant, je constatai que les prairies étaient jonchées, en cet endroit, d'énormes blocs rocheux que le temps avait détachés des sommets en surplomb.

Grâce à eux, je pus m'approcher de la cause de tout ce remue-ménage, avant que le spectacle ne s'offrît à mes yeux horrifiés. En escaladant un énorme bloc, j'aperçus le troupeau d'hommes-plantes entourant un petit groupe de cinq ou six Hommes et Femmes Verts de Barsoom.

J'avais maintenant la certitude d'être vraiment sur Mars, car il y avait là des individus appartenant à ces hordes sauvages qui peuplent le fond des océans desséchés et les villes abandonnées de cette planète moribonde.

J'avais effectivement devant les yeux deux grands mâles dressés dans toute la majesté de leur taille imposante ; des défenses d'un blanc lumineux sortaient de leur mâchoire inférieure, très massive, et, en se recourbant, allaient se terminer face à leur front. Ils étaient également reconnaissables à leurs yeux saillants, placés sur le côté du crâne, leur permettant de regarder dans tous les sens sans avoir à tourner la tête. Ils avaient, aussi, leurs étonnantes oreilles en forme d'antennes qui émergeaient au sommet de leur front, sans oublier, bien sûr, la paire de bras supplémentaires situés entre les épaules et la taille.

Je les aurais reconnus immédiatement, même si je n'avais pas pu voir le vert brillant de leur peau ou les insignes de métal qui indiquaient les tribus auxquelles ils appartenaient : où ont-ils leurs pareils dans tout l'univers ?

Ce petit groupe était composé de deux mâles et de quatre femelles, et leurs insignes ornementaux indiquaient qu'ils étaient membres de hordes différentes. Ce fait ne laissait pas de m'étonner car les diverses tribus d'Hommes Verts de Barsoom se livrent continuellement une lutte acharnée, et, en dehors du tour de force que réalisa Tars Tarkas, en une occasion, de réunir cent cinquante mille guerriers verts de plusieurs

* Voir le premier titre de la série, *Une princesse de Mars*.

hordes différentes, afin de marcher sur la ville maudite de Zodanga pour arracher Dejah Thoris, princesse d'Hélium, des griffes de Than Kosis, en dehors de cet exploit qui prit valeur historique, jamais je n'avais vu de Martiens Verts de différentes hordes se rassembler sinon pour se battre à mort.

Mais là, ils se tenaient tous les six côte à côte, les yeux grands ouverts de stupéfaction, faisant face aux démonstrations d'hostilité d'un ennemi commun.

Hommes et femmes étaient armés d'épées et de dagues mais ils n'avaient pas d'armes à feu, ce qui était fort dommage car cela leur aurait permis de faire la vie dure aux hommes-plantes !

Le chef de ces derniers chargea le petit groupe des assiégés, et son attaque était aussi remarquable qu'efficace, son étrangeté même lui donnant plus de force : les guerriers verts ne connaissaient aucune parade à ce type d'attaque tout à fait singulier auquel ils n'étaient nullement accoutumés pas plus qu'ils ne l'étaient aux monstres qu'il leur fallait affronter là.

L'homme-plante chargea jusqu'à ce qu'il se trouve à environ quatre mètres du groupe des Hommes Verts, et, là, d'un bond, il s'éleva comme pour passer au-dessus de leurs têtes. Il leva sa longue queue puissante sur un côté, et, au moment où il passait juste au-dessus de ses adversaires il l'abattit en décrivant un large mouvement circulaire et fracassa le crâne d'un guerrier vert, comme s'il s'était agi d'une coquille d'œuf.

Le ballet infernal allait en s'accélérant autour du petit groupe des victimes, devenant de plus en plus oppressant. Leurs sauts prodigieux et l'étrange stridence ronronnante émise par ces incroyables bouches étaient bien faits pour troubler et terroriser les malheureux. Deux hommes-plantes sautèrent simultanément de part et d'autre de leur proie, et le coup puissant assené par les horribles queues ne rencontrèrent aucune résistance : deux autres Martiens-Verts connurent une mort atroce.

Il n'en restait plus que trois : un guerrier et deux femmes qui, semblait-il, dans quelques secondes seraient, eux aussi, étendus sur le gazon écarlate. Mais, alors que deux hommes-plantes chargeaient, le grand guerrier, sans doute mieux averti de leur tactique du fait de l'expérience vécue lors des minutes précédentes, leva son épée d'un geste large et la dirigea sur l'énorme masse qui s'élançait sur lui. D'un coup bien ajusté L'Homme Vert éventra alors son attaquant, l'ouvrant depuis l'aine jusqu'au menton. Mais l'autre assaillant d'un seul coup de queue abattit les deux femelles restantes.

Le dernier guerrier vert, voyant ses derniers compagnons s'effondrer et se rendant compte que tout le troupeau allait l'attaquer comme un seul homme, se mit à charger avec audace en faisant de grands moulinets avec son épée, ainsi que je l'avais si souvent vu faire à des hommes de son espèce au cours des guerres sans merci qu'ils se livrent entre eux.

Coupant et piquant de droite et de gauche, il s'ouvrit un passage dans la masse hostile des hommes-plantes qui avançaient sur lui, et se lança ensuite dans une course éperdue vers la forêt où il pensait manifestement trouver un refuge au moins momentané. Il s'était dirigé vers la partie du bois située en bordure des falaises, de sorte que tous — aussi bien l'assailli que les assaillants — s'éloignaient progressivement du rocher qui me servait de cachette.

Le magnifique combat qu'avait soutenu ce guerrier de grande valeur en dépit de chances aussi défavorables m'avait rempli d'admiration pour cet homme, aussi, porté à agir impulsivement comme je l'ai toujours fait — beaucoup plus que sous le coup d'une décision mûrement réfléchie — je bondis de ma cachette en direction des cinq victimes étendues, avec en tête un plan bien établi. Je les atteignis en quelques bonds, saisis vivement une grande épée et me lançai dans une poursuite éperdue de ces hideux monstres, qui gagnaient rapidement sur le guerrier vert en fuite.

Cette fois, j'étais armé et je sentais cette rage de combattre qui me cognait à nouveau dans la poitrine, tandis qu'un voile rougeâtre passait devant mes yeux, et que mes lèvres, à l'unisson avec les battements de mon cœur, esquissaient le sourire que j'ai toujours eu au milieu de mes combats les plus acharnés.

Malgré ma promptitude j'arrivai presque trop tard : le guerrier vert avait été rattrapé alors qu'il lui restait encore la moitié du chemin à faire pour atteindre la forêt. Il était maintenant adossé contre un bloc rocheux, et le troupeau, après avoir eu un moment d'hésitation, l'entourait en sifflant et en poussant des cris stridents.

N'ayant qu'un seul œil au centre du visage, qu'ils dirigeaient vers leur proie, ils ne remarquèrent pas mon approche silencieuse. De sorte que je fondis sur eux et que quatre d'entre eux étaient déjà tombés sous mes coups avant même de se rendre compte que j'étais au milieu d'eux.

Ils reculèrent un moment devant ce terrible assaut ; le guerrier vert en profita et, venant à mon côté, il se remit à frapper de part et d'autre, comme je ne l'avais vu faire qu'à un seul guerrier, en faisant tournoyer son épée de manière à faire des huit dont il occupait le centre. Il ne cessa pas jusqu'à ce qu'il ne reste plus aucun adversaire debout en face de lui, sa lame broyant les os, lacérant les chairs, traversant le métal comme s'il ne s'était agi que de courants d'air !

Ce carnage battait son plein, lorsque retentit loin au-dessus de nous le cri étrange, indéfinissable, que j'avais déjà entendu précédemment et qui avait appelé le troupeau à l'attaque du petit groupe de Martiens Verts. Il se répétait sans arrêt, mais nous avions trop à lutter contre ces puissantes et féroces créatures pour tenter de localiser la direction d'où ce chant affreux pouvait provenir.

Les queues fouettaient rageusement tout autour de nous, les griffes tranchantes comme des rasoirs nous lacéraient les membres et le torse tandis qu'un liquide séreux verdâtre, semblable à ce qui s'exprime quand on écrase une chenille, nous recouvrait des pieds à la tête. Chaque coup de nos épées en projetait sur nous de nouvelles giclées qui jaillissaient des artères tranchées net des hommes-plantes, dont l'organisme est alimenté par cette matière visqueuse à la place du sang.

A un moment, je sentis le poids de l'un de ces monstres sur mes épaules, et, tandis que ses griffes me labouraient le corps, je ressentis l'horrible sensation de lèvres humides qui suçaient le sang s'écoulant par mes blessures.

J'étais aux prises avec un individu particulièrement féroce qui cherchait obstinément à atteindre ma gorge par-devant, tandis que deux autres l'aidaient, de chaque côté, me donnaient de violents coups de queue.

Le guerrier vert était terriblement occupé de son côté et je sentis que cette lutte inégale allait se terminer rapidement, quand, s'apercevant de la situation désespérée dans laquelle j'étais, il se dégagea promptement de ses adversaires et me débarrassa d'un seul revers de son épée de l'assaillant qui s'agrippait à mon dos. Ainsi soulagé, je n'eus aucun mal à venir à bout des autres.

A partir du moment où nous fûmes l'un avec l'autre, nous nous tînmes adossés contre l'énorme roche, ce qui empêchait les hommes-plantes de nous attaquer par au-dessus pour porter leurs coups mortels. Du fait que nous étions, en outre, largement de taille à leur tenir tête quand ils demeuraient au sol, le moment d'en finir avec ceux qui restaient approchait, lorsque le gémissement strident retentit de nouveau au-dessus de nous. Cette fois, je levai les yeux. Un étrange bonhomme qui se tenait sur une avancée naturelle de la falaise, très au-dessus de nos têtes, poussait ce cri perçant tout en agitant une main en direction de l'embouchure de la rivière, comme s'il faisait des signaux à l'attention de quelqu'un qui s'y serait trouvé, tandis que de l'autre main il gesticulait en nous désignant.

Le regard que je jetai dans la direction qu'il pointait suffit à me faire comprendre quelles étaient ses intentions et par la même occasion à me donner les plus grandes craintes. En effet, une centaine de colonnes de créatures, sorties de la forêt, traversaient la prairie et convergeaient vers nous de toutes les directions. Certaines arrivaient même des plaines situées loin au-delà de la rivière. Elles étaient composées de créatures bondissantes, semblables à celles auxquelles nous avions affaire ; elles étaient accompagnées de monstres inconnus jusqu'alors, courant avec une extrême agilité, tantôt dressés, tantôt à quatre pattes.

— Ce sera une belle mort ! dis-je à l'intention de mon compagnon. Regardez !

Il jeta un bref coup d'œil dans la direction que j'indiquais et sourit.

— Nous pourrons au moins périr en combattant,

comme c'est le devoir des grands guerriers, John Carter ! répondit-il.

Il prononça ces mots alors que nous achevions le dernier de nos adversaires. Je me retournai, stupéfait d'entendre ainsi mon nom sortir de cette bouche.

Alors, les yeux écarquillés de surprise, je découvris qu'il était le plus grand de tous les Hommes Verts de Barsoom, leur homme d'État le plus avisé, leur chef militaire le plus capable, mon très grand ami, Tars Tarkas, le jeddak de Thark !

CHAPITRE II

Bataille dans la forêt

Oui ! C'était bien Tars Tarkas ! Mais nous n'avions guère le temps de nous communiquer les nouvelles des dix dernières années, devant cet énorme rocher, et entourés, comme nous l'étions, de tous les cadavres de nos grotesques assaillants ! En effet, convergeant de toutes les directions de la vallée montait une véritable marée de créatures terrifiantes, accourant à l'étrange appel de l'être bizarre qui se trouvait très haut au-dessus de nos têtes.

— Venez ! s'écria Tars Tarkas, il faut gagner les falaises au plus tôt. Ce n'est que là que nous trouverons un espoir de pouvoir leur échapper au moins temporairement. Peut-être y découvrirons-nous une grotte ou une anfractuosité que deux combattants pourront défendre indéfiniment contre cette horde bigarrée et désarmée.

Nous traversâmes le tapis rouge du gazon en courant, et je réglai ma course de manière à ne pas distancer mon compagnon, nettement plus lent. Il nous fallait parcourir environ trois cents mètres pour atteindre les falaises, puis nous devions chercher un abri capable de nous permettre de résister aux êtres terrifiants lancés à notre poursuite.

Ceux-ci gagnaient rapidement du terrain. Tars Tarkas me cria alors de partir seul vers l'avant et d'essayer de découvrir le refuge auquel nous aspirions. C'était une bonne idée, susceptible de nous faire gagner des minutes fort précieuses. Aussi, bandant tous les muscles de mon corps, je franchis en quelques bonds géants la distance nous séparant encore des falaises ; j'y parvins en quelques secondes seulement.

Les falaises s'élevaient à la perpendiculaire de la pelouse qui recouvrait la vallée, pratiquement plane. Il n'y avait pas là d'accumulation de roches détachées de la paroi, qui aurait permis d'escalader plus ou moins aisément la déclivité, comme c'est le plus souvent le cas. Seuls les gros rochers, qui jonchaient le sol par endroits ou s'étaient en partie enfoncés dans le gazon, indiquaient qu'une désagrégation de l'impressionnante masse rocheuse avait eu lieu dans le passé.

Un premier et rapide examen de la paroi me remplit d'inquiétude, car, mis à part l'endroit d'où le mystérieux individu lançait son cri de rassemblement strident, je ne pus distinguer nulle part le moindre indice permettant de soupçonner la présence d'une prise le long de cet à-pic.

A ma droite, la base de l'escarpement restait invisible derrière la masse dense du feuillage sylvestre : la forêt s'étendait jusqu'au pied même de la falaise et sa végétation somptueuse s'élevait sur une hauteur de quelque trois cents mètres tout contre son austère voisin.

A gauche, la surface abrupte continuait à courir, sans aucune interruption visible, tout au long de la large vallée, pour aller se perdre dans le lointain, en se fondant à ce qui semblait être une chaîne de hautes montagnes entourant de toute part cette vallée.

A quelques centaines de mètres de moi, le fleuve

semblait jaillir de la base des falaises, et, ne voyant pas la moindre chance de salut dans cette direction, je reportai mon attention sur la forêt.

Les falaises culminaient à plus de mille cinq cents mètres au-dessus de moi. Le soleil n'éclairait que la partie supérieure, laissant tout le reste dans une pénombre à dominante jaunâtre, avec, de-ci de-là, des taches sombres rouges ou vertes, ainsi que quelques inclusions de quartz blanc.

Elles formaient un ensemble superbe, mais je doute d'avoir su l'apprécier avec toute la sérénité d'esprit qu'un tel spectacle grandiose aurait mérité ! Tout ce que je recherchais désespérément, c'était un moyen de fuir. Mes yeux n'arrêtaient pas d'aller et de venir rapidement sur cette surface géante, en quête d'une crevasse ou d'une simple lézarde ; subitement, je me mis à les prendre en horreur comme un prisonnier doit prendre en horreur les murs infranchissables de son cachot !

Tars Tarkas se rapprochait rapidement, mais l'abominable horde arrivait encore plus vite et le talonnait presque.

La forêt paraissait finalement être l'ultime refuge et j'étais sur le point de faire signe à mon compagnon de me suivre dans cette direction, lorsque le soleil illumina brusquement la falaise. Ses rayons tombant directement sur la paroi, jusqu'alors si sombre, la fit éclater littéralement en une explosion de lumières étincelant d'ors scintillants, de rouges flamboyants, de verts tendres et de blancs éblouissants. Un spectacle d'une telle splendeur et d'une telle grandeur qu'aucun œil humain n'en avait encore vu de pareils !

Un examen plus attentif montra ultérieurement que cette falaise était, en fait, parsemée de tant de filons aurifères que sa surface en arrivait vraiment à prendre l'apparence d'un mur en or massif sauf aux endroits où affleuraient de gros blocs de rubis, d'émeraude et de diamant. Cela donnait une faible idée, que l'on était fort tenté d'approfondir, des immenses richesses, impossibles à estimer, recelées dans ses profondeurs et que protégeait cette splendide paroi.

Mais, c'est un tout autre détail qui attira mon attention au moment où les rayons du soleil firent étinceler la paroi : plusieurs taches noires étaient apparues, bien en évidence, assez haut sur la muraille, assez près de la cime des grands arbres de la forêt. Et il semblait y en avoir également plus bas, cachées par le feuillage.

Je les identifiai aussitôt : c'étaient les entrées béantes de grottes qui perçaient la paroi montagneuse ! Si nous pouvions les atteindre, elles nous offriraient peut-être un moyen d'évasion ou un refuge momentané.

Une seule voie était possible : il fallait passer par les gigantesques arbres qui se trouvaient à notre droite. Les escalader ? De toute évidence j'étais en mesure de le faire ; mais Tars Tarkas le pourrait-il, lui ? Voilà qui était beaucoup moins sûr à cause de sa corpulence et de son poids ! Les Martiens-Verts sont, en effet, pour le moins de piètres grimpeurs ! Jamais je n'avais vu jusqu'alors, sur toute la surface de cette vieille planète, de reliefs dépassant mille deux cents mètres au-dessus du niveau du fond des anciens océans, et comme l'ascension se fait très progressivement, pour ainsi dire jusqu'au sommet, elles n'offrent guère de possibilités de pratiquer la varappe. Les Martiens ne profitent d'ailleurs pas des occasions qui se présentent car, au pied des montagnes, il existe toujours une route sinueuse, qui suit la pente douce et monte vers les hauteurs, et ils préfèrent l'emprunter plutôt que de choisir l'itinéraire le plus court mais le plus difficile.

Pourtant il n'y avait pas d'autre solution que d'essayer d'escalader les arbres situés contre la falaise pour atteindre les grottes.

Le Tharkien vit immédiatement les possibilités et les difficultés qu'offrait ce plan. Mais il n'y avait rien d'autre à faire, et nous nous dirigeâmes rapidement vers les arbres les plus proches de la falaise.

Nos poursuivants, infatigables, étaient pratiquement sur nous, tellement près qu'il semblait que le jeddak de Thark serait bien incapable d'atteindre la forêt avant d'avoir été rejoint. Il faut dire aussi qu'il n'y mettait peut-être pas toute l'énergie farouche qu'il aurait fallu ! En effet, les Hommes Verts de Barsoom ont horreur de fuir le danger et je n'en avais jamais vu un seul prendre la fuite pour échapper à la mort, quelque forme qu'elle ait pu prendre pour l'affronter. Mais Tars Tarkas avait prouvé des milliers de fois qu'il était le brave des braves. Oui ! des dizaines de milliers de fois même, au cours d'innombrables combats l'opposant à des hommes comme à des bêtes. Ce n'était donc nullement la crainte de la mort, je le savais, qui le faisait fuir ainsi, de même qu'il savait qu'un motif plus fort que l'honneur ou l'orgueil me poussait à échapper à ces êtres féroces qui cherchaient à nous tuer. Dans mon cas, c'était l'amour, l'amour de la divine Dejah Thoris ; mais je ne pouvais saisir la cause qui expliquât ce grand attachement tout soudain du Tharkien pour la vie, alors que ces êtres étranges, cruels et malheureux, qui ne connaissent pas l'amour, recherchent d'ordinaire bien plus la mort que la vie.

Cependant, nous parvînmes finalement à la zone d'ombres, talonnés par le plus leste de nos poursuivants, un homme-plante gigantesque qui tendait vers nous ses griffes en vue d'appliquer ses bouches-ventouses sur nos blessures. Il avait cent mètres d'avance sur son compagnon le plus proche ; aussi criai-je à Tars Tarkas de grimper sur l'un des grands arbres qui touchait la paroi rocheuse, le temps, pour moi, de venir à bout de cet individu. Je donnais ainsi au Tharkien, moins agile, la possibilité matérielle d'atteindre les branches supérieures avant que toute la horde ne soit parvenue sur nous, nous coupant de la sorte toute possibilité de fuir.

Mais j'avais sous-estimé la ruse de notre adversaire immédiat, ainsi que la rapidité avec laquelle les autres parcouraient la distance qui les séparait.

Alors que je levai mon épée pour lui porter un coup mortel, il s'arrêta dans son élan et mon arme fendit le vide sans rien rencontrer ! En revanche, son appendice caudal siffla dans l'air, avec la puissance des pattes d'un grizzly, et s'abattant sur moi, me projeta à terre. La créature fut sur moi en un instant mais, avant que ses hideuses ventouses ne vinssent se coller sur ma poitrine et sur ma gorge, j'attrapai solidement un tentacule dans chaque main.

L'homme-plante était fortement charpenté, imposant de silhouette et puissant ; mais, grâce à mes muscles terrestres, et à ma plus grande agilité, et grâce aussi à la prise d'étranglement très dangereuse dans laquelle je le maintenais je l'aurais, me semble-t-il, emporté si nous avions eu le temps de discuter de nos mérites respectifs sans être interrompus. Mais, alors que nous combattions, en plein effort, au pied de l'arbre sur lequel Tars Tarkas essayait de grimper avec bien des difficultés, j'aperçus soudain, par-dessus l'épaule de mon adversaire, la nuée de nos poursuivants, qui étaient déjà presque arrivés sur nous.

Je vis alors clairement la nature des autres monstres venus à la rescousse, répondant à l'étrange cri de ralliement qu'avait poussé l'homme sur la corniche. C'étaient les créatures martiennes les plus redoutées, les grands singes blancs de Barsoom.

Mes premières aventures sur Mars m'avaient complètement familiarisé avec eux et avec leurs méthodes de combat, et je dois avouer que, de tous les étranges et grotesques habitants, de ce monde bizarre, aussi horribles et effrayants fussent-ils, ce sont les grands singes blancs qui parviennent le mieux à me donner une idée de ce qu'est la peur.

Je pense que cette impression que ces singes produisent en moi tient à leur ressemblance morphologique étonnante avec les terriens, ce qui leur donne une allure humaine, extrêmement troublante du fait de leur taille immense.

Ils mesurent près de cinq mètres de haut et se déplacent en marchant sur leurs pattes inférieures. Comme les Martiens Verts, ils possèdent une paire de bras supplémentaires, situés à mi-distance entre les membres supérieurs et inférieurs. Les yeux sont très rapprochés mais ne sont pas saillants comme ceux des Hommes Verts ; les oreilles sont placées assez haut mais plus latéralement que celles des Hommes Verts ; quant à leur museau et à leur denture, ce sont vraiment ceux des gorilles d'Afrique. Une touffe de cheveux leur pousse au sommet de la tête, comme un paquet de poils durs.

C'est sur eux et sur les terribles hommes-plantes que mes yeux tombèrent lorsque je regardai par-dessus l'épaule de mon adversaire. Je fus alors submergé sous leur nombre, et une énorme vague faite de grognements, de claquements, de ronronnements et de hurlements déferla. Mais, de tous ces sons qui envahissaient mes oreilles tandis que je m'écroulais sous leurs coups, le plus atroce était encore l'affreux ronronnement des hommes-plantes.

Immédiatement, un des crocs impitoyables et des griffes acérées furent enfoncés dans ma chair ; des lèvres froides se collèrent à mes artères pour me sucer le sang. Je luttai pour me libérer et, malgré le poids de tous ces immenses corps accumulés, je réussis à me remettre debout. Tenant toujours mon épée, je réduisis la longueur de ma prise de façon à l'utiliser plutôt comme un poignard. Je parvins ainsi à faire un tel massacre parmi eux que, pendant un court instant, je demeurai libre.

Mais ce qui m'a pris quelques minutes à écrire ne dura pas, en réalité, plus de quelques secondes. Tars Tarkas, voyant mes difficultés, s'était laissé retomber des branches basses qu'il avait réussi à atteindre aux prix d'efforts des plus pénibles. Je venais d'abattre le dernier de mes assaillants, quand le grand Tharkien sauta à mes côtés. Nous reprîmes le combat, côte à côte, comme nous l'avions déjà fait des centaines de fois auparavant.

Encore et toujours, les féroces singes blancs nous serraient de très près ; encore et toujours, nous parvînmes à les faire reculer devant nos épées. Les hommes-plantes nous chargeaient sans cesse, en se servant de leurs queues comme d'un fouet cinglant doué d'une force formidable. Ils arrivaient de toutes les directions, certains bondissant par-dessus nos têtes avec l'agilité d'un lévrier. Mais ces attaques se heurtaient à deux hommes qui, depuis vingt ans, avaient la réputation d'être les meilleures épées que la planète Mars eût connues : Tars Tarkas et John Carter étaient les noms que le monde des combattants prononçait le plus volontiers.

Mais que peuvent faire les deux meilleures lames d'une planète entière quand elles se trouvent submergées par une cohue, féroce et sauvage, d'individus ignorant ce qu'est la défaite, tant que l'acier glacial n'a pas arrêté les battements de leur cœur ? Nous dûmes rompre pas à pas, cédant sans cesse du terrain jusqu'à nous trouver acculés contre le tronc géant de l'arbre choisi pour notre ascension. Là encore, chaque assaut projetant sur nous la masse entière de nos assaillants, nous fûmes contraints de reculer progressivement jusqu'à avoir fait la moitié du tour de ce tronc colossal.

Tars Tarkas était le plus avancé et, soudainement, je l'entendis pousser un petit cri de joie.

— Voilà un abri au moins pour l'un de nous, John Carter, dit-il et, baissant mon regard, je vis effectivement une ouverture circulaire, d'environ un mètre de diamètre, située à la base de l'arbre.

— Entrons tous deux, Tars Tarkas ! m'écriai-je, mais il refusa, affirmant qu'il avait une trop grande carrure pour passer par une ouverture aussi petite ; tandis que moi, je devais pouvoir m'y insinuer avec facilité.

— Nous mourrons tous les deux si nous restons à découvert, John Carter. Une petite chance s'offre à l'un de nous. Saisissez-la et vous vivrez ainsi pour me venger ; il est inutile pour moi de tenter de me faufiler dans une ouverture aussi petite comme un vulgaire ver avec cette horde de démons qui nous serre de près de tous les côtés.

— Alors, nous mourrons tous les deux, Tars Tarkas, répliquai-je, car je n'irai jamais en premier. Laissez-moi défendre cette ouverture pendant que vous vous y introduisez, ensuite ma plus petite taille me permettra de me glisser prestement auprès de vous avant même qu'ils puissent m'en empêcher.

Nous échangeâmes ces propos, par bribes, tout en ferraillant et en portant des coups diaboliques à nos ennemis, qui pullulaient.

Il finit par obtempérer car cela semblait être le seul moyen d'échapper tous deux au nombre sans cesse croissant d'assaillants qui nous entouraient, grouillant littéralement, accourus de toutes les directions de la large vallée.

— C'est bien vous, John Carter, de placer votre propre vie en dernier, observa-t-il, mais il est encore plus de votre style de disposer de la vie des autres et de leur ordonner ce qu'il faut faire, même au plus grand des jeddaks qui règne sur Barsoom !

Son visage dur et cruel s'éclaira d'un sourire, plutôt moqueur, tandis qu'il s'apprêtait, lui, le plus grand jeddak qui fût, à obéir aux ordres donnés par une créature étrangère à son monde, par un homme dont la taille n'atteignait pas la moitié de la sienne.

— Si vous échouez, John Carter, ajouta-t-il, sachez bien que le cruel Tharkien sans cœur à qui vous avez appris ce qu'était l'amitié sortira pour mourir auprès de vous.

— Comme vous voudrez, mon ami, répondis-je, mais hâtez-vous, maintenant, la tête la première, pendant que je couvre votre retraite.

Ces mots le firent encore hésiter car, jamais au cours de sa vie de combattant il n'avait encore tourné le dos à quoi que ce fût sinon à un ennemi mort ou vaincu.

— Vite, Tars Tarkas ! le pressai-je, sinon nous courons tous deux à une mort inutile ; je ne vais pas pouvoir les contenir indéfiniment seul.

Il se mit alors à ramper pour arriver à s'insinuer dans l'étroit orifice. Aussitôt, la horde hurlante de ces créatures endiablées et hideuses se jeta sur moi. La lame de mon épée miroitait sans cesse à droite et à gauche, par moments toute verte du suc poisseux des hommes-plantes et, un instant après, rouge du sang écarlate d'un grand singe blanc. Je volais littéralement d'un assaillant à un autre, n'hésitant qu'une fraction de seconde sur l'emplacement exact où il me fallait frapper pour transpercer le cœur de ces créatures sauvages.

Je me battis de la sorte avec une fougue que je n'avais encore jamais déployée, alors que la situation paraissait si désastreuse que, même aujourd'hui je n'arrive pas à comprendre comment des muscles humains ont pu résister à un tel assaut et supporter les coups de boutoir d'une pareille masse d'assaillants acharnés.

Ces brutes, craignant que nous ne leur échappions, redoublèrent d'efforts pour arriver à m'abattre et, bien que le sol fût jonché des corps de leurs compagnons, morts ou agonisants, ils parvinrent finalement à me renverser pour la seconde fois de cette journée, et je sentis de nouveau l'horrible contact des ventouses suceuses de sang sur ma chair.

Mais à peine étais-je tombé que je sentis une poigne puissante m'agripper par les chevilles ; en une seconde je fus attiré à l'abri, dans l'intérieur du tronc d'arbre. Tars Tarkas lutta comme un diable pendant un moment pour se débarrasser d'un homme-plante particulièrement acharné, qui gardait ses crocs férocement plantés dans ma poitrine, mais, à tâtons, je parvins à lui planter la pointe de mon épée par-dessous et, en donnant une grande poussée, je transperçai ses organes vitaux.

Le corps tailladé, saignant de multiples blessures, je restai près d'une heure allongé sur le sol, haletant, dans le creux de cet arbre géant, tandis que Tars Tarkas défendait l'ouverture contre la meute furieuse s'agitant au-dehors.

Ils firent plusieurs tentatives pour nous atteindre mais finirent par se contenter de pousser des cris perçants, terrifiants, des hurlements. On entendait les horribles grognements des grands singes blancs ainsi que l'indescriptible ronronnement des hommes-plantes, qui remplissait d'effroi.

Finalement, une vingtaine seulement restèrent pour nous empêcher de fuir et notre sort sembla se résumer à un siège en règle, dont l'issue ne pouvait être que la mort par inanition. En effet, même si nous étions capables de nous glisser dehors à la faveur de l'obscurité, il était bien improbable que nous puissions découvrir un moyen quelconque d'évasion dans cette vallée inconnue et hostile.

L'attaque ayant cessé et nos yeux s'habituant progressivement à la demi-obscurité qui régnait dans cet étrange refuge, je me mis à l'explorer. L'arbre était creux sur une bonne quinzaine de mètres de diamètre et je jugeai, à son sol bien plat et tassé, que ce lieu avait dû servir plus d'une fois à abriter d'autres occupants. Levant les yeux, pour juger de la hauteur de la cavité, j'aperçus, tout en haut, une faible lueur du jour.

Une ouverture était donc ménagée là aussi. Il y avait quelque espoir, si nous pouvions l'atteindre, de gagner un autre refuge dans une des grottes de la falaise. Mon œil s'était maintenant bien accommodé à la pénombre, et, poursuivant mes recherches, je découvris une échelle grossière au fin fond de la cavité. J'y montai aussitôt et m'aperçus que son sommet aboutissait à une succession de barreaux horizontaux traversant le puits formé par l'intérieur du tronc, qui à cette hauteur devenait beaucoup plus étroit. Ces barreaux, distants l'un de l'autre d'un mètre environ, formaient une véritable échelle se continuant aussi loin que portait mon regard.

Je me laissai tomber au sol, et fis part à Tars Tarkas de ce que je venais d'observer. Celui-ci jugea qu'il serait bon de pousser mon investigation aussi loin que le permettrait la prudence, tandis qu'il continuerait d'assurer la garde contre une attaque éventuelle.

Je repris donc mon exploration en la poussant aussi loin que possible. Les barres horizontales étaient là, toujours de plus en plus haut, et je les voyais constamment au-dessus de moi, au fur et à mesure que je m'élevais, la lueur qui venait d'en haut augmentant d'autant.

Je continuai à grimper ainsi sur cent cinquante mètres jusqu'à cette ouverture supérieure pratiquée dans le tronc. Elle avait le même diamètre que l'ouverture d'entrée, à la base du tronc, et ouvrait directement sur une large branche, dont la face supérieure était suffisamment usée pour attester qu'elle servait depuis fort longtemps de passage à des créatures qui devaient l'utiliser pour se rendre à l'étrange puits.

Je ne m'aventurai pas sur cette passerelle improvisée, de crainte que l'on ne me voie d'en bas et que l'on ne nous coupe cette issue, mais me précipitai pour rendre compte de mes découvertes à Tars Tarkas.

Je le rejoignis rapidement et nous entreprîmes bientôt de monter à l'échelle pour atteindre l'ouverture supérieure. Tars Tarkas passa devant. Quand j'eus atteint le premier barreau, je tirai l'échelle derrière moi et la lui passai. Il la monta d'une trentaine de mètres, et, là, la coinça entre l'un des barreaux et la paroi du puits de manière à ce qu'elle ne bouge plus.

Pendant ce temps, je m'occupai à retirer les barreaux derrière moi à mesure que je les avais utilisés. Ainsi, nous eûmes bientôt fait disparaître tout moyen d'escalade sur une trentaine de mètres en partant du sol, empêchant ainsi une attaque par-derrière, toujours possible. Nous l'apprîmes par la suite, cette précaution nous sauva d'une fort mauvaise posture et nous permit, ultérieurement, d'échapper au terrible danger que nous courions.

Quand il eut atteint la partie supérieure de la cheminée, Tars Tarkas s'effaça sur le côté pour me laisser passer devant en éclaireur, car du fait de mon poids moindre et de ma grande agilité, j'étais tout désigné pour m'aventurer sur cette passerelle suspendue au-dessus d'un vide vertigineux.

La branche sur laquelle je me trouvais montait en pente douce vers la falaise et, en la suivant, je constatai qu'elle se terminait un peu au-dessus d'un léger rebord saillant sur la paroi de la falaise à l'entrée d'une étroite caverne. Mais, en approchant de l'extrémité, plus mince, la branche, sous mon poids, ploya vers le bas, et, tandis que je me tenais en équilibre instable sur l'extrême pointe, elle finit par se balancer tout doucement à la hauteur du rebord, ne laissant plus qu'un écart de quelques dizaines de centimètres de largeur.

A cent cinquante mètres en contrebas s'étendait la surface rouge de la vallée ; au-dessus de moi, à près de mille cinq cents mètres de hauteur, se dressait la paroi étincelante des splendides falaises.

La caverne en face de laquelle je me trouvais ne faisait pas partie de celles que j'avais entraperçues du sol, qui, elles, se situaient beaucoup plus haut, peut-être à trois cents mètres de là. Mais, autant que je pouvais en juger, elle convenait tout aussi bien qu'une autre et je retournai en conséquence chercher Tars Tarkas.

Nous rampâmes ensemble le long de la passerelle mouvante, mais quand nous en atteignîmes l'extrémité, ce fut pour constater que la branche était surchargée : nos poids conjugués la faisaient tellement ployer que l'ouverture de la caverne se trouvait bien trop haut pour pouvoir être atteinte.

Nous décidâmes alors que Tars Tarkas reviendrait en arrière, en me laissant son grand harnais de cuir, et que, lorsque la branche serait remontée juste en face de l'avancée, je gagnerais la falaise. Ensuite, quand Tars Tarkas viendrait à son tour, je lui lancerais la courroie et il n'aurait plus qu'à se hisser à la force du poignet pour atteindre la plate-forme.

C'est ce qui fut exactement fait, sans autre péripétie, et nous nous retrouvâmes enfin tous deux sur l'étroit rebord qui offrait une vue superbe à donner le vertige sur toute la vallée qui s'étendait en contrebas.

La forêt magnifique et les prairies, d'un rouge sombre s'étendaient aussi loin que portait le regard, bordant une mer silencieuse, et ce paysage était dominé par les falaises géantes, lumineuses, qui le protégeaient. Il nous sembla distinguer, au loin, une sorte de minaret doré qui rutilait au soleil dans le lointain, au milieu des cimes ondulantes des arbres géants. Mais nous abandonnâmes très vite cette idée, pensant être les victimes d'une simple illusion due à l'immense désir que nous avions de trouver une quelconque trace de civilisation en cet endroit splendide mais plein de menaces.

Tout en bas, à nos pieds, sur les berges de la rivière, les grands singes blancs achevaient de dévorer les restes des compagnons de Tars Tarkas, pendant que des troupeaux d'hommes-plantes broutaient la prairie, en cercles sans cesse croissants, la transformant en véritable gazon, le mieux entretenu qui se puisse concevoir.

Sachant qu'il était maintenant très peu probable qu'une attaque vînt de l'arbre, nous décidâmes d'explorer la caverne, dont tout nous portait à croire qu'elle n'était qu'un prolongement du parcours que nous avions déjà emprunté et qui menait « les dieux seuls savent où », mais en tout cas permettait de quitter cette vallée où ne régnait qu'une sinistre férocité.

En progressant, nous trouvâmes un couloir de belles proportions, creusé à même la roche. Les murs mesuraient six mètres de hauteur, la largeur était d'un mètre cinquante et le plafond était cintré. Nous n'avions aucun moyen de faire de la lumière et devions donc avancer lentement à tâtons, en plongeant dans une obscurité de plus en plus grande. Tars Tarkas gardait une de ses mains contre une paroi, et j'en faisais autant sur celle d'en face, tout en nous tenant par la main restée libre, cela afin de ne pas risquer, à la suite d'un dédoublement du couloir, de nous trouver séparés ou de nous perdre complètement dans un labyrinthe inextricable.

Combien de chemin fîmes-nous de la sorte, je n'en sais trop rien. Toujours est-il qu'à un moment nous nous heurtâmes à un obstacle qui empêchait toute progression. Cela ressemblait plus à une cloison qu'à l'extrémité de la caverne qui se serait achevée brutalement, car le matériau utilisé ne provenait pas de la falaise ; il semblait s'agir d'un bois très dur.

Je passai mes mains dessus silencieusement, palpant toute la surface, et ma recherche fut bientôt récompensée. En effet, je découvris un bouton, ce qui, sur Mars, indique que l'on est en présence d'une porte, aussi sûrement que le fait une poignée sur la Terre !

Appuyant doucement dessus, j'eus la satisfaction de sentir la porte céder lentement devant moi. Un instant plus tard, nos yeux plongeaient dans une vaste pièce faiblement éclairée qui, à première vue, paraissait inoccupée.

Sans plus attendre, j'ouvris la porte toute grande et, suivi du grand Tharkien, pénétrai dans la salle. Nous étions occupés à examiner la pièce en silence, quand un léger bruit se fit entendre par-derrière. Je me retournai brusquement et, à ma grande stupéfaction, je vis la porte se refermer toute seule avec un cliquetis sec, comme si un bras invisible l'avait actionnée.

Je bondis aussitôt vers elle pour la rouvrir de force, car le mécanisme mystérieux de cette chose et le silence inquiétant, presque palpable, qui régnait laissaient présager qu'une présence maléfique se dissimulait dans cette salle creusée dans le rocher au cœur des falaises d'or.

Mes doigts griffèrent inutilement ce vantail inébranlable, tandis que mes yeux balayaient en vain toute la surface, à la recherche d'un bouton semblable à celui grâce auquel j'avais ouvert, de l'autre côté.

Alors, dans ce lieu morne et désolé, une bouche invisible fit entendre un éclat de rire moqueur et plein de cruauté.

CHAPITRE III

La chambre du Mystère

Tars Tarkas et moi-même restâmes dans un silence tendu après que cet abominable rire eut cessé de retentir, de se réverbérer entre les parois de cette salle, et nous attendîmes. Mais aucun son ne vint troubler le silence et rien ne bougea, dans notre champ de vision.

Finalement, Tars Tarkas fut pris d'un rire étouffé, de ce rire qui secoue les Hommes Verts en présence de situations horribles ou terrifiantes. Ce n'est pas un rire hystérique, mais il s'agit plutôt de l'expression naturelle du plaisir qu'ils éprouvent devant des choses qui, sur la Terre, provoquent la répugnance ou les larmes. Je les ai bien souvent vus se rouler à terre dans les spasmes d'une hilarité incontrôlable devant le spectacle des souffrances endurées par des femmes et des enfants soumis à la torture, au cours de ces fêtes diaboliques, spécifiquement vertes, que sont les Grands Jeux.

Je regardai le Tharkien en arborant moi aussi un sourire, car il est certain que nous avions plus besoin, en ces circonstances, d'un visage souriant que d'un menton tremblotant.

— Que pensez-vous de tout cela ? demandai-je. Par tous les diables, où sommes-nous ?

Il me regarda, stupéfait.

— Où nous sommes ! répéta-t-il. Voulez-vous dire, John Carter, que vous ignorez où nous nous trouvons ?

— Que nous soyons sur Mars, c'est une certitude, mais c'est bien la seule ! Et votre présence ainsi que celle des grands singes blancs, celle-ci même disparaîtrait. En effet, ce que j'ai vu aujourd'hui a aussi peu de rapport avec mon Barsoom bien-aimé tel qu'il était il y a de cela dix longues années que cela en a avec le monde où je suis né. Non ! Tars Tarkas, je ne sais pas du tout où nous sommes !

— Mais où donc avez-vous été, depuis que vous avez réussi à ouvrir les portes massives de l'usine à atmosphère, il y a tant d'années, à la suite de la mort des gardiens et de l'arrêt des machines * ? Tout Barsoom était en train de périr d'asphyxie et nombreux étaient ceux qui étaient déjà morts ! On n'a même jamais pu retrouver votre corps, bien que tout un peuple l'ait cherché pendant des années. Le jeddak d'Hélium et sa petite-fille, votre princesse, ont offert des récompenses si munificentes que des princes de sang royal se sont joints aux recherches. Une seule conclusion s'imposait, au terme de ces vains efforts, c'est que vous aviez entrepris le long et ultime pèlerinage, la descente de la mystérieuse Iss, pour que cette rivière vous conduise dans la vallée de Dor, sur les rivages idylliques de la mer perdue de Korus, où vous auriez attendu la belle Dejah Thoris, votre princesse. Mais nul ne sait pour-

* C'est la très belle scène finale du premier volume, *Une princesse de Mars* (N.D.T.).

quoi vous aviez entrepris ce pèlerinage car votre princesse était toujours en vie...

— Dieu merci ! l'interrompis-je, je n'osais pas vous le demander, tant je redoutais d'apprendre qu'il avait été trop tard pour la sauver : elle était très faible quand je l'ai laissée dans les jardins du palais royal de Tardos Mors lors de cette lointaine nuit, si faible, en vérité, que je doutais de pouvoir atteindre l'usine à atmosphère avant que son cher esprit ne m'ait quitté à tout jamais. Et vous dites qu'elle est bien vivante ?

— Elle est vivante, John Carter.

— Bon ! Mais vous ne m'avez toujours pas dit où nous sommes ! lui rappelai-je.

— Nous sommes, là où je m'attendais à vous retrouver, John Carter, vous et quelqu'un d'autre. Voilà longtemps, vous avez entendu raconter l'histoire de cette femme qui m'a fait connaître ce que l'on apprend aux Martiens Verts à détester, de cette femme qui m'a fait découvrir l'amour. Vous savez aussi quelles tortures lui furent infligées à cause de cet amour et la mort affreuse qu'il lui valut, entre les griffes de cette bête fauve qu'était Tal Hajus. Or, j'avais la certitude qu'elle m'attendait près de la mer perdue de Korus. Je n'ai pas besoin de vous rappeler qu'il incombait à un homme d'un autre monde, vous en l'occurrence, d'enseigner aussi à ce Tharkien cruel que j'étais ce qu'est l'amitié. Et je pensais que vous aussi étiez parti vagabonder dans la vallée de Dor, ce lieu où les soucis n'existent plus. Ainsi, les deux êtres que je désirais revoir le plus ardemment se trouvaient au bout du long pèlerinage qu'il me faudrait accomplir un jour. Or, comme le temps pendant lequel Dejah Thoris avait espéré que vous reviendriez près d'elle — après ce qu'elle s'était toujours efforcée de considérer comme un retour momentané sur votre planète —, comme ce temps, donc, était maintenant écoulé, n'y tenant plus, j'entrepris de réaliser mon projet et, il y a un mois, je me lançai dans le grand voyage, que vous avez vu se terminer aujourd'hui même. Comprenez-vous, maintenant, où vous êtes, John Carter ?

— C'était donc l'Iss, et elle se jetait dans la mer perdue de Korus, dans la vallée de Dor ? demandai-je.

— Mais oui ! C'est la vallée de l'amour, de la paix et du repos où tous les Barsoomiens, depuis des temps immémoriaux, aspirent à se rendre en pèlerinage au terme d'une vie de haine, de conflits et de carnages, répondit-il. John Carter, voilà le paradis !

Il dit cela d'un ton glacial, chargé d'une ironie cinglante. Son amertume ne pouvait que refléter le terrible désappointement éprouvé. Une désillusion aussi abominable, une pareille explosion, réduisant à néant les espoirs et les espérances de toute une vie, l'abolition aussi brutale de traditions séculaires, tout cela aurait pu justifier une réaction plus spectaculaire de la part du Tharkien.

Je lui posai la main sur l'épaule.

— Je compatis ! dis-je, ne trouvant rien d'autre à exprimer devant une telle peine.

— Songez, John Carter, aux innombrables milliards de Barsoomiens qui, depuis le commencement des temps, pour accomplir ce pèlerinage ont choisi de descendre cette rivière hostile, pour tomber au bout du compte entre les griffes des horribles créatures qui nous ont assaillis aujourd'hui. Une ancienne légende racontait qu'un Homme Rouge était un jour parvenu à revenir des rivages de la mer perdue de Korus, de la vallée de Dor, à remonter le cours de la mystérieuse Iss. Cette légende prétendait qu'à son retour il avait tenu des propos jugés aussitôt blasphématoires, où il était question d'horrible brutes qui auraient habité une vallée de rêve, merveilleuse en vérité, et qui se seraient précipitées sur tous les Barsoomiens achevant leur pèlerinage, pour les dévorer tout vifs sur les bords de la mer Perdue, là où ils avaient espéré trouver amour, paix et bonheur. Les Anciens avaient mis le blasphémateur à mort, la tradition exigeant que quiconque aurait fait retour du sein de la rivière du Mystère serait ainsi puni. Mais nous savons maintenant qu'il ne blasphémait nullement : la légende disait vrai et cet homme n'a fait que décrire ce qu'il avait vu. Mais à quoi cela peut-il nous servir, John Carter, puisque si même nous parvenions à nous échapper, nous serions traités pareillement de blasphémateurs. Nous voici placés entre le thoat sauvage de la certitude et le zitidar fou des faits concrets. Il n'y a pas d'échappatoire possible !

— Comme on dit sur la Terre, nous voilà pris entre le marteau et l'encume, Tars Tarkas, répondis-je, et je ne pus que sourire devant le dilemme qui nous était posé.

— Nous ne pouvons rien faire d'autre qu'accepter les choses comme elles se présentent, avec, au moins, la satisfaction de savoir que ceux qui nous massacreront auront des pertes beaucoup plus importantes à dénombrer de leur côté ! Que ce soient les grands singes blancs, les Barsoomiens Verts ou les Hommes Rouges, ils doivent savoir qu'ils paieront chèrement en vies humaines le fait de s'attaquer en même temps à Tars Tarkas, le jeddak de Thark, et à John Carter, le prince de la maison de Tardos Mors.

Ne pouvant résister à son humeur macabre, j'éclatai de rire. Il en fit de même dans un de ces rarissimes moments de plaisir véritable qui contribuaient à distinguer ce farouche chef tharkien de ses semblables.

— Mais vous-même, John Carter ! s'écria-t-il finalement, si vous étiez absent durant toutes ces années, où donc perchiez-vous et, surtout, comment se fait-il que je vous trouve là aujourd'hui ?

— J'étais retourné sur la Terre, répondis-je. Pendant dix longues années j'ai tellement prié et supplié pour qu'arrive enfin le jour où je retournerais sur votre sinistre planète, pour laquelle, malgré ses horribles coutumes, j'éprouve une sympathie et un amour encore plus grands que pour le monde où je suis né. Oui ! j'ai enduré dix ans d'une vie pareille à la mort, passée dans l'incertitude et le doute lancinant : Dejah Thoris vivait-elle toujours ? Et puis, après tout ce temps, le jour où mes prières ont été entendues, où mes craintes ont été enfin levées, je me trouve précipité par un caprice cruel du destin dans le seul lieu de Barsoom d'où on ne peut apparemment pas s'échapper — ou, y parviendrait-on, les conséquences d'un tel acte anéantiraient à tout jamais le dernier espoir, combien fragile, auquel je me raccroche de revoir ma princesse dans cette vie. Et vous avez vu aujourd'hui même à quel point il est vain, pour l'homme, d'aspirer à une félicité matérielle d'outre-tombe. Une demi-heure à peine avant de vous voir ferrailler contre les hommes-plantes, je me trouvais, au clair de lune, sur les rives d'un grand fleuve de la côte est du pays le plus béni qui soit à la surface de la Terre. J'ai répondu à votre question, mon ami. Me croyez-vous ?

— Je vous crois ! répondit Tars Tarkas, bien que je ne comprenne pas !

Tout en parlant, j'avais exploré du regard l'intérieur de cette immense salle. Elle devait faire dans les soixante mètres de longueur sur trente de largeur, et il paraissait bien y avoir une embrasure, dénotant la présence d'une porte dans le mur opposé à celui par lequel nous étions rentrés.

Les matériaux étaient ceux de la falaise elle-même et l'on remarquait principalement la présence d'or brut, qui brillait à la faible lumière émise par un unique dispositif d'éclairage installé au centre de la voûte et fonctionnant au radium. Des rubis, des émeraudes, des diamants polis affleuraient de-ci de-là sur les murs et le plafond d'or. Le sol, lui, était fait d'une autre substance, particulièrement dure, et d'innombrables passages l'avaient rendu lisse comme du verre. Les deux portes mises à part, on ne décelait aucune autre ouverture.

Sachant l'une de ces issues verrouillée de l'extérieur, je m'approchai de la seconde. Alors que je tendais la main pour chercher le bouton commandant l'ouverture, le rire cruel et moqueur retentit une nouvelle fois, tellement proche que j'eus un sursaut involontaire vers l'arrière et affermis d'instinct mon emprise sur la poignée de mon épée.

Puis, venant de l'autre bout de l'immense salle, une voix caverneuse se mit à psalmodier :

Il n'y a pas d'espoir,
Pas d'espoir,
Les morts ne reviennent jamais,
Non, absolument jamais !
Il n'y a pas non plus de résurrection.
N'espère rien.
Car il n'y a rien à espérer.

Nos yeux se tournèrent instantanément vers l'endroit d'où cette voix paraissait venir, mais personne n'était visible, et je dois reconnaître qu'un frisson glacé me parcourut l'épine dorsale et que les cheveux se dressèrent sur ma nuque, comme les poils d'un chien de garde se hérissent sur son cou quand, la nuit, il voit des choses menaçantes qui demeurent cachées au regard de l'homme.

Je marchai rapidement vers la voix sépulcrale, mais elle cessa avant que j'eusse atteint la paroi. Une autre, glapissante et perçante, prit alors le relais à l'extrémité opposée :

Insensés ! Insensés !
Croyez-vous pouvoir défier les lois éternelles
De la vie et de la mort ?
Croyez-vous être capables de priver Issus,
La mystérieuse déesse de la Mort,
De sa juste prébende ?
Son puissant messager, le viel Iss, ne vous a-t-il pas portés
Dans son sein de plomb,
Vous amenant selon votre volonté
Dans la vallée de Dor ?
Croyez-vous, ô fous que vous êtes, qu'Issus
Va abandonner ce qui lui revient de droit ?
Croyez-vous pouvoir vous échapper de cet endroit
D'où un seul a pu fuir au cours de ces temps immémo-
[riaux ?
Non ! Retournez d'où vous venez,
Dans la gueule pleine de clémence
Des enfants de l'Arbre de Vie
Ou entre les crocs étincelants des grands singes blancs.
Car là se trouve un rapide soulagement
A toutes les souffrances.
Mais si vous persistez à vouloir traverser le labyrinthe
Des falaises d'or, dans les montagnes d'Otz,
Et à franchir les remparts imprenables
De la forteresse des saints therns,
Alors, en route, la Mort vous saisira,
Sous son masque le plus effroyable,
Une fin tellement horrible, que les saints therns eux-mêmes,
Qui conçurent pourtant la vie et la mort,
Détournent les yeux de sa monstruosité
Et se bouchent les oreilles pour ne pas entendre

Les abominables hurlements de ses victimes.
Ô insensés, retournez d'où vous venez !

Et le rire affreux retentit à nouveau, venant encore d'une autre partie de la pièce.

— Voilà qui est bien mystérieux, remarquai-je en me tournant vers Tars Tarkas.

— Qu'allons-nous faire ? demanda-t-il. Nous ne pouvons nous battre contre du vent ; je préférerais presque revenir en arrière et faire face à des ennemis dont je sens la lame de mon épée mordre la chair, et savoir que je vends chèrement ma carcasse avant de tomber dans cet oubli sans fin qui constitue manifestement l'éternité la plus méritée et la plus désirable qu'un mortel soit en droit d'attendre.

— Oui ! Mais si, ainsi que vous le dites, on ne peut se battre contre de l'air, Tars Tarkas, inversement un courant d'air ne peut rien non plus contre nous. Moi qui ai combattu et vaincu toute ma vie des adversaires pleins de feu et de nerf, à la lame bien trempée, je ne vais pas battre retraite devant de l'air, et vous non plus, Tharkien.

— Mais ces voix invisibles pourraient provenir de créatures invisibles maniant des lames que l'on ne pourrait voir, elles non plus, objecta le grand guerrier.

— Balivernes que tout cela, Tars Tarkas ! m'écriai-je. Ces voix appartiennent à des êtres de chair aussi réels que vous ou moi. Le sang coule dans leurs veines et on peut le faire couler aussi aisément que le nôtre. Le seul fait qu'ils restent invisibles à nos yeux est à mon avis la meilleure preuve que ce sont des mortels, pas très courageux, d'ailleurs ! Pensez-vous vraiment, Tars Tarkas, que John Carter va s'enfuir au premier cri d'un ennemi assez lâche pour ne pas se montrer ouvertement et se mesurer à une bonne lame ?

J'avais prononcé ces mots à haute et intelligible voix afin que nos tourmenteurs, prétendus immatériels, puissent bien m'entendre, car j'en avais assez de cette guerre des nerfs. J'avais parfaitement compris que toute cette affaire avait pour seul but de nous effrayer et de nous obliger à retourner dans la vallée de la mort, que nous avions réussi à fuir. Là, nous aurions été les victimes toutes désignées des sauvages créatures qui y régnaient.

Le silence revint. Au bout d'un temps assez long, j'entendis un léger bruit, feutré, qui me fit me retourner avec vivacité... Je me trouvai face à face avec un gros banth doté de nombreuses pattes, qui avançait en ondulant vers moi.

Le banth est une bête de proie d'une grande férocité qui hante les petites collines entourant les rivages des mers disparues de l'ancien Mars ; comme presque tous les animaux de Barsoom, il est pratiquement dépourvu de pelage et ne possède qu'une crinière de poils raides autour de son cou épais. Son corps, long et souple, s'appuie sur dix pattes puissantes ; ses mâchoires énormes sont garnies, comme celles des calots, de plusieurs rangées de longs crocs, acérés comme des aiguilles. La bouche s'ouvre largement au-delà de ses minuscules oreilles, et ses immenses yeux verts protubérants rendent encore plus terrifiant son aspect général, déjà effrayant.

Alors qu'il rampait vers moi, sa queue puissante venait battre ses flancs jaunes. Constatant qu'il était découvert, il poussa le rugissement terrifiant qui paralyse bien souvent sa victime au moment où il bondit.

Il lança donc sa masse dans ma direction ; mais le

rugissement rauque n'entraîna aucune terreur chez moi et encore moins la paralysie. De sorte qu'il trouva une lame d'acier froid pour l'accueillir, au lieu de la bonne chair fraîche et tendre que ses mâchoires ouvertes essayaient déjà d'engloutir.

Un instant après, je retirai ma lame du cœur inerte de ce grand lion barsoomien, et, me tournant vers Tars Tarkas, j'eus la surprise de constater qu'il affrontait une bête semblable.

Il en avait à peine fini que, me retournant, comme guidé par quelque instinct subconscient, je vis un autre de ces monstres bondir à travers la pièce dans ma direction.

A partir de ce moment, pendant près d'une heure, on lâcha sur nous ces hideuses créatures les unes après les autres. Elles semblaient surgir de l'air ambiant.

Tars Tarkas était satisfait : il avait affaire à du concret dans lequel il pouvait tailler, trancher, piquer tout à loisir, de sa longue épée. Tandis que je trouvais, quant à moi, que ce divertissement représentait un net progrès par rapport aux voix inquiétantes qui sortaient de bouches invisibles.

Nos nouveaux ennemis n'avaient rien de surnaturel. Les hurlements de rage et de douleur qu'ils poussaient quand ils sentaient le fer acéré atteindre leurs organes vitaux, de même que le sang qui coulait de leurs artères sectionnées, tandis qu'ils mouraient d'une mort tout ce qu'il y avait de réel, le prouvaient amplement.

Je le remarquai bien tout le temps que dura ce nouvel harcèlement : les bêtes n'apparaissaient que lorsque nous avions le dos tourné ; jamais elles ne se matérialisaient à partir de rien, comme il semble que l'on aurait voulu nous le faire croire.

A aucun moment je ne perdis non plus mes facultés de raisonnement au point d'être amené à croire que les bêtes pouvaient arriver dans la pièce autrement que par un ingénieux système de trappe.

Parmi les ornements que comportait le harnachement de cuir de Tars Tarkas — le seul « vêtement » porté par les martiens, mis à part les capes et les robes en soie garnies de fourrures qu'ils revêtent pour lutter contre le froid intense, à la tombée de la nuit —, il y avait un petit miroir, à peu près de la taille d'un miroir de femme, situé juste entre les épaules et la ceinture, contre son large dos. Alors qu'il se tenait légèrement baissé devant un nouvel assaillant abattu, mes yeux tombèrent par hasard sur ce miroir et ce que j'y aperçus me fit lui murmurer à voix basse :

— Ne bougez pas, Tars Tarkas ! Pas un muscle.

Il ne posa aucune question et s'immobilisa complètement, comme une image gravée. J'observai alors un manège bien étrange, qui avait une très grande importance pour nous !

Il s'agissait d'un rapide mouvement de pivotement du mur situé derrière nous, qui correspondait à la rotation simultanée d'une partie du sol qui se trouvait devant lui. On aurait pu imaginer une carte de visite placée verticalement en plein milieu d'une pièce de monnaie, celle-ci étant posée à plat sur une table. La carte aurait représenté la portion du mur pivotant sur une partie du sol qu'aurait simulée la pièce de monnaie. Tous deux étaient si parfaitement ajustés qu'aucune lueur ne filtrait dans la demi-pénombre de la grande salle. Quand fut accompli un demi-tour je pus voir une bête énorme tranquillement assise sur son arrière-train, sur la partie mobile du sol initialement située derrière le mur ; une fois le mouvement de pivotement terminé, l'animal nous faisait face ! C'était d'une grande simplicité.

Mais, ce qui retint surtout mon attention, c'est ce

que l'on voyait derrière le mur, ce qui apparaissait un bref instant au moment de l'ouverture. Il s'agissait d'une grande salle bien éclairée, où plusieurs personnes, hommes et femmes, étaient enchaînées au mur. Leur faisant face se trouvait l'opérateur de toutes ces manœuvres de la porte secrète : un homme à l'expression mauvaise, démoniaque, ni rouge comme les Hommes Rouges de Mars, ni vert comme les Hommes Verts, mais blanc comme moi-même, avec une masse de cheveux blancs qui flottaient.

Les prisonniers étaient des Martiens Rouges. Il y avait également enchaînées elles aussi, un bon nombre de bêtes semblables à celles que l'on avait lancées contre nous et d'autres encore, énormes, d'une espèce tout aussi féroce.

Je fis face à mon nouvel ennemi avec une ardeur toute renouvelée.

— Surveillez le mur de votre côté, Tars Tarkas, le prévins-je. Ces bêtes nous sont envoyées par un système secret d'ouverture contenu dans le mur.

Je lui dis ces mots tout bas, dans un murmure, de façon à ne pas révéler à nos tortionnaires que leur truc était éventé.

Aussi longtemps que nous fîmes face aux deux murs opposés, il n'y eut aucune attaque, ce qui me prouva qu'il existait dans les cloisons un système permettant de nous observer.

Je finis par échafauder un plan d'action. Reculant de manière à être très près de Tars Tarkas, je le lui communiquai dans un murmure, l'œil toujours fixé sur le mur qui me faisait face.

Le grand Tharkien manifesta son accord par un grognement et ainsi que le prévoyait mon plan, se mit à reculer vers le mur me faisant face, tandis que je me déplaçais lentement devant lui.

Lorsque nous fûmes arrivés à trois mètres environ du passage secret, je fis arrêter mon compagnon, lui enjoignant de rester immobile jusqu'à ce que j'émette le signal déterminé à l'avance. Je tournai alors le dos à la porte, à travers laquelle je ressentais presque la présence brûlante des yeux maléfiques, de notre tortionnaire. Je cherchai aussitôt des yeux le miroir de Tars Tarkas et me mis tout de suite à scruter la partie du mur qui avait déversé ses monstres féroces sur nous. Très vite, le pan de mur se mit à se mouvoir rapidement. A peine eut-il commencé à bouger que je donnai le signal à Tars Tarkas. Nous bondîmes au moment où le mur abordait la seconde partie de son mouvement. C'était exactement ce qu'il fallait pour que le grand corps de Tars Tarkas puisse s'insinuer en se faufilant dans l'ouverture momentanée.

Quant à moi, je n'eus qu'un seul bond à faire pour me retrouver entièrement dans la pièce adjacente face à face avec l'individu dont j'avais entraperçu l'expression cruelle dans le miroir. Il était de ma taille, très musclé et exactement identique, dans le moindre détail, à un homme terrestre.

Il avait à côté de lui une longue épée, une courte, une dague et un revolver à radium très courant sur Mars. Les usages en honneur sur cette planète auraient exigé qu'il utilisât une arme identique à la mienne, une longue épée, ou une arme moins puissante. Mais il semblait que son sens moral n'eût cure de ces us et coutumes : à peine eus-je atteint le sol, non loin de lui, qu'il se saisit vivement de son revolver ; un simple revers de mon épée le lui fit sauter de la main avant qu'il ait eu le temps d'appuyer sur la gâchette. Il prit immédiatement sa longue épée et, dès lors à armes égales, nous nous lançâmes dans un des duels les plus farouches que j'aie jamais eus à disputer. C'était un escrimeur de toute première force et manifestement bien entraîné, alors que je n'avais plus tenu une épée depuis dix ans et n'en avais repris l'usage que le matin même.

Il ne me fallut pas très longtemps pour retrouver mes dons de bretteur et, au bout de quelques minutes, l'homme réalisa qu'il avait fini par trouver son maître. Il devint livide de rage en constatant que ma garde était invulnérable alors qu'il saignait d'une douzaine de petites blessures au corps et au visage.

— Qui es-tu, homme blanc ? siffla-t-il. Tu n'es pas un Barsoomien du monde extérieur, cela se voit à ta couleur ; mais tu n'es pas des nôtres non plus.

Cette dernière affirmation avait presque valeur de question.

— Que dirais-tu si je venais du temple d'Issus ? dis-je au hasard, sur une inspiration subite.

— Que le Destin m'en garde ! s'écria-t-il devenant encore plus pâle sous le sang qui lui coulait sur tout le visage.

Je ne savais trop comment enchaîner sur mon entrée en matière mais je mis soigneusement l'idée de côté pour l'avenir, si besoin était. Sa réponse signifiait nettement que, pour lui, je pouvais effectivement venir du temple d'Issus que les occupants de ce temple étaient semblables à moi et que, ou bien il les craignait, ou bien leurs personnes ou leurs pouvoirs lui inspiraient du respect, à tel point qu'il tremblait à la seule idée des outrages qu'ils avaient fait subir à l'un d'entre eux.

Pour le moment, je n'avais qu'une préoccupation à son sujet, et elle excluait toute considération abstraite : c'était de lui planter la lame de mon épée entre les côtes, ce que je réussis enfin à faire dans les secondes qui suivirent. Ce n'était pas trop tôt !

Les prisonniers enchaînés avaient suivi ce combat dans le plus grand silence : aucun son n'avait été émis dans cette pièce autre que le cliquetis des lames opposées l'une contre l'autre, le frottement étouffé de nos pieds nus et les quelques mots que nous nous étions adressés, les dents serrées, tandis que se poursuivait notre duel à mort.

Mais, alors que le corps de mon adversaire s'écroulait comme une masse inerte, un cri de femme retentit soudain :

— Tournez-vous, vite ! Attention derrière vous ! s'écria-t-elle.

Et, tandis que je faisais un brusque demi-tour sur moi-même, je me trouvai nez à nez avec un autre homme, de race identique à celui qui gisait maintenant à mes pieds.

L'individu s'était faufilé, en grand silence, dans un corridor obscur et était presque sur moi, l'épée déjà levée avant que je l'aie vu. Par contre, je ne voyais Tars Tarkas nulle part et le panneau secret par lequel j'avais bondi se trouvait refermé de nouveau.

Pourtant, comme j'aurais voulu qu'il soit là, à m'assister ! Je m'étais battu durant de longues heures, sans discontinuer : j'avais vécu des événements violents et ressenti de vives émotions, largement suffisants pour ôter toute vitalité à un homme déjà bien trempé ; en outre, je n'avais ni mangé ni dormi depuis vingt-quatre heures ! J'étais fourbu, éreinté et, pour la première fois depuis des années, je commençai à me poser des questions sur ma capacité à venir à bout d'un adversaire. Mais je n'avais d'autre ressource que d'engager le combat et cela aussi rapidement et avec autant de férocité que j'en étais capable, car ma seule chance de salut était de renverser mon adversaire par la violence de mon attaque : je ne pouvais espérer sortir vainqueur de très longs assauts.

Mais mon nouvel adversaire avait à l'évidence des intentions très différentes : il recula, para, para encore, esquiva jusqu'à ce que je fusse complètement fourbu à la suite de toutes les tentatives que j'avais faites pour en finir avec lui.

Il était peut-être encore meilleur escrimeur que le précédent, et je dois admettre qu'il me mit dans une situation précaire. Il parvint à me placer en difficulté et fut bien près de m'expédier *ad patres.*

Je commençai à me sentir de plus en plus faible et les objets se mirent à m'apparaître brouillés devant les yeux ; je titubais et me déplaçais à l'aveuglette, évoluant dans une sorte de torpeur, plus proche du sommeil que de l'état de veille. C'est alors qu'il me porta le coup qui aurait pu m'être fatal.

Il m'avait contraint à rompre et j'étais tout proche du corps de son compagnon. Il attaqua subitement de sorte que je dus reculer encore davantage. Ma cheville heurta le cadavre et, emporté par l'élan, je m'affalai dessus. Ma tête heurta le sol avec un bruit sourd et c'est à cette circonstance que je dus la vie ! En effet, le choc, au lieu de m'étourdir, m'éclaircit les idées, et la douleur me redonna de l'énergie. Je me sentis soudain de taille à déchirer mon adversaire à main nue. Et je suis convaincu que j'aurais tenté de le faire si, en appuyant la main droite sur le sol pour me relever, je n'avais senti le contact d'un métal froid.

Dès qu'il s'agit des instruments de son État, la main d'un combattant est capable de reconnaître par le seul toucher ce que le profane ne peut identifier que par la vue. Je n'eus donc nul besoin de regarder ni de raisonner, même un bref instant : je savais que je venais de toucher le revolver du mort, celui-là même que j'avais fait sauter de sa main d'un coup d'épée.

L'homme me chargeait, la pointe de sa lame étincelante dirigée droit sur mon cœur. Il éclata d'un rire sardonique et cruel, celui-là même que j'avais entendu dans la chambre du Mystère.

Il mourut ainsi, les lèvres encore retroussées dans cet abominable rire, d'une balle en plein cœur, tirée avec le revolver de son compagnon.

Dans le mouvement impétueux qu'il avait donné à tout son corps afin de m'embrocher, il vint choir sur moi. La garde de son épée dut me frapper à la tête, car je perdis connaissance.

CHAPITRE IV

Thuvia

Un bruit de combat me fit reprendre connaissance. Je restai un petit moment sans savoir où j'étais, et sans pouvoir identifier les bruits qui m'avaient rendu les esprits. C'est alors que, de l'autre côté du mur aveugle, j'entendis le bruit de pieds se déplaçant lourdement, le grognement hargneux de bêtes sauvages, le cliquetis de harnachements métalliques, ainsi que la respiration difficile d'un homme.

Me remettant promptement debout , je jetai un coup d'œil circulaire dans la salle où j'avais trouvé une si chaude réception ! Les prisonniers et les bêtes restaient toujours enchaînés le long du mur opposé et m'examinaient avec des expressions diverses : de la curiosité, de l'étonnement, de l'espoir, ou une rage froide.

Ce sentiment d'espoir était manifeste sur le visage intelligent de la belle Martienne Rouge qui, grâce à son cri d'avertissement, m'avait manifestement sauvé la vie. Elle était une parfaite représentante de cette race d'une grande beauté, dont l'apparence extérieure est identique à celle des races des habitants de la Terre — d'essence plus divine —, à un petit détail près : cette race supérieure de martiens est d'un léger rouge cuivré. Du fait qu'elle ne portait sur elle aucun ornement, je ne pouvais savoir quel statut elle avait dans la société, encore que présentement elle ne pouvait être qu'esclave ou prisonnière.

Je mis quelques secondes pour réaliser ce qui devait se passer de l'autre côté de la cloison mobile. Mes esprits revenaient progressivement et je compris subitement que Tars Tarkas devait mener une lutte désespérée contre des bêtes féroces ou des hommes à l'état sauvage. Je me précipitai de tout mon poids contre le mur, en criant des paroles d'encouragement ; mais j'aurais tout aussi bien fait d'aller heurter de plein fouet les murs des falaises.

Je me mis alors à chercher fébrilement un dispositif d'ouverture, mais je ne pus découvrir aucun mécanisme, et j'allais m'attaquer à cette muraille d'or avec la pointe de mon épée, quand la jeune prisonnière m'apostropha.

— Préservez votre arme, ô puissant guerrier, car vous en aurez certainement plus besoin quand elle sera de quelque secours ; n'allez pas risquer de la briser inutilement contre du métal stupide, qui répond beaucoup mieux au léger attouchement des doigts agiles de quiconque connaît le secret.

— Et ce secret, le connaissez-vous ? demandai-je.

— Oui ! libérez-moi et je vous donnerai accès à l'autre chambre des horreurs, si tel est votre désir. Les clés de mes fers sont sur le premier homme que vous avez vaincu. Mais pourquoi voulez-vous affronter de nouveau le féroce banth, ou les autres forces destructrices lâchées dans ce piège horrible ?

— Parce que mon ami est en train d'y combattre seul !

Je fouillais déjà le cadavre du premier gardien de

cette sinistre salle. L'anneau ovale que j'y trouvai comportait plusieurs clés mais la belle martienne eut tôt fait de retrouver celle qui ouvrait le mécanisme de ses entraves. Elle se libéra et se précipita avec moi en direction du mur à secret.

Elle se remit à chercher une clé sur l'anneau. Cette fois, il s'agissait d'une tige très fine, une véritable aiguille, qu'elle fit pénétrer dans un orifice presque invisible dans la paroi. La porte se mit alors instantanément à pivoter et la portion mobile du plancher sur laquelle je me tenais tourna simultanément ; elle vint se placer d'elle-même dans la salle où Tars Tarkas ferraillait ferme.

Le grand Tharkien était adossé à un angle de murs, face à une demi-douzaine d'énormes monstres accroupis et prêts à bondir dès qu'une possibilité se présenterait. Le fait que leurs têtes et leurs épaules étaient tout ensanglantées expliquait leur prudence et prouvait l'habileté avec laquelle le combattant vert maniait l'épée. Sa peau luisante portait également les traces, muettes mais éloquentes, des attaques furieuses auxquelles il avait jusqu'alors résisté.

Des griffes acérées avaient cruellement lacéré ses jambes, ses bras et sa poitrine. Il était tellement affaibli par les efforts accomplis et par la perte de son sang que je doute qu'il eût pu se tenir debout s'il ne s'était appuyé contre le mur. Mais, avec la ténacité et l'indomptable courage de sa race, il continuait à faire face à ses ennemis implacables, illustrant ainsi le vieux proverbe de sa tribu : « Laissez à un Tharkien sa tête et une main et il pourra encore vaincre. »

Me voyant arriver enfin, un sombre sourire se dessina sur ses lèvres sévères mais je ne pus démêler s'il exprimait le soulagement de se savoir secondé ou une moquerie à mon égard, à me voir ainsi tout sanglant et échevelé.

Alors que j'allais entrer dans la mêlée avec ma rapière, je sentis une douce main se poser sur mon épaule ; je me retournai et constatai avec surprise que la jeune femme m'avait suivi dans la pièce.

— Attendez ! murmura-t-elle dans un souffle, laissez-moi faire ! Elle me poussa pour pouvoir passer et, complètement désarmée et sans aucune défense, elle fit face aux banths hargneux et grondants. Arrivée tout près d'eux, elle prononça un seul mot, à voix basse mais sur un ton péremptoire. Alors, instantanément, les bêtes se retournèrent vers elle. Je regardai, pensant qu'elles allaient la mettre en pièces avant que je puisse me porter à ses côtés, mais, au lieu de cela, elles commencèrent, au contraire, à se rouler à ses pieds, comme des petits chiots prêts à recevoir une correction méritée.

Elle se remit à leur parler, tellement bas que je ne pus saisir un mot ; puis elle se dirigea vers le côté opposé de la salle, suivie sur les talons par les six redoutables monstres. Elle les fit passer l'un après l'autre par le panneau secret dans la pièce située par-derrière, sous nos regards médusés. Quand l'opération fut achevée elle se retourna, nous adressa un petit sourire et elle-même franchit l'ouverture, nous laissant seuls.

Sur le moment, interdits, nous ne prîmes la parole ni l'un ni l'autre. Puis Tars Tarkas dit :

— J'ai entendu le bruit du combat derrière la cloison par où vous étiez passé, mais je n'éprouvais aucune crainte pour vous, John Carter, tout au moins jusqu'au coup de feu. Je savais pertinemment qu'il n'y avait, sur tout Barsoom, personne qui fût capable de vous affronter impunément l'épée à la main. Mais ce coup de revolver a balayé le petit espoir que j'avais encore, car je vous savais sans arme à feu. Racontez-moi cela !

Je répondis à son désir. Puis nous nous attaquâmes au panneau secret par lequel je venais d'entrer dans cette pièce ; celui-ci était situé à l'opposé de la porte par laquelle la jeune fille avait disparu avec les bêtes sauvages.

Le panneau résista à tous nos efforts ! Nous ne pûmes découvrir le secret de la fermeture. Notre désappointement était grand, car nous avions le net sentiment qu'il devait nous ouvrir un passage vers le monde extérieur. Le fait que les prisonniers y fussent enchaînés prouvait qu'il devait y avoir un moyen d'échapper aux créatures ignobles vivant dans ce lieu innommable.

Nous passâmes à maintes reprises d'une porte à l'autre, essayant alternativement d'ouvrir le panneau en or par lequel nous étions arrivés, puis l'autre, qui lui faisait face, par où la fille avait disparu ; ce fut en vain. Nous désespérions quand, subitement, un des panneaux s'ouvrit de lui-même, très silencieusement. La jeune femme aux banths réapparut à nos côtés !

— Qui êtes-vous ? demanda-t-elle, et quelle est votre mission pour avoir eu la témérité de tenter de vous enfuir de la vallée de Dor, et d'échapper à la mort que vous aviez choisie ?

— Je n'ai choisi aucune mort, chère demoiselle, répliquai-je. Je ne suis nullement de Barsoom et n'ai pas encore entrepris le pèlerinage volontaire sur l'Iss. Mon ami, ici présent, est le jeddak de tous les Tharkiens, et, bien qu'il n'ait pas exprimé pour l'instant le désir de retourner vers les vivants, je désire l'emmener avec moi, loin de ce monde mensonger dans lequel il a été attiré par la ruse, dans cet endroit effrayant. Quant à moi, je suis originaire d'une autre planète. Je suis John Carter, prince de la maison de Tardos Mors, jeddak d'Hélium : il se peut que quelques rumeurs en aient filtré jusqu'à votre diabolique séjour.

Elle sourit.

— Oui ! répondit-elle, rien de ce qui se passe dans le monde que nous avons abandonné n'est ignoré ici. J'ai entendu parler de vous, il y a des années. Les therns se sont souvent demandé où vous aviez pu vous enfuir car vous n'aviez pas effectué le pèlerinage et que l'on ne trouvait pas non plus trace de vous dans tout Barsoom.

— Mais, dites-moi, vous-même, qui êtes-vous ? Et pourquoi êtes-vous prisonnière, alors que l'ascendant que vous avez sur les bêtes féroces témoigne d'une parfaite connaissance et d'une autorité bien supérieures à ce que l'on pourrait attendre d'une esclave ou d'une simple prisonnière.

— Je suis pourtant une esclave, répondit-elle. Depuis quinze ans, je suis esclave dans ce lieu horrible et maintenant qu'ils se sont lassés de moi et qu'ils craignent le pouvoir que me donne la connaissance de leur manière d'agir, je viens d'être condamnée à périr.

Elle frissonna.

— De quelle manière ? demandai-je.

— Les saint therns mangent de la chair humaine, mais uniquement celle de cadavres préalablement vidés par la bouche en ventouse des hommes-plantes. C'est à cette fin abominable que j'avais été condamnée et j'aurais succombé quelques heures plus tard si votre venue n'avait pas perturbé leurs prévisions.

— Les hommes que j'ai abattus étaient-ils donc des saints therns ? demandai-je alors.

— Oh non ! ceux-là étaient des therns de condition inférieure, mais ils appartiennent tout de même à cette race cruelle et détestable. Les saints therns vivent sur les versants de ces collines lugubres, face au vaste monde où ils trouvent leurs victimes ainsi que leur butin. Des galeries, qui forment un véritable labyrinthe, relient ces cavernes aux luxueux palais des saints therns, et c'est par là que vont et viennent les therns de moindre condition, pour vaquer à leurs multiples occupations, ainsi que des hordes d'esclaves, de prisonniers, et de nombreuses bêtes féroces. Voilà de quoi se compose la sinistre population de ce pays qui ne voit jamais la lumière du soleil. Il y a, dans ce vaste réseau de galeries sinueuses et de pièces innombrables, des femmes, des hommes et des bêtes qui, nés dans la pénombre de cet horrible univers souterrain, n'ont jamais vu la lumière du jour et ne la verront jamais. Ils sont là pour exécuter les ordres de la race des therns, pour leur assurer à la fois subsistance et distractions. De temps à autre, quelque pèlerin infortuné qui, venant de la glaciale Iss, se retrouve à la dérive sur la mer silencieuse, échappe aux hommes-plantes et aux grands singes blancs qui gardent le temple d'Issus et tombe entre les griffes des therns. Ou, comme j'en eus moi-même la malchance, le malheureux fait l'objet de la convoitise du saint thern qui se trouve être de garde sur le balcon dominant la rivière Iss à l'endroit où elle débouche des entrailles de la montagne et se jette dans la mer perdue de Korus, après avoir traversé les falaises d'or. Tous ceux qui atteignent la vallée de Dor sont, de droit, la proie des hommes-plantes et des grands singes blancs, leurs armes et leurs biens, revenant aux therns. Mais si l'un d'eux parvient à échapper aux habitants de la vallée, ne serait-ce que quelques heures, les therns peuvent alors prétendre qu'il leur appartient. Par ailleurs, comme je l'ai dit, le saint thern de garde, s'il voit une victime qui lui plaît, foule souvent aux pieds les droits des brutes de la vallée, impossibles à raisonner, et s'empare de sa proie par la fourberie, s'il ne peut le faire par des moyens loyaux. On prétend aussi que, parfois, un Barsoomien, victime de la superstition diffusée sur toute la planète, parvient à échapper aux griffes des innombrables ennemis qui jalonnent sa route dès l'instant où il sort du passage souterrain dans lequel l'Iss a parcouru mille cinq cents kilomètres avant de pénétrer dans la vallée de Dor, et arrive même à atteindre les murs du temple d'Issus. Mais quelle destinée est alors la sienne, une fois franchis ces murs en or ? Même les saints therns l'ignorent car nul n'en est jamais revenu pour dévoiler ce mystère, et ce depuis le commencement des temps. Le temple d'Issus est aux therns ce que la vallée de Dor représente pour l'imagination des peuples du monde extérieur : c'est le ciel ultime, le refuge par excellence, le bonheur auquel on accède après cette vie, l'endroit où l'on passe, durant l'éternité des éternités par les délices suprêmes de la chair, qui séduisent si puissamment cette race de géants pour l'intelligence, mais de nains pour la morale.

— D'après ce que je comprends, le temple d'Issus est un paradis dans un autre paradis. Espérons qu'il soit, en réalité, pour les therns, comme l'autre se présente à nous !

— Qui sait ? murmura la jeune fille.

— D'après ce que vous dites, les therns ne sont pas moins mortels que nous autres ; or, j'ai toujours entendu parler d'eux avec le plus grand respect, avec de la vénération même, par le peuple de Barsoom, qui les prend pour les dieux eux-mêmes.

— Oui ! les therns sont bel et bien mortels, reprit-elle. Ils meurent des mêmes maux qui peuvent nous atteindre, vous ou moi. Cela quand ils ne vivent pas toute la durée dont ils disposent normalement — mille ans —, période à l'issue de laquelle la coutume veut qu'ils aient le droit d'aller trouver le bonheur en empruntant le long tunnel qui mène jusqu'à Issus. Ceux qui meurent avant ce terme sont censés passer le reste du temps qu'il leur restait à vivre sous la forme d'un homme-plante. C'est pourquoi ces êtres sont sacrés pour les therns, puisque ceux-ci croient que ces ignobles créatures étaient auparavant des therns.

— Et les hommes-plantes sont-ils mortels ?

— Si l'un d'eux vient à mourir avant qu'il se soit écoulé mille ans depuis la naissance du thern qui l'habite, alors son âme passe dans un grand singe blanc. Mais si ce dernier lui-même trépasse avant l'heure, marquant précisément le terme des mille ans, l'âme est perdue à jamais et passe pour l'éternité dans le corps d'un de ces silians visqueux et effrayants qui grouillent par milliers dans les eaux de la mer silencieuse, sous la lueur des lunes traversant le ciel en trombe, lorsque le soleil a disparu et que des choses étranges se mettent à sillonner la vallée de Dor.

— Alors ! s'exclaffa Tars Tarkas, nous avons expédié aujourd'hui plusieurs saints therns aux silians !

— Votre fin n'en sera que plus terrible quand l'heure aura sonné, assura la jeune fille. Et elle sonnera... vous ne pouvez y échapper.

— Quelqu'un est pourtant parvenu à y échapper il y a plusieurs siècles, lui rappelai-je, et ce qui a été réussi une fois peut l'être de nouveau.

— Il est même inutile d'essayer ! répondit-elle, sans espoir.

— Mais nous essaierons tout de même ! m'écriai-je, et vous serez des nôtres, si vous le voulez !

— Pour être mise à mort par mon peuple et pour que ma mémoire déshonore ma famille et ma nation ? Un prince de la maison de Tardos Mors devrait avoir assez de raison pour se garder de faire une telle proposition.

Tars Tarkas écoutait en silence, mais je sentais son regard posé sur moi avec insistance et je savais qu'il attendait ma réponse, comme un inculpé guette anxieusement le verdict que va prononcer le tribunal. L'attitude que j'allais conseiller à la jeune fille déciderait de notre destinée, car si je m'inclinais devant la tradition inexorable de ces superstitions immémoriales, il nous faudrait rester et aller au-devant de notre tragique destin, qui se manifesterait sous une forme atroce dans ce monde d'horreur et de cruauté.

— Nous avons tout à fait le droit de nous évader, si nous y arrivons, répondis-je. Notre sens moral ne sera nullement choqué si nous réussissons, car nous savons maintenant que cette vie d'amour et de paix dans la vallée bénie de Dor n'est en réalité qu'une fable fondée sur de diaboliques duperies. Nous savons que cette vallée n'est nullement sacrée ; que les saints therns ne sont pas des saints mais sont, en réalité, des mortels cruels et sans pitié qui n'en savent pas plus que nous sur la vie future. Non seulement nous avons le droit de tout faire pour nous échapper, mais c'est même un devoir sacré devant lequel il n'est plus permis de fuir même si nous savons que nous risquons d'être injuriés et torturés par les nôtres en revenant chez nous. C'est la seule manière d'apporter la vérité à ceux de l'extérieur ; et bien que les chances que l'on apporte foi à nos récits soient minces, tant les mortels sont entichés de leurs absurdes superstitions, nous serions de méprisables lâches si nous nous dérobions devant ce devoir élémentaire qui nous incombe. Il n'est pas impossible, en outre, que le poids de nos multiples témoignages fasse admettre la vérité de nos dires, ou, tout au moins, permette d'aboutir à un compromis prévoyant l'envoi d'une expédition afin de mener des recherches sur cette sinistre parodie de paradis.

La jeune fille et le guerrier vert se tinrent silencieux et songeurs pendant quelques instants. C'est elle qui rompit enfin ce silence :

— Je n'avais jamais envisagé la question sous cet angle, jusqu'alors. Il est certain que je donnerais ma vie mille fois pour sauver ne serait-ce qu'une seule âme de cette abominable existence que j'ai menée ici, dans cet endroit horrible. Oui ! vous avez raison et je vous suivrai jusqu'au bout. Mais je doute que nous puissions jamais nous échapper.

Je me tournai et interrogeai le Tharkien du regard. Il déclara alors :

— Tars Tarkas suivra John Carter où qu'il aille : aux portes d'Issus ou au fond de Korus, jusqu'aux neiges du nord, comme du sud. J'ai dit !

— Allons-y donc ! m'écriai-je. Il nous faut partir dès maintenant, car il n'est pas possible d'être plus loin du salut que nous ne le sommes ici, à l'intérieur de cette montagne et entre les quatre murs de cette chambre de la mort.

— Allons-y ! reprit la jeune fille, mais n'allez surtout pas croire que vous ne trouverez jamais pire endroit sur le territoire des therns !

Ce disant, elle actionna le mécanisme du panneau secret nous séparant du local où nous l'avions trouvée, et nous y pénétrâmes, nous retrouvant en présence des autres prisonniers.

Ils étaient dix en tout, de race rouge : neuf hommes et une femme. Après leur avoir expliqué brièvement notre plan, ils décidèrent de se joindre à nous, malgré leur répugnance visible d'avoir à lutter contre une superstition séculaire — bien que leur douloureuse expérience personnelle ait appris à chacun d'eux que tout cela n'était qu'une sinistre supercherie.

Thuvia, la jeune fille que j'avais libérée la première, fut des plus promptes à leur rendre la liberté. Aidé de Tars Tarkas, je débarrassai les corps des therns abattus de leurs armes — épées, poignards et deux revolvers de cet étrange modèle si meurtrier que fabriquent les Martiens Rouges —, les répartissant du mieux possible entre les membres de notre petit groupe ; les deux armes à feu allant aux deux femmes.

Puis Thuvia nous guida, et nous avançâmes rapidement mais prudemment à travers un dédale de couloirs. Nous traversâmes de vastes salles creusées à même le métal de la montagne, suivîmes des corridors sinueux, montâmes des pentes escarpées, en nous dissimulant de temps à autre dans des recoins obscurs, quand nous entendions approcher des pas.

Thuvia nous expliqua que notre but était une réserve, située assez loin, où nous pourrions trouver armes et munitions à volonté. Ensuite elle nous guiderait jusqu'au sommet des falaises. Là, nous aurions certainement besoin de combattre avec acharnement pour parvenir à traverser les profondeurs de la forteresse des saints therns, avant d'accéder au monde extérieur.

— Et même alors, parvenus là, ô prince ! s'écria-t-elle, le bras du saint thern s'étend si loin qu'il peut atteindre tous les royaumes de Barsoom ; il a des temples secrets cachés au cœur de chaque communauté. Même si nous parvenons à nous échapper, nous constaterons toujours, dans n'importe quel pays, que les informations nous auront précédés. La mort nous y attendra avant même que nous puissions souiller l'air de nos blasphèmes.

Nous allions ainsi, depuis près d'une heure, sans avoir été véritablement inquiétés et Thuvia venait juste de me souffler que nous approchions de notre destination, lorsque, en entrant dans une grande salle, un homme, un thern de toute évidence, nous intercepta.

Outre ses atours, le cuir et les ornements de pierres précieuses, il portait aussi un grand cercle d'or autour de la tête. Sur le front s'affichait une grande pierre, réplique exacte de celle que j'avais déjà vue une fois, il y avait près de vingt ans de cela, sur la poitrine du petit vieillard rabougri, celui de l'usine à atmosphère.

C'est le bijou le plus précieux de Barsoom : on n'en connaît que deux qui sont utilisés comme insignes du rang et de la fonction éminente des deux vieillards chargés de faire fonctionner l'énorme machinerie distribuant à toute la planète de l'air artificiel synthétisé par les appareils de la gigantesque usine. Et c'est grâce à la connaissance que j'avais du secret permettant de manœuvrer les portes monumentales que j'avais pu sauver ce monde d'une extinction immédiate *.

La pierre portée par le thern était à peu près de la même taille que celle que j'avais déjà vue : un peu plus de deux centimètres de diamètre, dirai-je. Elle scintillait du feu de ses neuf couleurs bien distinctes : les sept primaires du prisme terrestre, et deux autres, inconnues chez nous, mais d'une beauté indescriptible.

Quand le thern nous vit, ses yeux devinrent étroits comme deux fentes.

— Arrêtez ! s'écria-t-il. Qu'est-ce à dire, Thuvia ?

* Voir le roman précédent, *Une princesse de Mars*, du même auteur (N.D.T.).

Pour toute réponse, la fille leva son revolver et fit feu à bout portant sur lui ; il s'écroula, tué net.

— Ignoble brute ! siffla-t-elle entre ses dents, après toutes ces années, me voilà enfin vengée !

Puis, alors qu'elle se tournait vers moi, s'apprêtant à me fournir une explication, ses yeux s'écarquillèrent subitement en se posant sur moi, et, poussant une petite exclamation, elle vint à ma rencontre :

— Ô, prince ! s'écria-t-elle, la chance nous favorise ; il y a encore bien du chemin à accomplir, mais grâce à cette chose immonde qui est maintenant étendue sur le sol, nous pourrons gagner le monde extérieur plus aisément. N'avez-vous pas relevé la ressemblance étonnante qu'il y a entre ce saint thern et vous-même ?

Le fait est que cet homme était de ma taille et de ma carrure, et ses traits, pas plus que ses yeux, n'étaient très différents des miens. Par contre, il avait une masse de boucles blondes flottantes, comme en possédaient les deux therns que j'avais occis, alors que les miens étaient bruns et très courts.

— Quelle importance cette ressemblance a-t-elle ? demandai-je à Thuvia. Comment veux-tu me faire passer pour un prêtre de ce culte infernal, à l'opulente tignasse blonde et bouclée, alors que je suis brun et que j'ai les cheveux coupés très courts ?

Elle sourit et, pour toute réponse, s'approcha du corps de l'homme qu'elle avait abattu. S'agenouillant, elle retira le cercle d'or qu'il avait autour de la tête, puis, à ma stupéfaction, arracha le cuir chevelu de la tête du cadavre.

Elle se releva, vint vers moi et, plaçant la perruque blonde sur ma chevelure, fixa le tout avec la couronne d'or ornée de sa magnifique pierre.

— Maintenant, revêtez votre harnachement, prince, et vous pourrez aller partout où vous voudrez dans le royaume des therns, car Sator Throg était un saint thern du Dixième Cercle, des plus puissants chez les siens.

Me penchant sur le cadavre pour faire ce qu'elle me disait, je remarquai qu'il n'y avait pas un seul cheveu sur la tête.

— Ils sont tous ainsi de naissance, m'expliqua Thuvia, qui avait noté ma surprise muette. La race dont ils sont originaires avait effectivement une tignasse particulièrement fournie de cheveux blonds ; mais, depuis de nombreuses générations, ils sont devenus complètement chauves. La perruque est donc un complément indispensable, tellement important qu'un thern qui viendrait à paraître en public sans elle serait frappé de déshonneur.

Je fus donc revêtu en un tournemain des habits de cérémonie d'un saint thern. Sur la suggestion de Thuvia, deux des ex-prisonniers chargèrent le corps sur leurs épaules et nous continuâmes notre cheminement vers la réserve, que nous atteignîmes sans plus d'encombre.

Là, une des clés appartenant au trousseau pris sur le thern de la chambre des supplices nous donna accès immédiatement au dépôt où nous eûmes tôt fait de nous munir d'armes et de munitions.

Mais j'étais tellement exténué que je n'aurais pu faire un pas de plus et je me jetai à même le sol, invitant Tars Tarkas à en faire de même, confiant à deux prisonniers le soin de faire bonne garde.

Un instant après, je m'endormis.

CHAPITRE V

Des couloirs pleins de périls

Combien de temps ai-je ainsi dormi à même le sol de cet entrepôt ? Je ne sais trop, mais sûrement plusieurs heures.

Je fus brusquement réveillé par des cris d'alarme. J'eus à peine le temps d'ouvrir les yeux, sans pouvoir encore réunir toute ma conscience, afin de réaliser exactement ce qui se passait. Une fusillade éclata en grondant, dont les échos assourdissants se répercutèrent de proche en proche dans ce lacis de corridors souterrains.

Je fus sur pied en un instant. Une douzaine de therns inférieurs nous faisaient face devant une large ouverture pratiquée à l'autre bout de la pièce, en face de celle par laquelle nous étions entrés. Les corps de nos compagnons gisaient au sol, tout autour de nous, à l'exception de Thuvia et de Tars Tarkas qui, comme moi, s'étaient trouvés allongés sur le sol, endormis, et avaient ainsi échappé au tir de balayage.

Comme je me relevais, les therns baissèrent leurs fusils, la consternation et l'inquiétude peintes sur le visage.

Je sautai sur l'occasion.

— Que signifie cela ? m'écriai-je sur un ton de violente colère. Sator Throg va-t-il être tué par ses propres vassaux ?

— Ayez pitié, ô maître du Dixième Cercle ! s'écria l'un des hommes, tandis que les autres se mettaient les uns derrière les autres dans l'embrasure, comme pour se ménager une fuite furtive, en présence d'un personnage aussi puissant.

— Demandez-leur quelle est la raison de leur présence ici, me souffla Thuvia par-dessus l'épaule.

— Mais que faites-vous ici ? dis-je.

— Deux individus du monde extérieur se sont sauvés et sont maintenant à l'intérieur du domaine des therns. Nous les recherchons, sur l'ordre du père des therns : l'un d'eux est blanc avec les cheveux bruns, l'autre est un immense guerrier vert.

En disant cela, l'individu jeta un coup d'œil soupçonneux vers Tars Tarkas.

— Mais voilà l'un d'entre eux, répliqua Thuvia en désignant le Tharkien, et vous pouvez apercevoir l'autre d'où vous êtes : il est mort. Il appartenait à Sator Throg et à ses pauvres esclaves d'accomplir ce que les therns inférieurs de la garde se sont avérés incapables d'exécuter : nous en avons tué un sur le fait, l'autre est maintenant notre prisonnier ; c'est pour cela que Sator Throg nous a rendu la liberté. Et voilà que vous, dans votre stupidité, vous vous précipitez, nous tuez tous, sauf moi, et manquez d'abattre aussi le grand Sator Throg lui-même !

Les hommes paraissaient tout penauds et très effrayés.

— Ne serait-il pas préférable qu'ils jettent ces corps aux hommes-plantes et qu'ils rentrent ensuite dans leurs quartiers, ô Votre Grandeur ? me demanda Thuvia.

— Oui ! Faites comme Thuvia vous l'ordonne ! répondis-je.

Ils ramassèrent alors les cadavres mais je remarquai que celui qui s'était accroupi pour emporter le corps de Sator Throg s'arrêta un instant pour l'examiner plus attentivement. Il sursauta en voyant le visage, jusque-là tourné vers le sol et jeta alors un regard furtif et inquisiteur dans ma direction.

J'aurais juré qu'un soupçon lui était venu et qu'il avait deviné la vérité, mais ce n'était qu'un soupçon : le fait qu'il ait gardé le silence le prouvait amplement.

Une nouvelle fois, quand il sortit de la salle en emportant le corps, il jeta un coup d'œil rapide mais scrutateur dans ma direction, puis regarda à nouveau le crâne chauve et brillant de l'homme qu'il avait dans les bras. Et la dernière image fugitive que j'eus de lui quand il quitta la pièce fut celle d'un sourire rusé et triomphal qui se dessinait sur ses lèvres.

Nous restâmes seuls, Thuvia, Tars Tarkas et moi-même. La grande adresse au tir de ces therns avait anéanti les faibles chances que nos compagnons avaient encore de gagner la liberté du monde extérieur, d'ailleurs pleine d'embûches.

Aussitôt disparu ce cortège macabre, la jeune fille nous pressa de reprendre notre fuite sans perdre une seconde ; c'est qu'elle aussi avait remarqué l'attitude soupçonnante du thern qui emportait le corps de Sator Throg.

— Cela n'annonce rien de bon pour nous, ô prince, dit-elle, car même si celui-ci n'a pas osé prendre le risque de t'accuser à tort, il y en a d'autres au-dessus de lui qui disposent de pouvoirs bien plus grands et qui pourront exiger un examen détaillé des choses, et cela, prince, nous serait fatal !

Je haussai les épaules, ayant l'impression que quoi qu'il arrivât, l'issue de notre odyssée serait la mort. Mon sommeil m'avait redonné le tonus, mais le moral se trouvait atteint par l'affaiblissement entraîné sans doute par la perte de sang. Mes blessures étaient douloureuses et aucun traitement n'était possible. Comme je soupirai après le pouvoir cicatrisant presque miraculeux de ces étranges pommades et lotions des Femmes Vertes : en une heure de temps elles m'auraient complètement guéri !

J'étais profondément découragé. Jamais jusqu'alors je n'avais eu l'impression, face au danger, qu'une situation était aussi désespérée.

A ce moment, les longues boucles blondes flottantes du saint thern se mirent à s'agiter sous l'action de quelque courant d'air vagabond qui me soufflait au visage. Finalement, ne serait-ce pas elles qui nous ouvriraient le chemin de la fuite avant que ne sonne l'alarme générale ? Nous pouvions au moins essayer.

— Que va commencer par faire cet individu, Thuvia ? demandai-je. Au bout de combien de temps peuvent-ils se manifester ?

— Il va aller directement chez le père des therns, le vieux Mataï Shang, mais il se peut que l'audience se fasse attendre. Toutefois, comme il est assez haut placé parmi les therns subalternes, étant thorien, Mataï Shang ne le fera pas trop attendre. Alors, si le père des therns accorde foi à son récit, il se passera tout au plus une heure avant que les galeries, les salles, les cours et les jardins ne soient remplis de gens lancés à notre recherche.

— Ce qui nous laisse à peine une heure pour faire ce que nous avons à faire. Quel est le chemin le plus court, Thuvia, pour sortir de cet enfer céleste ?

— Tout droit jusqu'au sommet des falaises, prince,

répondit-elle aussitôt. Ensuite, il faut traverser les jardins jusqu'aux cours intérieures. A partir de là, nous nous trouverons dans les temples des therns et il nous faudra les traverser pour atteindre la cour extérieure. Enfin les remparts. Ô prince, c'est sans espoir ! Dix mille guerriers ne pourraient parvenir à s'échapper de cet affreux endroit. Les therns, depuis l'origine des temps, n'ont cessé, petit à petit, pierre par pierre, de renforcer la défense de leur forteresse. Un cordon de fortifications imprenables entoure les contreforts de la montagne d'Otz sans interruption. Les temples situés derrière ces remparts contiennent un million de guerriers constamment sur le qui-vive. Les cours et les jardins sont toujours pleins d'esclaves, de femmes et d'enfants. Il serait impossible à quiconque de parcourir quelques mètres sans être aussitôt détecté.

— S'il n'y a pas d'autre chemin, Thuvia, pourquoi s'appesantir sur les difficultés : il nous faut, au contraire, les affronter !

— Ne serait-il pas préférable d'attendre l'obscurité ? demanda Tars Tarkas. Il semble bien qu'il n'y ait aucune chance de jour.

— Les chances seraient un peu plus grandes la nuit, mais, même alors, les remparts sont bien gardés ; mieux peut-être que dans la journée. Il y a par contre beaucoup moins de monde dans les cours et les jardins, reprit Thuvia.

— Quelle heure est-il ? demandai-je alors.

— Il était minuit quand vous m'avez délivrée de mes chaînes, répondit la jeune fille. Nous avons atteint la réserve deux heures après. Là-dessus, tu as dormi quatorze heures. Le crépuscule ne doit plus être bien lointain, maintenant. Mais venez donc, nous pouvons nous en assurer par une ouverture dans la falaise toute proche !

En disant cela, elle prit sa course le long de corridors tortueux, jusqu'à un tournant brusque qui débouchait sur une ouverture dominant la vallée de Dor.

A notre droite, le soleil se couchait, telle une énorme boule rouge, sous la chaîne occidentale de l'Otz. Le saint thern de garde se tenait sur sa plate-forme naturelle, un peu en dessous de nous. Sa toge écarlate d'officiant était étroitement ajustée, en prévision du froid très vif qui s'abat avec soudaineté, en même temps que l'obscurité quand le soleil se couche. L'atmosphère de Mars est tellement raréfiée qu'elle absorbe très peu la chaleur solaire : le jour, il fait toujours extrêmement chaud, tandis que la nuit, il se met à faire un froid intense. De plus, cet air si ténu ne réfracte ni ne diffuse les rayons lumineux comme c'est le cas sur la Terre. Il n'y a pas de crépuscule sur Mars : quand le gros globe de l'astre central disparaît derrière l'horizon, tout se passe comme si on soufflait brusquement sur une lampe allumée dans une chambre. Vous vous trouvez plongé sans avertissement de la vive lumière à l'obscurité la plus complète. Puis le ballet des deux lunes commence : ces deux lunes magiques et mystérieuses qui, assez bas sur l'horizon, traversent très rapidement le ciel de la planète, comme des météores géants.

Le soleil couchant éclairait les rives orientales de Korus, le gazon écarlate, les forêts somptueuses. Sous les arbres, nous distinguions de nombreux groupes d'hommes-plantes qui se nourrissaient. Les adultes se tenaient dressés sur leurs orteils et, de leur queue puissante et de leurs griffes, coupaient toutes les feuilles et tous les rameaux qu'ils trouvaient. Je compris mieux alors la taille si soignée des arbres, qui m'avait induit en erreur, lorsque j'avais ouvert pour la première fois les yeux et découvert ce bois : j'avais d'abord cru qu'il s'agissait d'un lieu de divertissement aménagé par un peuple très civilisé.

Tandis que nos yeux erraient ainsi sur le paysage, notre attention se trouva attirée par le cours irrégulier de la rivière Iss qui émergeait de la base même des falaises, juste sous nos pieds. Une barque arrivait à ce moment du monde extérieur avec à son bord plusieurs personnes désemparées. Ces êtres, au nombre d'une vingtaine, appartenaient à la race dominante de Mars, celle des Hommes Rouges, qui ont atteint un très haut degré de civilisation et de culture.

De sa plate-forme, un peu en dessous de nous, la garde avait également porté son regard sur ce cortège de condamnés. Il releva la tête et, se penchant dangereusement par-dessus le rebord de son étroit perchoir, il lança l'étrange appel, une sorte de lamentation indéfinissable et déchirante, qui appelait à l'attaque les démons de cet enfer.

Pendant un instant, les animaux s'immobilisèrent, les oreilles dressées toutes raides sur la tête, puis ils sortirent en grand nombre du bois, en direction des rives du fleuve, parcourant la distance en une succession de grands bonds maladroits.

Le groupe d'arrivants avait mis pied à terre et attendait sur le gazon ; ils virent converger vers eux la horde terrifiante. Un court moment, ils tentèrent d'apporter une résistance qui s'avéra totalement vaine. Puis le silence se fit, tandis que les énormes monstres aux formes repoussantes recouvraient les corps de leurs victimes, leurs tentacules suceurs de sang s'activant sur la chair de leurs proies.

Écœuré, je me détournai.

— Leur mission va bientôt être terminée, dit Thuvia. Les grands singes blancs s'attaquent aux chairs quand les hommes-plantes ont fini de vider les artères. Voyez-les arriver, maintenant !

Tournant mon regard dans la direction qu'indiquait la jeune fille, j'aperçus effectivement une douzaine de ces grands monstres, venant de divers coins de la vallée et se dirigeant vers le bord du fleuve. Sur ces entrefaites, le soleil disparut et l'obscurité, presque palpable nous enveloppa complètement.

Thuvia, sans perdre de temps, nous fit prendre une succession de couloirs sinueux qui serpentaient à l'intérieur des falaises, allaient et revenaient, tout en montant progressivement vers la surface, à plusieurs centaines de mètres au-dessus du niveau d'où nous étions partis.

A deux reprises, de gros banths errant au hasard nous barrèrent le chemin dans ces galeries ; mais, chaque fois, Thuvia émit un bref mot de commandement et les bêtes, cessant de gronder, s'éloignèrent à contrecœur.

Je souris et fis observer :

— Si vous pouvez réduire à néant tous les obstacles rencontrés au fur et à mesure, aussi aisément que vous matez ces animaux féroces, nos plans ne présentent vraiment aucune difficulté. Comment faites-vous ?

Elle rit, puis fut secouée d'un frisson.

— Je n'en sais trop rien. Quand je suis arrivée ici, j'ai fortement irrité Sator Throg en le repoussant. Il donna alors l'ordre de me jeter dans une des fosses des jardins internes. Elles étaient remplies de banths. J'avais l'habitude de donner des ordres, quand j'étais dans mon pays, et il doit y avoir quelque chose dans ma voix qui intimidait les bêtes quand elles se préparaient à bondir sur moi. Au lieu de me mettre en pièces, comme le voulait Sator Throg, les banths rampaient servilement à mes pieds ! Sator et ses amis s'amusèrent tellement de ce spectacle qu'ils me chargèrent de garder et d'apprivoiser ces terribles créatures. Je les connais tous par leur nom ; beaucoup vivent dans ces basses régions, où ils font office de nettoyeurs. De nombreux prisonniers meurent dans les fers : les banths résolvent le problème de la salubrité. Dans les temples et les jardins des zones supérieures, on les parque dans des fosses. Les therns en ont peur et c'est en raison de la présence permanente des banths dans les souterrains qu'ils s'y aventurent rarement, sauf quand un travail les y contraint.

Une idée me vint alors, suggérée par ce que Thuvia venait de nous dire.

— Pourquoi ne pas rassembler un certain nombre de banths et les lâcher devant nous quand nous atteindrons la surface ? proposai-je.

Cette suggestion amusa fort Thuvia.

— Voilà qui détournerait l'attention de nous, j'en suis certaine, affirma-t-elle, rieuse.

Et elle se mit à moduler des sons à voix basse, émettant une sorte de mélopée ronronnante ; elle continua ainsi, alors que nous serpentions péniblement dans ce dédale de passages et de salles souterraines.

Bientôt se firent entendre par-derrière, tout près de nous, des pas légers, feutrés. Me retournant vivement, je vis deux grands yeux verdâtres, brillant dans l'obscurité qui s'étendait derrière nous. Sortant d'un tunnel adjacent, une forme sinueuse de couleur fauve rampa vers nous en ondulant silencieusement.

Alors que nous nous hâtions, parvenaient maintenant de tous côtés de sourds grondements et des rugissements rageurs, dont nos oreilles étaient pleines : les féroces créatures répondaient une à une à l'appel de leur maîtresse.

Elle adressa au fur et à mesure un mot à chacun d'eux et, comme des petits terriers bien dressés, ils nous accompagnèrent dans les souterrains, marchant à notre pas. Néanmoins, je ne pus faire autrement que de remarquer leurs gueules écumantes, ainsi que l'air affamé avec lequel ils nous regardaient, Tars Tarkas et moi !

Nous fûmes bientôt entourés d'une cinquantaine de ces monstres. Deux d'entre eux allaient de part et d'autre de Thuvia, semblables à deux gardes fidèles qui l'auraient encadrée. Le poil soyeux des flancs de quelques-uns de ces animaux vint, par moments, frôler mes jambes nues. C'était un étrange spectacle : le piétinement silencieux de nos pieds nus et celui des pattes des banths, assourdi par leurs coussinets ; les parois en or, tapissées d'inclusions de pierres précieuses ; la lumière blafarde dispensée parcimonieusement par les minuscules ampoules au radium, fixées de loin en loin au plafond de ces couloirs grossièrement taillés ; ces énormes bêtes de proie réunies en un troupeau grondant, tout autour de nous ; un guerrier vert nous dominant très largement de toute sa hauteur ; moi-même, la tête ceinte d'une précieuse couronne d'un saint thern ; enfin, à la tête de cette procession, une merveilleuse jeune fille, Thuvia !

Je ne suis pas près d'oublier ce cortège.

Nous arrivâmes bientôt dans une salle nettement mieux éclairée que ne l'étaient les corridors. Thuvia nous fit arrêter. S'approchant en silence du seuil, elle jeta un coup d'œil à l'intérieur, puis nous fit signe de reprendre notre progression.

La pièce était remplie d'un échantillonnage des étranges créatures vivant dans ce monde souterrain. Elles formaient une collection disparate d'hybrides issus des prisonniers capturés dans le monde extérieur, de Martiens Rouges et Verts, et de la race blanche des therns.

Le fait de se trouver toujours enfermés avait provoqué sur leur peau l'apparition d'étranges bigarrures. Ils ressemblaient plus à des cadavres qu'à des êtres vivants ; nombre d'entre eux étaient infirmes, d'autres estropiés et Thuvia nous dit que la majorité d'entre eux étaient aveugles.

A les voir allongés à même le sol, jusqu'à se chevaucher quelquefois, entassés en grappes, j'eus subitement la réminiscence d'illustrations grotesques que j'avais vues dans des exemplaires de *L'Enfer*, de Dante ; il ne pouvait y avoir de comparaison plus juste. N'était-ce pas, en effet, un véritable enfer, peuplé d'âmes égarées, mortes et damnées sans l'ombre d'un espoir ?

Faisant très attention à l'endroit où nous mettions les pieds, nous nous frayâmes un chemin quelque peu sinueux à travers cette salle, les gros banths flairant ces proies très tentantes totalement sans défense qui s'offraient à profusion à leur appétit féroce.

Nous passâmes à plusieurs reprises des salles occupées par les mêmes sortes de créatures et, par deux fois, il nous fallut également les traverser. D'autres pièces renfermaient des prisonniers et des animaux enchaînés.

— Pourquoi ne voit-on jamais de therns ? demandai-je à Thuvia.

— Ils traversent très rarement le monde souterrain de nuit car les banths rôdent dans l'ombre, en quête d'une proie. Les therns craignent les horribles habitants de ce monde cruel et sans espoir, qu'ils ont eux-mêmes aidés à se multiplier sous leurs pieds. Il arrive même parfois que des prisonniers les attaquent et les mettent en pièces ! Jamais un thern ne sait si un assassin ne va pas surgir d'un recoin obscur et lui sauter dessus par-derrière. Il en va différemment avec le jour. Là, couloirs et salles sont remplis de gardes armés qui vont et viennent ; les esclaves des temples viennent par centaines dans les greniers et les entrepôts. Tout s'anime alors. Vous ne l'avez pas vu parce que j'ai évité ces endroits fréquentés pour, au contraire, emprunter des passages détournés rarement utilisés. Il n'est pourtant pas exclu que nous rencontrions un thern par ici ; il leur arrive de devoir y venir occasionnellement après le coucher du soleil. C'est pour cette raison que nous avons progressé avec tant de précaution.

Nous atteignîmes néanmoins les galeries supérieures sans être repérés et Thuvia finit par nous arrêter au pied d'une côte très raide.

— Au-dessus de nous s'ouvre une porte qui donne sur les jardins intérieurs. C'est là que je vous ai menés. Dehors et sur les six kilomètres qui nous séparent encore des remparts extérieurs, le chemin est parsemé de dangers innombrables. Des gardes patrouillent dans les cours, les temples, les jardins, partout. Même les remparts sont surveillés, centimètre par centimètre, par une sentinelle.

Je ne pus comprendre la nécessité d'avoir une telle puissance armée autour d'un lieu à ce point protégé par le mystère et la superstition que personne sur Barsoom n'eût osé en approcher, à supposer que sa position exacte eût été connue. Je demandai à Thuvia quel genre d'ennemi les therns pouvaient craindre dans leur forteresse imprenable.

Nous venions d'atteindre le vestibule d'entrée et Thuvia ouvrait la porte ;

— Ils craignent les pirates noirs de Barsoom, ô

prince, répondit-elle. Que nos ancêtres des débuts des temps nous en préservent !

La porte s'ouvrit, laissant pénétrer le parfum de la végétation. L'air frais de la nuit me caressa les joues. Les grands banths reniflèrent ces odeurs inconnues puis ils nous dépassèrent en poussant des grondements sourds et se répandirent comme une nuée à travers les jardins, sous la lumière blafarde de la lune la plus rapprochée.

Subitement, un grand cri s'éleva des divers toits des temples, un cri d'alarme et d'avertissement se propageant de proche en proche, vers l'est comme vers l'ouest, par les temples, les cours et les remparts, jusqu'à ne devenir qu'un faible écho très lointain.

Le grand Tharkien tira sa longue épée du fourreau, et Thuvia se serra contre moi en tremblant.

CHAPITRE VI

Les pirates noirs de Barsoom

— Que se passe-t-il ? demandai-je à la jeune fille.

En guise de réponse, elle désigna le ciel.

Je regardai et, au-dessus de nous, j'aperçus des silhouettes sombres qui flottaient haut dans le ciel, de-ci de-là, au-dessus du temple, du jardin et de la cour.

Aussitôt, des éclairs jaillirent de ces objets étranges, en même temps qu'un crépitement de détonations. Un crépitement semblable accompagné d'éclairs tout aussi aveuglants, provenant cette fois du bâtiment principal et des remparts, y répondit.

— Ô prince ! Ce sont justement les pirates noirs de Barsoom ! murmura Thuvia.

Les aéronefs des pillards se mirent à décrire de grands cercles, tout en descendant progressivement afin d'investir les forces défensives des therns. Salve après salve, les projectiles furent tirés contre les gardes des temples, alors que rafales sur rafales fusaient dans l'air, en direction des vaisseaux fugaces, aux silhouettes trompeuses.

Comme les pirates descendaient rapidement vers le sol, les soldats des therns sortirent en grand nombre des temples, s'égaillant dans les jardins et les cours. En les voyant apparaître ainsi à découvert, une vingtaine d'aéronefs foncèrent sur nous de toutes les directions.

Les therns tiraient sur eux à travers d'épais boucliers fixés à même leurs armes ; mais ce feu nourri n'empêchait pas les sombres appareils de descendre implacablement. C'étaient, pour la plupart, de petits engins conçus pour deux ou trois hommes au plus. Il y en avait bien quelques-uns qui étaient nettement plus grands, mais ceux-là restaient en altitude et déversaient des bombes sur les temples à partir de batteries fixées à même la coque.

Au bout d'un moment, certainement commandé par quelque signal concerté, un assaut général se fit de la part des pirates situés non loin de nous. Ils s'abattirent avec soudaineté au beau milieu des soldats therns. A peine les appareils avaient-ils touché le sol que les assaillants sautèrent et bondirent parmi les therns, avec la furie de véritables démons.

Quel combat ! Je n'avais jamais rien vu de tel ! Je croyais les Martiens Verts de féroces soldats, les plus fougueux de tous, mais la manière désinvolte et impétueuse dont les flibustiers noirs se jetaient au milieu de leurs ennemis dépassait tout ce que j'avais jamais vu auparavant !

Sous la lueur vive des deux lunes de Mars resplendissantes, la scène apparaissait avec une netteté frappante, les therns à la peau blanche et à la chevelure d'or se battant avec un courage désespéré au corps à corps contre leurs ennemis héréditaires, à la peau noire d'ébène.

Ici, un petit groupe de guerriers luttaient en foulant un massif de merveilleux pimalias ; là, l'épée recourbée d'un assaillant avait transpercé le cœur d'un thern et le corps de l'homme tombait au pied d'une statue taillée dans un énorme bloc de rubis natif ; plus loin, une douzaine de therns avaient acculé un des pirates sur un banc d'émeraude dont la surface iridescente était décorée d'un motif barsoomien fait de diamants incrustés d'une étrange beauté.

Thuvia, Tars Tarkas et moi-même nous tenions un peu à l'écart. Le flot montant de la bataille ne nous avait pas encore atteints mais, de temps à autre, les combattants se rapprochaient suffisamment de nous pour que nous puissions les observer d'assez près.

Les pirates noirs m'intéressaient énormément. J'avais vaguement entendu parler d'eux, lors de mon premier séjour sur Mars ; il s'agissait plutôt de légendes. Mais je ne les avais jamais vus, ni n'avais même rencontré quelqu'un les ayant réellement côtoyés.

La croyance populaire leur attribuait pour séjour la première lune de Mars, la plus proche, d'où ils descendaient, disait-on, sur Barsoom à intervalles assez espacés. A chacune de leur venue, ils provoquaient les pires atrocités et ne repartaient que chargés d'armes, de munitions, ainsi qu'avec un contingent de jeunes prisonnières. La rumeur affirmait que ces dernières étaient sacrifiées à quelque terrible divinité au cours d'une orgie se terminant par un sacrifice anthropophagique.

J'avais là une excellente occasion de les examiner de près, au hasard des mouvements d'approche ou de recul des combats par rapport à l'endroit où je me tenais. Ils étaient très grands, approchant les deux mètres, sinon même les dépassant. Ils avaient des traits bien dessinés et d'une grande beauté. Les grands yeux, bien disposés, étaient légèrement bridés, ce qui leur donnait une expression rusée ; l'iris — autant que je puisse en juger à la simple lueur de la lune — était d'un noir de charbon, tandis que le reste du globe était du blanc le plus pur. Leur corps paraissait bien avoir la même conformation que celui des therns et des Hommes Rouges, ou que le mien, la seule différence siégeant dans la pigmentation de la peau : chez eux, on aurait dit de l'ébène poli et, aussi étrange que cela paraisse dans la bouche d'un Sudiste, cette teinte ajoutait à leur merveilleuse beauté, plutôt qu'elle ne la desservait.

Mais si, physiquement, ils sont d'une suprême beauté, leur cœur est apparemment à l'opposé. Je n'ai jamais vu une soif de sang aussi démente que celle dont firent preuve ces démons des espaces extérieurs lors de cette folle bataille contre les therns.

Dans les jardins, les sinistres engins aériens nous environnaient de toutes parts, mais les therns, pour une raison que je ne m'expliquais absolument pas, ne tentaient rien contre eux et n'essayaient même pas de les endommager. Par moments, un guerrier noir surgissait d'un temple proche, emportant dans ses bras une femme, et il bondissait vers son appareil, tandis que ses camarades les plus proches accouraient pour couvrir sa fuite.

De leur côté, les therns voulaient porter secours à la jeune fille et, en un instant, les deux groupes antagonistes se trouvaient pris dans un tourbillon de diables hurlants, se portaient de grands coups d'épée, comme de véritables démons incarnés.

Mais, chose curieuse, l'affaire se terminait toujours à l'avantage des pirates noirs de Barsoom, et la fille, sortie miraculeusement indemne de l'épouvantable mêlée, disparaissait dans l'obscurité extérieure, sur le pont d'un rapide croiseur qui l'emportait.

On entendait de tous côtés le bruit de combats semblables à ceux qui se déroulaient autour de nous. Thuvia me dit alors que les attaques des pirates noirs avaient toujours lieu simultanément tout au long du domaine des therns, qui comme un ruban entoure la vallée de Dor, sur le versant extérieur des montagnes d'Otz.

Le combat s'éloignant un instant de l'endroit où nous étions, Thuvia se retourna vers moi et me dit :

— Comprenez-vous, maintenant, ô prince, la raison pour laquelle un million de guerriers gardent ces domaines des saints therns, de jour comme de nuit ? La scène que vous voyez n'est que la répétition de ce à quoi j'ai déjà assisté une vingtaine de fois au cours des quinze années durant lesquelles j'ai été prisonnière ici. Les saints therns sont, depuis des temps immémoriaux, les victimes des pirates noirs. Et pourtant, ceux-ci organisent toujours leurs expéditions de manière à ne pas menacer la race des therns d'extinction. On a l'impression qu'ils utilisent cette race comme un jouet, grâce auquel ils peuvent satisfaire leur féroce appétit de combats, et qui leur verse un tribut sous forme d'armes, de munitions et de prisonnières.

— Mais pourquoi donc les therns ne donnent-ils pas l'assaut en détruisant les vaisseaux de leurs assaillants ? demandai-je. Ils auraient là le moyen de faire cesser un temps les attaques, ou, en tout cas, de faire perdre aux pirates noirs beaucoup de leur impudence. Regardez ! ils laissent leurs appareils sans aucune garde, comme s'ils étaient tranquillement à l'abri dans leurs hangars, chez eux !

— Les therns n'osent s'attaquer à eux. Ils l'ont fait une fois, il y a très longtemps de cela, mais au cours de la nuit suivante, un millier d'énormes vaisseaux de guerre des pirates noirs sont venus cerner les montagnes d'Otz, déversant des tonnes de projectiles sur les temples et les cours, jusqu'à ce que tous les therns encore indemnes aillent se réfugier dans les galeries souterraines. Aussi les therns savent-ils qu'ils n'ont la vie sauve que parce que les pirates noirs le veulent bien : ils ont frôlé l'extermination, cette fois-là, et ils ne s'aventureront pas à recommencer.

Elle achevait son récit lorsqu'un élément nouveau intervint dans le déroulement de la bataille, fort imprévu pour les pirates noirs mais également pour les therns ! Les grands banths libérés par nos soins dans les jardins avaient tout d'abord été effrayés par les premiers bruits de la bataille, les hurlements des guerriers, les détonations des obus et le crépitement des salves. Mais, ils avaient sans doute été fort irrités par cet incessant vacarme et fortement excités par l'odeur du sang qui coulait de toute part, car soudain une forme massive fit irruption d'un bosquet et bondit sur un groupe d'hommes en plein combat. Le banth poussa un horrible hurlement de rage quand il sentit la chair tiède sous ses puissantes griffes.

Ce fut comme si son rugissement avait servi de signal aux autres. Tous se ruèrent dans la mêlée où la panique s'installa immédiatement. Therns et pirates se retournèrent ensemble contre l'ennemi commun, les banths ne faisant évidemment aucune distinction entre les deux camps !

Les bêtes sauvages mirent cent hommes hors combat par le seul poids de leurs corps ainsi projetés dans la mêlée des combattants. Ils bondissaient, fauchaient les hommes à l'aide de leurs puissantes pattes et se retournaient pendant quelques secondes pour déchirer leurs victimes de leurs griffes.

La scène était fascinante rien que par son caractère terrifiant. Mais, tout d'un coup, il me vint une idée :

nous perdions un temps précieux à observer ces péripéties alors qu'elles recelaient d'efficaces moyens de fuite pour nous.

Les therns étaient tellement occupés par leurs terribles assauts que nous sauver sans être empêchés était beaucoup plus facile. J'observai à la ronde afin de trouver une ouverture dans cette incroyable confusion. Si nous pouvions atteindre ainsi les remparts, nous découvririons peut-être un endroit dégarni après le passage des pirates, ce qui faciliterait notre sortie vers le monde extérieur.

Je continuai d'observer le vaste champ d'action s'étendant devant mes yeux et la vue des centaines d'appareils laissés sans aucune surveillance me donna subitement un éclair de génie : c'était cela le chemin le plus aisé vers la liberté ! Comment n'y avais-je pas songé plus tôt ? J'étais parfaitement familiarisé avec toutes les sortes d'engins volants de Barsoom : j'avais navigué et combattu neuf années durant dans la flotte aérienne d'Hélium. J'avais sillonné les airs à bord des minuscules appareils individuels de reconnaissance et j'avais commandé le plus grand aéronef de guerre qui ait jamais flotté dans l'atmosphère raréfiée de Mars la moribonde.

Penser, chez moi, c'est agir. Saisissant Thuvia par le bras, je soufflai à Tars Tarkas de me suivre. J'avais repéré un petit appareil posé loin du groupe principal des guerriers. Un instant après nous nous entassions sur l'étroit entrepont et j'avais la main posée sur la manette de départ. Avec mon pouce, je poussai le bouton contrôlant l'admission du rayonnement propulsif, cette merveilleuse découverte des martiens qui leur permet de naviguer dans l'air si ténu de leur planète à bord de vaisseaux gigantesques en comparaison desquels nos plus gros cuirassés terrestres font figure de nains pitoyables.

Le petit engin oscilla légèrement mais ne se déplaça pas d'un millimètre. C'est alors qu'un nouveau cri d'alerte parvint à nos oreilles. Me retournant, je vis une douzaine de pirates noirs se détacher de la mêlée et se précipiter dans notre direction : nous étions découverts ! Ces démons se ruaient vers nous en poussant des hurlements de rage. Je continuai à presser le petit bouton avec frénésie, ce qui aurait dû nous projeter dans l'espace. Mais toujours en vain : l'appareil restait complètement immobile !

Alors, la raison m'apparut clairement : dans notre précipitation, nous avions, par mégarde, pris un biplace ; ses réservoirs contenant le huitième rayonnement n'étaient chargés que d'une quantité juste suffisante pour soulever le poids de deux corps : la masse énorme du Tharkien nous clouait au sol en nous condamnant.

Les pirates noirs étaient déjà presque sur nous ; il n'y avait pas un instant à perdre. J'enfonçai le bouton à fond le bloquant dans cette position ; puis, je plaçai le levier de propulsion sur « vitesse maximum » et, tandis que les assaillants approchaient en criant de plus belle, je sautai de l'appareil et fis front avec mon épée.

J'entendis alors un cri perçant de femme qui retentissait derrière moi. Et, un instant après, alors que les pirates noirs me tombaient dessus, je l'entendis encore, au-dessus de ma tête. C'était la voix de Thuvia :

— Mon prince, ô mon prince, je voulais rester à vos côtés et mourir en...

Le reste se perdit dans le brouhaha que mes assaillants produisaient.

Je savais pourtant que ma ruse avait réussi et que Thuvia et Tars Tarkas étaient saufs, momentanément du moins, et avaient les moyens de s'échapper.

Il me sembla d'abord que je ne pourrais surmonter un tel nombre d'assaillants mais, assez vite, comme en bien d'autres occasions où je m'étais trouvé dans une situation presque désespérée, sur cette planète de guerriers et de bêtes féroces, je m'aperçus que ma force terrestre surpassait tant celle de mes adversaires que les chances ne m'étaient finalement pas aussi défavorables qu'il y paraissait de prime abord.

Ma lame en furie traçait une ligne de mort tout autour de moi. Les pirates noirs me pressèrent un court instant et tentèrent de se rapprocher pour me porter des coups de leurs glaives courts ; mais ils durent vite reculer et le respect qu'ils avaient soudain dû apprendre à observer vis-à-vis de mon épée s'inscrivit clairement sur leur visage.

Mais je savais qu'il n'y en avait que pour quelques minutes tout au plus car j'allais être envahi rapidement par le nombre : l'encerclement se préparait et j'allais sûrement à la mort. Je frissonnai à l'idée de mourir en cet endroit abominable : jamais ma Dejah Thoris n'entendrait parler de ma fin, entre les mains d'hommes noirs au nom inconnu dans les jardins des cruels therns.

Mais je repris vite le dessus : le sang généreux et vif de mes ancêtres virginiens se remit à courir dans mes veines. Ma combativité revint et le plaisir de la bataille me submergea à nouveau. Le sourire affiché pendant mes combats et qui avait semé la consternation chez un miller d'ennemis se dessina à nouveau sur mes lèvres. Je rejetai toute idée de mort et me précipitai sur mes adversaires avec une furie telle que ceux qui y ont échappé se la rappelleront jusqu'à leur dernier jour.

Je savais que d'autres pirates viendraient apporter leur renfort à mes opposants, aussi, tout en ferraillant ferme, je continuai à réfléchir à la recherche d'un moyen de m'échapper.

Celui-ci se présenta là où je ne l'attendais pas, de l'obscurité derrière moi. Je venais juste de désarmer un grand gaillard qui avait combattu avec une détermination farouche et, pendant quelques instants, les pirates noirs reculèrent afin de reprendre leur souffle.

Ils me détaillaient avec une fureur pleine de ruse ; mais, en même temps, leur comportement recelait un certain respect.

-- Thern ! dit alors l'un d'eux, tu combats comme un Dator ; si ce n'était tes détestables cheveux blonds et ta peau blanche, tu serais un honneur pour les Premiers-Nés de Barsoom.

— Je ne suis pas un thern ! dis-je, et j'allais entreprendre d'expliquer que je venais d'un autre monde, ayant dans l'idée que si je réussissais à conclure une trêve avec eux et à me battre à leurs côtés contre les therns, je pourrais obtenir leur aide pour retrouver ma liberté. Mais, à ce moment précis, un objet lourd vint me frapper entre les épaules, avec un bruit mat, et je manquai tomber au sol.

Me retournant pour faire face à ce nouvel ennemi, je vis à nouveau un objet passer au-dessus de mon épaule et aller frapper un de mes adversaires de plein fouet au visage l'envoyant à terre, inanimé. Je vis à ce moment que l'objet qui nous avait frappé était l'ancre d'un vaisseau de belle taille, un croiseur emmenant peut-être dix hommes.

L'aéronef se déplaçait lentement au-dessus de nos têtes, à une quinzaine de mètres d'altitude tout au plus.

Je vis instantanément l'occasion se présentant à moi : il montait doucement et l'ancre se trouvait au-delà des pirates noirs qui me faisaient face, les surplombant de quelques mètres.

D'un bond qui les laissa pantois, les yeux arrondis de stupéfaction, je passai très au-dessus d'eux, et un second saut me permit d'agripper l'ancre qui s'éloignait maintenant rapidement.

J'avais réussi et, accroché par une main, je fus traîné dans les branches hautes des jardins, tandis que mes adversaires poussaient des cris perçants en contrebas.

L'aéronef vira bientôt vers l'ouest, puis se mit à se balancer doucement en se dirigeant vers le sud. Je fus transporté très vite au-delà de la crête des falaises d'Or, au-dessus de la vallée de Dor et, à deux mille mètres au-dessous, la mer perdue de Korus miroitait sous les rayons de la lune.

Je m'assis avec précaution en chevauchant les bras de l'ancre. Je me demandai si, par hasard, le vaisseau était abandonné. Je l'espérais. Ou alors, qui sait ? peut-être appartenait-il à un peuple ami et, accidentellement, s'était presque retrouvé entre les griffes des therns et des pirates noirs ? Le fait que ce vaisseau s'éloignât de la bataille pouvait inciter à le penser.

Je décidai d'en avoir le cœur net ; en conséquence, j'entrepris de me hisser le long de la chaîne d'ancre à la force du poignet en observant la plus grande précaution, pour parvenir au pont du vaisseau qui me surplombait.

Je posai une main sur la rambarde, après avoir tâtonné. Un visage noir à l'expression féroce se pencha alors par-dessus et fixa sur moi un regard plein d'une haine triomphante.

CHAPITRE VII

Une belle déesse

Nous restâmes ainsi, sans bouger ni l'un ni l'autre, durant un instant, les yeux dans les yeux. Puis, un sourire cruel se dessina sur les lèvres bien dessinées et retroussées du pirate noir ; une main d'ébène apparut lentement par-dessus la rambarde du pont, le trou rond et froid d'un canon de pistolet venant se fixer lentement en plein centre de mon front.

Simultanément, je dégageai ma main droite et le saisis à la gorge, qui venait juste à portée, tandis que son doigt noir appuyait sur la gâchette. Les mots que l'homme sifflait à cet instant entre ses dents, « Meurs donc, maudit thern ! », se trouvèrent étranglés dans la gorge par la pince de mes doigts. Le chien du pistolet s'abattit avec un cliquetis inutile sur un magasin vide.

Mais, avant qu'il ait le temps d'appuyer une seconde fois, je l'avais attiré encore plus par-dessus le bastingage, à tel point qu'il dut laisser échapper son arme pour pouvoir s'agripper des deux mains et mieux résister ainsi à l'attraction irrésistible que j'exerçais sur lui.

En outre, la pression de mes doigts refermés sur

sa gorge l'empêchait de crier. Nous luttions ainsi dans un silence complet : lui pour tenter de se dégager de ma prise implacable, moi pour l'attirer et le faire basculer vers une mort certaine.

Son visage prenait une teinte livide et les yeux lui sortaient de la tête. Il comprit que la mort était toute proche à moins d'arriver à desserrer l'étreinte impitoyable qui faisait fuir ses forces vives de seconde en seconde. Il se rejeta en arrière avec un violent effort et, simultanément, lâcha la rambarde des deux mains, pour se saisir frénétiquement de ma prise et tenter de s'en libérer.

J'attendais ce moment. En plongeant littéralement de tout mon poids vers le bas, je le fis glisser hors du pont en le projetant dans l'espace. Le poids de son corps faillit me faire lâcher la faible prise qu'une de mes mains avait sur la chaîne de l'ancre et me précipiter avec lui dans les eaux de la mer.

Je ne desserrai pourtant pas mon étreinte, car je redoutais qu'un seul cri poussé par sa bouche au moment de sa chute vertigineuse dans les eaux silencieuses de la mer, où l'attendait la mort, ne suffît à attirer l'attention de ses compagnons restés sur le pont qui n'auraient plus, dès lors, que l'idée de tirer vengeance.

Je maintins donc ma prise, mais chacun des soubresauts frénétiques que l'étouffement progressif provoquait chez lui me faisait descendre de plus en plus le long de la chaîne, me rapprochant petit à petit de l'extrémité.

Mais, progressivement, ses soubresauts se firent spasmodiques, diminuant chaque fois d'intensité, jusqu'à cesser complètement. Je le lâchai alors et, en un instant, il fut avalé par l'obscurité régnant sous l'aéronef.

Je me hissai de nouveau jusqu'au bastingage. Cette fois, mes yeux parvinrent à la hauteur du pont et je pus examiner la situation à laquelle j'allais me trouver confronté.

La lune la plus rapprochée de la planète venait de passer derrière l'horizon, mais la splendeur brillante de la lune la plus lointaine baignait tout le pont du croiseur, détachant la silhouette de six ou huit Hommes Noirs plongés dans un profond sommeil.

Une jeune fille blanche, solidement ligotée, était recroquevillée contre l'affût d'un canon à tir rapide. Elle avait les yeux écarquillés par l'horreur à l'idée du sort qui l'attendait et son regard se fixa sur moi quand j'eus dépassé le rebord du pont.

Un indescriptible soulagement se peignit sur son visage quand elle aperçut le joyau magique qui scintillait au centre du bandeau ceignant ma tête. Elle ne prononça pas un mot mais ses yeux me firent comprendre d'avoir à me méfier des personnages endormis qui nous entouraient.

Je franchis le bastingage aussi silencieusement que je pus et gagnai le pont. La fille, de la tête, me fit signe de m'approcher. Je me penchai et elle me murmura de la détacher.

— Je peux vous aider, dit-elle et vous en aurez bien besoin quand ils s'éveilleront.

— Quelques-uns se réveilleront à Korus, répliquai-je en souriant.

Elle saisit la signification de mes propos et la cruauté du sourire qu'elle m'adressa en signe d'entente m'horrifia. On n'est pas choqué d'une expression méchante sur une physionomie laide, mais si les traits sont angéliques et beaux, tels ceux d'une divinité incarnée — ce qu'elle était —, alors le contraste devient effroyable.

Je la libérai rapidement.

— Donnez-moi un revolver ! souffla-t-elle dans un murmure. Je pourrai l'utiliser contre ceux que votre épée n'aura pas le temps d'atteindre et que le bruit réveillera sûrement.

Je fis ce qu'elle demandait, puis me tournai vers la tâche rebutante qui m'attendait. Ce n'était pas le moment de manifester des scrupules raffinés ni de faire preuve de chevalerie envers ces démons cruels qui n'auraient nullement apprécié ce genre de choses, pas plus qu'ils n'auraient été capables de rendre la politesse.

J'approchai à pas feutrés du dormeur le plus facile à atteindre : il se réveilla alors que son voyage pour les profondeurs de Korus était déjà en cours ! Le cri perçant qu'il poussa, en reprenant momentanément conscience, venait déjà de très loin en contrebas, alors qu'il tombait dans l'obscurité, et ne nous parvint que faiblement.

Le second se réveilla alors que je l'empoignais et, bien que je parvinsse à le jeter par-dessus bord, son cri sauvage d'alerte fit bondir tous les autres sur leurs pieds. Ils étaient cinq.

Tandis qu'ils se mettaient debout, le revolver de la jeune fille se mit à parler un petit langage crépitant ; l'un d'eux s'affala de nouveau sur le pont pour ne plus se relever.

Les autres se ruèrent sur moi avec furie, leurs épées tirées. La jeune femme ne tira pas dans la crainte évidente de me toucher mais je la vis se faufiler doucement, avec des précautions de félin, sur le flanc des assaillants. Ils étaient maintenant sur moi.

Je vécus, plusieurs minutes durant, un des combats les plus acharnés que j'aie eus à mener dans ma vie. L'espace d'évolution était beaucoup trop restreint pour les mouvements de jambes ; il fallait rester sur place et se contenter d'attaquer et de parer ; d'ailleurs, au début, je parai beaucoup plus que je n'attaquai ; mais je finis par feinter la garde d'un des hommes et j'eus la satisfaction de le voir s'écrouler sur le pont.

Les autres redoublèrent alors d'efforts. Le choc de leurs lames sur la mienne faisait un tintamarre effrayant qui devait s'entendre, dans ce grand silence, à des kilomètres à la ronde. Des étincelles jaillissaient de l'acier frappant l'acier ; et puis, il y eut le bruit sourd et écœurant d'une épaule tranchée et d'un os fendu par le côté acéré de mon épée martienne.

J'étais maintenant face à trois adversaires, mais la jeune fille continuait à rechercher un angle lui permettant d'en réduire encore le nombre. De ce moment, les choses allèrent à une allure folle ; à tel point que j'ai encore du mal à comprendre tout ce qui s'est déroulé pendant ce bref instant.

Les trois assaillants me chargèrent simultanément dans le but de m'obliger à rompre pour que je franchisse ainsi les quelques pas nécessaires pour venir buter à la barre d'appui et basculer dans le vide. Mais, au même moment, la fille fit feu et, la lame de mon épée accomplit deux mouvements. Un des hommes s'écroula avec une balle dans la tête. Une épée vola en l'air et alla heurter le pont en résonnant, avant de terminer sa course dans le vide, laissant un de mes adversaires totalement désarmé. Quant à l'autre, il s'abattit avec ma lame plantée dans la poitrine jusqu'à la garde, ressortant d'un mètre dans le dos, si bien qu'elle me fut arrachée des mains quand il tomba.

Également désarmé, je restai face à face avec mon adversaire dont l'épée était maintenant à quelques kilomètres de là, dans la mer de Korus !

Ces conditions nouvelles paraissaient fort bien lui convenir et un sourire de satisfaction découvrait une rangée de dents éblouissantes ; il se précipita sur moi, à mains nues. Ses muscles saillants roulaient sous la peau luisante, et il devait avoir la certitude de l'emporter aisément, puisqu'il ne prit même pas la peine de se servir de la dague qu'il possédait, passée dans son fourreau fixé au harnachement.

Je le laissai venir, puis me ramassai sur moi-même en me baissant sous ses bras étendus vers l'avant, en me déportant légèrement vers la droite. Pivotant ensuite sur place autour du bout de mon pied gauche, je lui envoyai un terrible coup de poing à la mâchoire. Il s'écroula comme une masse, semblable à un bœuf que l'on abat.

Un petit rire cristallin fusa derrière moi.

— Tu n'es pas un thern ! assura la voix de ma compagne. Malgré ces boucles d'or et le harnais de Sator Throg ! Il n'y a personne sur tout Barsoom qui soit capable de combattre comme tu t'es battu cette nuit ! Qui es-tu ?

— Je suis John Carter, prince de la maison de Tardos Mors, le jeddak d'Hélium. Mais, ajoutai-je, à qui ai-je l'honneur d'avoir consacré mes services ?

Elle hésita un moment avant de répondre, puis demanda :

— Si tu n'es pas un thern, en es-tu l'ennemi ?

— J'ai été sur le territoire des therns pendant un jour et demi. Durant ce court intervalle ma vie a été constamment menacée. J'ai été tourmenté, persécuté ; des hommes armés et des bêtes fauves ont été lâchés contre moi, sans désemparer. Jamais je n'avais eu la moindre querelle auparavant avec les therns, que je ne connaissais même pas. Seras-tu étonnée, dans ces conditions, que je ne puisse les porter dans mon cœur ? j'ai dit !

Elle m'examina attentivement un long moment avant de répondre. Elle donnait l'impression d'essayer de lire en moi mes pensées secrètes, de juger de mon caractère, ainsi que de ma conception des qualités chevaleresques.

L'examen dut lui paraître concluant, puisqu'elle proféra d'un ton claironnant :

— Je suis Phaïdor, fille de Mataï Shang, le hekkador sacré des saints therns, le père des therns, maître de la vie et de la mort sur tout Barsoom, frère d'Issus, princesse de la vie éternelle.

Je m'aperçus à ce moment que le combattant noir abattu reprenait connaissance. Je bondis près de lui. Le dépouillant de son harnachement, je lui liai solidement les mains derrière le dos, puis, après en avoir fait autant pour les pieds, je l'attachai à un fût de canon.

— Pourquoi ne pas utiliser le moyen le plus facile ? demanda Phaïdor.

— Je ne comprends pas ; quel « moyen plus facile » ?

Avec un léger haussement de ses adorables épaules, elle fit un geste de ses mains, faisant mine de faire passer quelque chose par-dessus bord.

— Je ne suis pas un assassin ; je ne tue qu'en cas de légitime défense.

Elle me regarda une nouvelle fois avec attention, puis, fronçant ses beaux sourcils, elle secoua la tête en signe d'incompréhension.

Il faut bien reconnaître que même ma Dejah Thoris n'avait pas été tellement capable de comprendre ce qui lui paraissait être une folie et constituer un danger, dans cette attitude envers l'ennemi. Sur Barsoom, faire quartier n'est ni accordé, ni même sollicité : chaque homme mort représente un peu plus de vie et de ressources de cette planète mourante, à diviser entre tous ceux qui survivent.

Mais il semblait bien y avoir une différence subtile entre la façon dont cette fille considérait la liquidation d'un ennemi dans l'autre monde et le regret désolé d'un cœur tendre, tel celui de ma princesse, vis-à-vis de la dure nécessité qu'il fallait bien observer quand même.

A mon avis, Phaïdor regrettait plus le frisson procuré par un tel spectacle que le fait que ma décision, en laissant un ennemi vivant, permettait à celui-ci de demeurer une menace pour nous.

L'homme avait maintenant récupéré toutes ses facultés et nous observait attentivement depuis l'endroit où il se trouvait allongé et ligoté sur le pont.

C'était un très bel homme, puissant, aux membres bien proportionnés, à la physionomie ouverte et intelligente ; quant aux traits, ils étaient si agréables et beaux, qu'Adonis lui-même en aurait sûrement été jaloux !

Le vaisseau, sans guide, avait dérivé lentement sur la vallée et, maintenant, il n'était que temps de reprendre la barre et de diriger sa course. Je n'avais qu'une idée assez vague de la localisation exacte de cette vallée de Dor. Il était sûr, d'après les étoiles qu'elle se situait au sud de l'équateur, mais je n'étais pas assez versé dans l'astronomie martienne pour pouvoir faire le point autrement que d'une manière assez grossière, faute de disposer des cartes merveilleusement détaillées et des instruments très précis dont je me servais pour calculer la position de mes appareils à l'époque où j'étais officier de la flotte héliumite. Si je les avais eus, j'aurais immédiatement su quelle était la position exacte de l'aéronef sur lequel je me trouvais.

La direction générale vers laquelle mettre la barre était de toute manière déterminée : il s'agissait du nord, qui nous ramènerait promptement vers les parties peuplées de la planète. Le croiseur vira de bord avec grâce ; puis, le bouton libérant le rayonnement répulsif nous envoya planer haut dans les airs. Le levier de vitesse placé sur son ultime cran, nous fonçâmes en direction du nord en montant de plus en plus haut au-dessus de cette horrible vallée de la mort.

Alors que nous passions à une hauteur vertigineuse au-dessus de l'étroit domaine des therns, les éclairs des détonations prouvaient toujours la férocité de la bataille en cours le long de la frontière de ce territoire. Mais aucun son ne nous en parvenait, car, du fait de la grande raréfaction de l'atmosphère à cette altitude, les ondes sonores ne pouvaient nous atteindre : elles étaient dissipées bien en dessous de nous dans un air déjà presque inexistant.

Le froid devenait intolérable et il était très difficile de respirer. Phaïdor, la jeune fille, et le pirate noir gardaient les yeux rivés sur moi. A la fin, la fille se décida à prendre la parole :

— La perte de conscience vient rapidement, à cette altitude, dit-elle calmement. A moins que vous ne souhaitiez la mort pour nous tous, il vaudrait mieux descendre, et vite !

Mais sa voix était sans frayeur ; c'était exactement le même ton que si elle avait dit : « Vous devriez prendre un parapluie car le temps est à la pluie ! »

Je fis descendre l'appareil promptement. Il était grand temps, car la fille s'était évanouie. Le pirate noir, lui aussi, était tombé dans l'inconscience. Moi, je ne tenais le coup que par la volonté : celui sur qui repose toute responsabilité est capable d'endurer plus que les autres.

Nous nous balancions maintenant doucement au-dessus des collines d'Otz, à faible altitude. Il faisait plus chaud et il y avait suffisamment d'air pour remplir nos poumons qui en étaient jusque-là privés. Aussi ne fus-je pas surpris de voir l'Homme Noir ouvrir les yeux et, un peu après, la jeune fille en faire autant.

— L'alerte a été chaude ; c'était tangent ! dit-elle.

Je rétorquai :

— Oui ! mais cela m'a appris deux choses !

— Lesquelles ?

— Que même Phaïdor, la fille du maître de la vie et de la mort est une simple mortelle, répondis-je en souriant.

— Il n'y a d'immortalité qu'à Issus, et Issus n'est que pour la race des therns. Je suis donc immortelle !

Je surpris un sourire furtif sur le visage du pirate noir, lorsqu'il entendit ces mots. Je n'en compris pas la raison alors, mais je l'appris par la suite, ainsi que Phaïdor, et de la façon la plus horrible.

— Si la deuxième chose que vous avez apprise vous a amené à faire des déductions aussi fausses que la première, vous n'êtes guère plus avancé qu'au début !

— Cette autre chose, repris-je sans me démonter, c'est que notre ami, ici présent, ne vient pas de la première lune car il était comme mort à quelques kilomètres d'altitude seulement et sur Barsoom même ; si nous avions parcouru les neuf mille kilomètres qui séparent Thuria de Mars, il n'aurait plus été que le souvenir congelé d'un humain.

Phaïdor regarda l'homme avec une expression de grande surprise.

— Si tu n'es pas de Thuria, alors d'où viens-tu ? demanda-t-elle.

Il haussa les épaules et détourna les yeux mais ne répondit pas.

Elle frappa du pied, d'une manière péremptoire.

— La fille de Mataï Shang n'a pas l'habitude que ses questions restent sans réponse, dit-elle. Une personne de condition inférieure devrait se sentir honorée de voir un membre de la race sacrée, né pour hériter de la vie éternelle, daigner même lui adresser la parole.

L'Homme Noir sourit à nouveau, de ce sourire plein de sous-entendus et quelque peu démoniaque.

— Xodar, dator de la race des Premiers-Nés de Barsoom, a pour habitude de commander et non pas de recevoir des ordres ! répondit-il.

Puis, se retournant vers moi, il demanda :

— Quelles sont vos intentions à mon égard ?

— J'ai l'intention de vous ramener tous deux à Hélium. Il ne vous sera fait aucun mal : vous constaterez que les Hommes Rouges d'Hélium sont une espèce magnanime et aimable. S'ils m'écoutent plus personne n'accomplira de pèlerinage volontaire, en descendant l'Iss, et l'impossible croyance qu'ils ont chérie depuis des âges immémoriaux volera en éclats.

— Êtes-vous originaire d'Hélium ? demanda-t-il.

— Je suis un prince de la maison de Tardos Mors, jeddak d'Hélium, mais je ne suis pas originaire de Barsoom même. Je viens d'un autre monde.

Xodar m'examina intensément pendant un moment, puis il dit :

— Je veux bien croire que vous n'êtes pas de Barsoom. Aucun être originaire de ce monde n'aurait été capable de vaincre huit Premiers-Nés rien qu'à l'aide d'une seule main. Mais comment se fait-il que vous portiez la chevelure d'or et le joyau d'un saint thern ?

Il avait appuyé sur le mot « saint » avec une expression chargée d'ironie.

— Je les avais oubliés ! Ce ne sont que des pièces de butin, dis-je, et, d'un geste sec, je retirai ce déguisement de ma tête.

Quand les yeux du pirate noir tombèrent sur mes cheveux bruns coupés courts, il les ouvrit tout grands de stupéfaction : il s'était attendu à voir le crâne chauve d'un thern.

— Vous venez vraiment d'un autre monde ! reconnut-il avec un peu d'effroi dans la voix. Avec la peau d'un thern, les cheveux noirs d'un Premier-Né et les muscles d'une douzaine de dators, il n'y a rien de déshonorant, même pour Xodar à reconnaître votre supériorité, ce que je n'aurais jamais admis si vous aviez été barsoomien, ajouta-t-il.

— Vous galopez à plusieurs longueurs devant moi, mon cher ! l'interrompis-je. J'ai simplement saisi au vol que votre nom est Xodar ; mais dites-moi, je vous prie, qui sont ces Premiers-Nés, ce qu'est un dator et pourquoi vous n'auriez pas accepté la suprématie d'un Barsoomien.

— Les Premiers-Nés de Barsoom, expliqua-t-il, appartiennent à la race des Hommes Noirs dont je suis un dator ou, comme dirait un Barsoomien de condition inférieure, un prince. Ma race est la plus ancienne de la planète. Notre lignée remonte sans interruption à l'Arbre de Vie qui fleurissait au centre de la vallée de Dor, il y a vingt-trois millions d'années.

« Les fruits de cet arbre ont subi les changements graduels d'une évolution qui s'est poursuivie durant des périodes considérables, passant par degrés de la vie végétale pure à une combinaison de plante et d'animal.

Au cours des premiers stades, le fruit de l'arbre ne possédait que la puissance d'une action musculaire indépendante alors que la tige demeurait solidaire de la plante d'origine. Par la suite, un cerveau se développa dans le fruit également, tout en restant fixé par de longues tiges : il pouvait penser et agir individuellement.

« Puis, les systèmes de perception se développant, il devint possible de les comparer ; on accéda à des jugements ; ainsi, la raison et les facultés de raisonnement apparurent sur Barsoom.

« Les ères s'écoulèrent. Diverses formes de vie différentes dérivèrent de l'Arbre de Vie, mais toujours rattachées à la vie végétative par des tiges de longueur plus ou moins grande. A la longue, les fruits pensants de l'Arbre devenaient de véritables petits personnages, tels que nous les voyons encore reproduits à grande dimension dans la vallée de Dor, mais toujours rattachés aux arborescences par de courtes tiges temporaires qui poussaient au sommet de leur tête.

« Les boutons à partir desquels les hommes-plantes fleurissaient, ressemblaient à de grosses noix d'environ trente centimètres de diamètre, divisées en quatre sections par une double paroi. Dans la première venait l'homme-plante, dans la deuxième venait une sorte de ver à seize pattes, dans la troisième ce qui fut l'ancêtre du grand singe blanc et, enfin, dans la quatrième, l'ancêtre de l'Homme Noir de Barsoom.

« Quand le bouton éclatait, l'homme-plante demeurait suspendu au bout de sa tige ; mais les trois autres parties tombaient à terre, et les efforts que leurs occupants déployaient pour se libérer projetaient ces coquilles dans toutes les directions.

« Il vint un temps où Barsoom fut recouvert de toutes ces créatures emprisonnées. Pendant très longtemps, elles vécurent toute leur vie dans leur coquille, très dure, sautant et roulant à la surface de la planète, tombant dans les crevasses, les lacs, les mers et s'éparpillant absolument partout à la surface de ce nouveau monde.

« Des milliards d'entre eux moururent de la sorte avant que le premier Homme Noir ne parvînt à sortir de sa prison, pour accéder à la lumière du jour. Pressé par la curiosité, il brisa d'autres coquilles et le peuplement de Barsoom commença de la sorte.

« Dans la race à laquelle j'appartiens, la pureté du sang de ce premier Homme Noir n'a été souillée par aucun mélange avec d'autres créatures ; mais c'est à partir du ver à seize pattes, du premier singe et de l'Homme Noir rebelle que sont issues toutes les autres formes de vie animale sur Barsoom.

« Les therns — là, il sourit malicieusement — ne sont que le résultat de milliers d'années d'évolution depuis le singe blanc tel qu'il existait dans toute sa pureté dans les premiers âges. Aussi n'y a-t-il sur Barsoom qu'une seule race d'humains vrais et immortels, c'est la race des Hommes Noirs.

« L'Arbre de Vie est mort, mais, avant qu'il ne s'éteignît, les hommes-plantes apprirent à s'en détacher et à errer un peu partout sur la planète avec les autres enfants du Parent Primordial.

« La bisexualité leur a permis de se reproduire eux-mêmes, à la manière des plantes mais, à part cela, ils ont très peu progressé dans l'échelle de la vie au cours des différents stades de leur existence. Leurs actions et leurs déplacements sont largement tributaires d'instincts et ne sont guidés par la raison que dans une très faible mesure, puisque le cerveau d'un homme-plante n'est guère plus gros que l'extrémité de notre petit doigt. Ils vivent de végétaux et du sang d'animaux ; leur cerveau est tout juste suffisant pour diriger leurs mouvements vers la nourriture et pour interpréter les sensations provoquées par cette nourriture, qui lui sont envoyées par la vue et par l'ouïe. Ils n'ont pas d'instinct de conservation, et n'éprouvent donc aucune crainte devant le danger. Voilà pourquoi ce sont de terribles adversaires lors d'un combat. »

Je m'étonnai tout de même un peu de ce subit flot d'éloquence, m'interrogeant sur les raisons exactes de cet Homme Noir à discourir aussi longuement, en présence d'ennemis, sur la genèse de la vie à Barsoom. Il paraissait vraiment inopportun pour un homme si fier, d'une race également fière, d'entreprendre une telle conversation avec son ravisseur. Et encore plus si l'on considère qu'il était toujours allongé sur le pont, solidement ficelé.

Ce fut un imperceptible mouvement de ses yeux qui me révéla l'explication de ce mystère. Il regarda en effet un très bref instant derrière moi — oh ! une fraction de seconde à peine — et je compris pourquoi il avait cherché à captiver mon attention en me racontant cette histoire véritablement passionnante.

Il se tenait un peu en avant par rapport à l'endroit où j'étais installé aux manettes de commande et faisait donc face à l'arrière de l'aéronef en me parlant.

Il en était à sa description des hommes-plantes quand je surpris le regard qu'il posa quelques instants sur une chose se trouvant derrière moi. Je ne pus d'ailleurs me méprendre sur l'éclair de triomphe qui illumina fugitivement son regard.

J'avais diminué notre vitesse un peu avant, car nous avions quitté la vallée de Dor depuis plusieurs kilomètres et je me sentais relativement hors de danger.

Plein d'appréhension, je jetai un coup d'œil vers l'arrière et ce que je vis anéantit les espoirs que je venais de former de retrouver la liberté.

Un grand aéronef de guerre, toutes lumières éteintes, fonçait dans la nuit épaisse sans un bruit et menaçait par l'arrière.

CHAPITRE VIII

Les profondeurs d'Omean

Je compris alors la raison pour laquelle le pirate noir m'avait tenu captivé par son étrange histoire.

Il savait depuis des kilomètres que des secours approchaient et, sans ce coup d'œil intempestif, il n'aurait plus fallu qu'un petit instant pour que l'engin de bataille arrive juste au-dessus de nous, et que les hommes qui, sans aucun doute, se balançaient en ce moment encore à la quille, sanglés dans leurs harnachements, prêts à l'abordage, envahissent le pont de notre vaisseau anéantissant du même coup tous les espoirs que je formais de pouvoir m'enfuir.

J'étais trop expérimenté en matière de guerre aérienne pour ne pas savoir immédiatement quoi faire. J'inversai la marche des moteurs et fis descendre l'appareil avec soudaineté d'une bonne trentaine de mètres.

Je vis le gros navire assaillant passer au-dessus de nous à une allure folle et les hommes se balançant à l'extrémité de leurs câbles, prêts à sauter si je n'avais pas déjoué la perfide manœuvre.

Alors, je montai à nouveau, selon un angle aigu, poussant la manette de vitesse à son maximum. Mon splendide vaisseau fila comme une flèche tirée par un arc, sa proue d'acier dirigée en plein sur les hélices du géant évoluant au-dessus de nous : si je pouvais ne serait-ce que les heurter, l'énorme aéronef serait réduit à l'incapacité pour des heures et il me redeviendrait possible de m'échapper.

A cet instant, le soleil se leva, révélant la présence d'une centaine de visages noirs, à l'expression menaçante, penchés à l'avant du vaisseau de guerre au-dessus de nos têtes

En voyant notre manœuvre, un cri de rage sortit de cent poitrines. Des ordres furent donnés en toute hâte, mais trop tard pour pouvoir sauver les hélices géantes : notre appareil vint les heurter avec un craquement sinistre, tant il avait pris d'élan et de force.

Profitant du contrecoup de l'impact, je fis machine arrière mais la proue était coincée dans l'orifice qu'elle avait creusée dans les membrures du navire de guerre. Mon vaisseau ne resta qu'une seconde prisonnier et je parvins à le dégager ; mais cette seconde fut largement suffisante pour voir se déverser sur le pont une armada de démons noirs.

Il n'y eut pas de combat. D'ailleurs la place aurait manqué. Nous fûmes simplement submergés par le nombre. Alors que des épées étaient brandies contre moi, un ordre de Xodar retint la main de ses compagnons.

— Ligotez-les, dit-il, mais sans leur faire aucun mal.

Plusieurs hommes s'étaient empressés de le libérer et il tint à assister à la confiscation de mes armes, et vérifia que j'étais bien attaché. C'est du moins ce qu'il pensa. Cela aurait été le cas si j'avais été un martien mais je ne pus refréner un sourire en constatant la fragilité des liens immobilisant mes poignets. Le moment venu, je pourrais les casser comme s'il s'était agi de simples brins de coton.

Ils ligotèrent également la fille et nous attachèrent ensemble. Cependant, ils avaient amené notre appareil contre le flanc de leur vaisseau endommagé, et nous fûmes bientôt transférés sur le pont de celui-ci. Cet immense engin de destruction nécessitait un équipage d'un bon millier d'hommes. Les ponts étaient noirs d'individus qui se pressaient — dans les limites où la discipline le permettait — pour nous observer.

La beauté de la fille entraînait des commentaires assez vulgaires et crus ; il était clair que ces hommes, qui se considéraient comme des surhommes, étaient loin de valoir les Hommes Rouges de Barsoom en matière d'éducation et de raffinement.

Mes cheveux noirs, coupés courts, et mon teint semblable à celui des therns donnaient lieu à de nombreux commentaires. Quand Xodar eut dit à ses pairs nobiliaires à quel point mon habileté au combat était grande, et qu'il leur eut révélé mon étrange origine, ils se massèrent autour de moi, m'accablant de questions.

Ils furent convaincus que j'étais bien un ennemi de leurs adversaires héréditaires par le fait que je portais l'équipement et le métal d'un thern qui avait été tué par un homme de mon groupe, et cela améliora ma situation à bien des égards.

Les Hommes Noirs étaient tous bien bâtis et de belle figure. Les officiers se distinguaient par la splendeur de leurs atours resplendissants. De nombreuses courroies de cuir étaient si incrustées d'or, de platine, d'argent et de pierres précieuses, que l'on n'en voyait plus la matière originelle. Par exemple, le harnachement du commandant n'était composé que de diamants qui foraient un amas compact. Par contraste avec la teinte d'ébène de sa peau, ils brillaient d'un éclat particulier véritablement splendide.

Le tableau d'ensemble était tout simplement enchanteur : la beauté des hommes ; la splendeur de leur mise ; le bois de skeel poli du pont ; le sorapus à grain fin de la carlingue, serti de pierres précieuses inestimables et de métaux rares formant les uns et les autres des motifs décoratifs magnifiques ; l'or patiné des rambardes ; le métal étincelant des canons...

Nous fûmes emmenés, Phaïdor et moi, toujours solidement ligotés, dans un local situé sous le pont et jetés dans une cabine ne comportant qu'un seul hublot. Nos gardes verrouillèrent soigneusement la porte derrière eux en nous laissant.

Nous entendîmes les hommes qui s'affairaient à réparer les hélices brisées et, par le hublot, je vis que l'aéronef dérivait doucement en direction du sud.

Aucun de nous deux ne prit la parole pendant un long moment, chacun restant plongé dans ses pensées. Pour ma part, je m'interrogeais sur le sort de Tars Tarkas et sur celui de Thuvia. A supposer qu'ils aient pu s'échapper ils avaient dû finir par tomber entre les mains des Hommes Rouges ou des Hommes Verts, et, étant des fugitifs échappés de la vallée de Dor, ils étaient promis à une mort rapide et horrible.

Combien il aurait été préférable que je sois avec eux ! J'avais le net sentiment que je serais parvenu à faire admettre aux Hommes Rouges de haute condition qu'un mensonge insensé et cruel basé sur une superstition pernicieuse leur avait été inculqué.

Tardos Mors me croirait, j'en étais sûr ; j'avais également la certitude qu'il irait jusqu'au bout et défendrait ses nouvelles convictions avec énergie. Dejah Thoris aussi me croirait : aucun doute ne m'effleurait à ce propos. Et puis, je savais que plus d'un millier de guerriers rouges et de guerriers verts de mes amis étaient prêts à risquer la damnation éternelle pour moi. Comme Tars Tarkas, là où je les mènerais, ils me suivraient.

De toute manière tout cela n'était que détail secondaire, car ma fuite, hors de l'emprise des Hommes Noirs était rien moins que probable.

La fille et moi étions reliés l'un à l'autre par une corde ne nous permettant de nous écarter que d'un mètre tout au plus. En entrant dans la cabine, nous nous étions assis sur un banc assez bas, fixé juste sous le hublot. C'était le seul meuble que possédait cette cabine. Il était en bois de sorapus, tandis que le toit, les murs et le sol étaient en carborundum d'aluminium : matériau léger, d'une solidité à toute épreuve, abondamment utilisé sur Mars dans la construction de tous les aéronefs de combat.

Tout en restant assis, à méditer sombrement sur l'avenir, mes yeux parcouraient distraitement le paysage défilant par le hublot situé juste à ma hauteur. Soudain, je détournai mon regard et le portai sur Phaïdor. Je la vis qui me contemplait avec un air étrange que je n'avais jamais vu sur son visage jusqu'alors et qui la rendait fort belle.

Instantanément ses paupières claires s'abaissèrent sur ses yeux et j'aurais juré qu'une légère rougeur lui venait aux joues. Elle était visiblement gênée d'avoir été ainsi surprise en train de contempler une créature inférieure. C'est du moins ce que je me dis. Aussi, j'engageai la conversation en riant :

— Trouvez-vous intéressante cette étude des ordres inférieurs ?

Elle releva les yeux et eut un petit rire où l'on sentait de la gêne mais aussi du soulagement.

— Très ! particulièrement quand ils ont un profil aussi parfait.

C'eût été à mon tour de rougir, mais je n'en fis rien. J'avais le sentiment qu'elle se moquait de moi et j'avais de l'admiration pour cette âme courageuse qui avait la force de caractère d'ironiser, alors qu'elle était sur le chemin de la mort. Je me mis donc à rire avec elle.

— Savez-vous où nous allons ? demanda-t-elle.

— Résoudre le mystère de l'autre monde et de la vie éternelle, je suppose.

— Oh ! je me dirige vers un sort bien pire que cela, dit-elle avec un petit mouvement des épaules.

— Que voulez-vous dire ?

— Cela n'est qu'une supposition, puisque aucune jeune fille thern sur les millions qui ont été emmenées captives chez les Hommes Noirs depuis les milliers d'années qu'ils pillent nos territoires, pas une n'est revenue pour raconter quel avait été son sort parmi eux. Et le seul fait qu'ils ne fassent aucun prisonnier mâle renforce ma conviction que la destinée des femmes qu'ils volent est pire que la mort.

— N'est-ce pas un juste retour des choses ? ne pus-je m'empêcher de lui faire remarquer.

— Que voulez-vous dire par là ?

— Les therns eux-mêmes n'en font-ils pas de même avec les pauvres créatures qui entreprennent le pèlerinage volontaire sur la rivière du Mystère ? N'est-il pas juste que vous souffriez ce que vous faites endurer aux autres ?

— Vous ne comprenez pas ! Nous autres, therns, nous sommes une race sacrée : c'est un honneur pour une créature inférieure que d'être esclave chez nous ! Si nous ne sauvions pas quelques-unes de ces créatures de moindre qualité qui embarquent stupidement pour descendre un fleuve au cours inconnu en vue d'atteindre une destination tout aussi ignorée, toutes serviraient de proie aux hommes-plantes et aux singes blancs.

— Mais n'encouragez-vous pas cette superstition chez les peuples de l'extérieur ? rétorquai-je. C'est là ce que vous faites de plus abominable. Pourquoi entretenez-vous cet abominable mensonge ? Pouvez-vous me le dire ?

— Toute la vie sur Barsoom a été créée uniquement pour que la race des therns puisse subsister, m'expliqua-t-elle ; comment pourrions-nous le faire si le monde extérieur n'accomplissait pas notre travail et ne nous fournissait pas notre nourriture ? Croyez-vous qu'un thern irait s'abaisser à travailler lui-même ?

— Est-il vrai que vous mangez de la chair humaine ? demandai-je avec horreur.

Elle me regarda d'un air apitoyé par mon ignorance.

— Mais oui ! Nous mangeons de la chair des espèces inférieures... Ne le faites-vous pas ?

— De la viande animale, oui, mais pas de la chair humaine !

— Mais si un homme peut manger de la viande des animaux, des dieux peuvent manger de la chair humaine et les saints therns sont les dieux de Barsoom.

J'étais complètement écœuré et je crois que ce sentiment se peignait sur mon visage.

— Vous êtes sceptique, pour le moment, mais si nous avons la chance de pouvoir nous échapper des griffes de ces pirates noirs et de retourner à la cour de Mataï Shang, je suis sûre que nous trouverons un argument pour vous démontrer votre erreur. Et..., elle hésita,... peut-être aussi trouverons-nous un moyen de vous garder... comme... comme... l'un des nôtres.

Ses yeux se baissèrent une nouvelle fois, regardant le plancher, et une légère coloration empourpra ses joues. Je n'en compris pas la signification et je devais rester longtemps dans cet état d'ignorance. Dejah Thoris affirmait souvent que, sur certains points, j'étais un véritable nigaud et je crois qu'elle avait raison.

— Je crains fort de répondre assez mal à l'hospitalité de ton père, répondis-je, car la première chose que je ne manquerais pas de faire, si j'étais un thern, serait de mettre un détachement de gardes armés à l'embouchure de l'Iss afin d'escorter les malheureux voyageurs désillusionnés pour les raccompagner vers le monde extérieur. Et je consacrerais le restant de mes jours à l'extermination totale de ces hideux hommes-plantes et de leurs horribles compagnons, les grands singes blancs.

Elle me regarda, l'air complètement horrifié.

— Non ! non ! s'écria-t-elle. Il ne faut pas proférer de tels sacrilèges. Il ne faut même pas les penser. S'ils venaient à imaginer que vous ruminez de pareilles idées, les therns, au cas où nous pourrions regagner leurs temples, vous réserveraient une mort effrayante. Même mon... mon...

Elle rosit de nouveau et se reprit :

— Non ! même moi je ne pourrais pas vous sauver.

Je ne dis plus rien ; il était clair que c'était inutile : elle était encore plus enfoncée dans ses superstitions que les martiens du monde extérieur. Eux ne faisaient qu'espérer une autre vie faite d'amour, de paix et de bonheur ; tandis que les therns, eux, adoraient les hideux hommes-plantes et les singes blancs ou, du moins, les respectaient en tant que demeures de l'esprit réincarné de leurs morts !

A ce moment, la porte de notre prison s'ouvrit et Xodar fit son entrée.

Il me sourit agréablement et, quand il faisait ainsi, son expression devenait amicale, son visage était empreint de cordialité, nullement cruel ou vindicatif.

— Comme vous ne pourrez jamais vous évader, dit-il, je ne vois pas la nécessité de vous tenir confinés ici. Je vais couper vos liens et vous pourrez monter sur le pont. Vous verrez quelque chose de très intéressant et, du fait que vous ne retournerez jamais plus dans le monde du dehors, il n'y a aucun mal à vous autoriser à assister à cela. Vous verrez ainsi ce que seuls les Premiers-Nés et leurs esclaves connaissent : l'entrée souterraine de la Terre Sacrée, du véritable paradis de Barsoom. Ce sera d'ailleurs une excellente leçon pour cette fille des therns, ajouta-t-il, car elle verra le temple d'Issus et peut-être Issus elle-même l'étreindra-t-elle sur son cœur.

Phaïdor releva la tête bien haut.

— Que sont ces blasphèmes, calot de pirate ? s'écria-t-elle. Issus balaierait toute ton espèce si vous approchiez seulement de son temple !

— Tu as beaucoup à apprendre, thern ! répliqua Xodar avec un sourire effrayant, et je n'envie pas la façon dont tu vas le faire !

En montant sur le pont, je vis avec surprise que le vaisseau survolait un vaste champ de glaces et de neige : on ne voyait rien d'autre aux alentours, aussi loin que portât le regard.

Une seule réponse à ce mystère : nous nous trouvions au-dessus de la calotte glacière entourant le pôle

Sud. Les pôles sont les seuls endroits de la planète où il y ait de la neige ou de la glace.

On ne voyait aucun signe de vie sous nos pieds ; nous étions certainement trop au sud pour que même les animaux à fourrure, que les martiens chassent avec délectation, puissent survivre.

Xodar était à mes côtés regardant, lui aussi, défiler ce spectacle de désolation.

— Quelle route suivons-nous ? demandai-je.

— Légèrement sud-ouest, répondit-il. Vous allez tout de suite voir apparaître la vallée d'Otz ; nous la longerons sur quelques centaines de kilomètres.

— La vallée d'Otz ? m'écriai-je, mais n'est-ce pas là que s'étend le domaine des therns, dont nous nous sommes évadés ?

— Oui ! Vous avez traversé cette étendue de glaces durant la nuit dernière au cours de votre long périple, tandis que nous étions lancés à votre poursuite. La vallée d'Otz se trouve dans une immense dépression, au pôle Sud même. Elle s'enfonce à des centaines de mètres au-dessous du niveau de la région environnante et a la forme d'un bol. A cent ou deux cents kilomètres au nord de sa limite s'élèvent les montagnes d'Otz qui entourent la vallée intérieure de Dor en plein centre de laquelle s'étend la mer perdue de Korus. C'est sur les rives de cette dernière qu'est bâti le temple en or d'Issus, au pays des Premiers-Nés. C'est là que nous allons !

Contemplant ces lieux, je commençai à réaliser pourquoi ils étaient infranchissables et mon étonnement fut encore plus grand à l'idée qu'une personne seule ait pu, un jour, traverser à pied ces immenses étendues de glaces parcourues par un vent de tempête. Cela semblait totalement impensable.

— On ne peut effectuer cette traversée que par la voie aérienne, conclus-je à voix haute.

— Oui ! C'est d'ailleurs ainsi que quelqu'un a pu s'échapper de chez les therns, dans les temps anciens... Mais nul n'a jamais pu échapper aux Premiers-Nés, ajouta Xodar, avec un peu d'orgueil dans la voix.

Nous avions maintenant atteint la limite méridionale de la grande barrière de glace. Elle se terminait brusquement par une muraille à pic, haute de plusieurs centaines de mètres au pied de laquelle s'étendait une vallée plane, mis à part, de-ci de-là, quelques collines basses et plusieurs massifs de forêts, avec des petites rivières alimentées par de l'eau en provenance de la fonte des glaces environnantes.

A un moment, nous survolâmes ce qui paraissait être une crevasse en forme de canyon, partant de la partie nord du mur de glace et, courant tout au long de la vallée, à perte de vue.

— C'est le lit de l'Iss, me dit Xodar. Elle sort de la banquise sous laquelle elle court déjà, ainsi que sous la vallée, mais son canyon à l'air libre s'ouvre ici.

Puis j'aperçus ce qui me sembla être un village ; le désignant à Xodar, je lui demandai ce que cela pouvait bien être.

— C'est un village d'âmes perdues, répondit-il en riant. Cette bande de terre entre les montagnes et la banquise est considérée comme territoire neutre. Certains abandonnent le pèlerinage le long de l'Iss et, parvenant à escalader la terrible paroi de son canyon, s'arrêtent dans la vallée. De même, quelques esclaves arrivent à s'échapper, de temps à autre, de l'empire des therns et parviennent jusqu'ici. Ils ne sont pas pourchassés, vu qu'il n'y a aucun espoir pour regagner le monde extérieur. En outre, ils ont bien trop peur des patrouilles de croiseurs des Premiers-Nés pour risquer de s'aventurer hors de leur étroit domaine. Nous n'importunons pas les pauvres créatures de cette vallée car, d'une part elles ne possèdent rien que nous ne désirions avoir, et, d'autre part, leur petit nombre fait qu'ils ne sont pas assez forts pour nous donner l'occasion de combats intéressants. Aussi les laisse-t-on à leur triste sort. Ils se trouvent réunis en plusieurs villages, ne se développant que peu car ils sont tout le temps en guerre entre eux.

Nous avions changé de direction et volions maintenant au nord-ouest. Je ne tardai pas à distinguer vers l'avant, à tribord, une sorte de montagne noire s'élevant au-dessus de l'étendue désolée de la calotte glaciaire. Elle n'était pas très élevée et son sommet paraissait aplati.

Xodar ayant été appelé pour quelque tâche à faire, en prévision de l'arrivée, je restai seul avec Phaïdor, et nous étions l'un et l'autre accoudés au bastingage. La jeune fille n'avait pas prononcé un seul mot depuis que nous avions été amenés sur le pont.

— M'a-t-il dit la vérité ? lui demandai-je.

— En partie, oui ! répondit-elle. Tout ce qui touche à la vallée extérieure est exact. Par contre, ce qu'il a affirmé sur la localisation du temple d'Issus au centre de son pays est faux. Si c'était vrai..., elle hésita. Oh ! non ! ce n'est pas possible... ce n'est pas possible... Si c'était vrai, alors, depuis des temps immémoriaux, les gens de mon peuple vont à la torture et à une mort ignomineuse entre les mains mêmes de leurs plus cruels ennemis, au lieu d'atteindre la merveilleuse Vie Éternelle qu'Issus leur a réservée, selon ce qu'on leur a appris à croire.

J'intervins :

— De la même façon que vous avez dupé des générations de pauvres Barsoomiens, avec cette vallée de Dor prétendûment idyllique mais qui est en réalité un lieu infernal, il se peut que les therns eux-mêmes aient été dupés par les Premiers-Nés et qu'ils connaissent en réalité un sort tout aussi atroce. Ce serait un châtiment sévère et horrible mais un juste retour des choses, Phaïdor !

— Je ne peux y croire ! se lamenta-t-elle.

— Nous verrons bien ! répondis-je.

Et nous retombâmes dans un complet silence, tandis que le navire aérien se rapprochait de la montagne noire qui, d'une manière indéfinissable, paraissait bien receler la réponse à notre problème.

Alors que nous approchions du cône tronqué, la vitesse du vaisseau fut considérablement réduite, jusqu'à l'immobilité quasi complète.

Nous touchions presque la crête de la montagne et en nous en approchant progressivement, je vis apparaître l'orifice d'un immense puits béant, dont la partie basse se perdait dans une obscurité d'encre. Le diamètre de ce gigantesque tuyau atteignait certainement les trois cents mètres, les parois lisses paraissant constituées de basalte.

Un moment durant, l'aéronef se balança, sans direction précise, au-dessus du centre de cette énorme ouverture ; puis, lentement, il commença sa descente, plongeant littéralement dans ce gouffre. De plus en plus bas, il s'enfonça jusqu'à ce que l'obscurité totale l'enveloppe et qu'il ne soit plus visible que par le halo diffus de ses lumières, projeté sur le conduit lui-même.

Le monstre s'engloutit de la sorte dans ce qui me sembla être les entrailles mêmes de la planète Barsoom.

Cette descente dura une demi-heure ; le puits se termina subitement en s'ouvrant sur le dôme d'un immense monde souterrain. En dessous de nous montait et descendait une mer fantastique, dans une vague cauchemardesque. Une phosphorescence globale illuminait cette mer souterraine. Des milliers de navires en mouchetaient la surface. De petites îles s'élevaient çà et là, couvertes d'une végétation incolore, très étrange dans ce monde non moins étrange.

Lentement, avec une grâce majestueuse, l'aéronef de guerre vint se poser à la surface de l'eau. Ses grandes hélices avaient été escamotées au cours de la descente. A leur place, d'autres, nettement plus petites mais plus puissantes aussi, s'étaient mises en place contre la coque, afin de propulser le vaisseau sur l'eau. Elles se mirent en route et le navire — c'en était un, maintenant — se mit à avancer sur l'onde, aussi aisément qu'il se propulsait à travers les airs un moment auparavant.

Phaïdor, tout comme moi était stupéfait. Nous n'avions jamais entendu parler de l'existence d'un tel monde à l'intérieur de la surface de Barsoom, ni ne l'avions imaginé.

Presque tous les navires que nous vîmes étaient des vaisseaux de guerre. Il y avait bien quelques chalands et quelques péniches, mais pas de ces gros bâtiments marchands qui font la navette dans les airs entre les villes du monde de surface.

— Voici le port de la flotte guerrière des Premiers-Nés, dit une voix derrière nous.

Nous nous retournâmes et vîmes Xodar qui nous observait avec un sourire amusé.

— Cette mer, continua-t-il, est plus grande que celle de Korus et elle reçoit les eaux de cette mer qui se trouve au-dessus d'elle. Pour maintenir son niveau stable, nous avons quatre grandes stations de pompage qui envoient le surplus dans des réservoirs, loin dans le nord. Les Hommes Rouges en bénéficient, car c'est avec cette eau qu'ils irriguent les terres de leurs fermes.

Une lumière jaillit en moi à cette explication. Les Hommes Rouges avaient toujours considéré ces grandes colonnes d'eau jaillissant des roches comme un véritable miracle apportant un supplément de ce précieux liquide si rare dans le monde extérieur de Mars. Jamais personne n'avait pu percer le secret de l'origine de cette énorme quantité d'eau et, les âges passant, ils avaient fini par l'accepter comme toute naturelle, cessant de se poser des questions sur son origine.

Nous eûmes l'occasion de passer devant plusieurs îles, sur lesquelles s'élevaient de bizarres bâtiments circulaires, sans toiture apparente, et percés, entre le niveau du sol et le sommet, de petites fenêtres obturées par d'épais barreaux. Ils avaient tout à fait l'apparence de prisons, impression accentuée par les gardes armés accroupis sur des petits bancs, à l'extérieur, ou patrouillant sur les petites plages.

La plupart de ces îlots étaient tout petits, ne dépassant pas un demi-hectare. Mais voilà que s'en présentait un à notre vue, juste devant, qui était nettement plus étendu. Notre voyage s'arrêtait là et le grand navire eût tôt fait de venir accoster le long de son rivage escarpé.

Xodar nous fit signe de le suivre et nous quittâmes le navire en compagnie d'une demi-douzaine d'officiers et d'hommes d'équipage. Nous approchâmes d'un bâtiment formant un grand ovale, situé à quelque deux cents mètres du bord.

— Tu verras bientôt Issus, déclara Xodar à Phaïdor. Les rares prisonniers que nous faisons lui sont toujours présentés. A l'occasion, elle choisit des esclaves parmi eux pour renouveler son contingent de servantes. Aucune ne la sert plus d'une année.

Il eut un sourire froid qui donnait à cette simple phrase un sens plein de menaces.

Phaïdor, bien qu'elle répugnât toujours à croire qu'Issus fût mêlée à de telles pratiques, commençait néanmoins à avoir des doutes et même une certaine appréhension. Elle se serrait très près de moi et n'avait plus rien de l'orgueilleuse fille du maître de la vie et de la mort sur Barsoom. C'était une jeune fille effrayée, aux mains d'ennemis implacables.

L'édifice dans lequel nous rentrâmes n'avait pas de toiture. Le centre était constitué d'un immense bassin situé sous le niveau du sol, comme celui d'une piscine. Près d'un des côtés flottait un étrange objet noirâtre. Était-ce un monstre de ces eaux souterraines ou un engin bizarre ? Je ne pus en décider sur le moment.

Mais nous devions être très vite renseignés, car en atteignant le bord de la piscine juste au-dessus de cette chose, Xodar lança une formule dans une langue inconnue. Immédiatement, un panneau d'écoutille se souleva à la surface de l'objet et un marin noir émergea des entrailles de l'étrange engin.

Xodar s'adressa à l'homme.

— Transmets à ton officier les ordres du dator Xodar. Dis-lui que le dator Xodar, accompagné d'officiers et d'hommes escortant deux prisonniers, voudrait être transporté dans les jardins d'Issus, à l'intérieur du temple d'Or.

— Que la coquille de ton premier ancêtre soit bénie,

très noble dator, répondit l'homme. Il sera fait comme tu le désires.

Levant les mains au-dessus de sa tête, la paume à l'extérieur, selon le salut commun à toutes les races de Barsoom, il disparut à l'intérieur du navire.

Quelques instants plus tard, un officier, tout resplendissant dans son uniforme chamarré d'or et de bijoux, apparut à son tour sur le pont et souhaita la bienvenue sur son vaisseau à Xodar. Nous le suivîmes à bord, et descendîmes dans l'intérieur du navire.

La cabine où nous nous trouvions occupait toute la largeur de l'engin, et possédait des hublots de chaque côté sous la ligne de flottaison. A peine étions-nous arrivés que l'on donna une série d'ordres. L'écoutille fut fermée et son étanchéité dûment vérifiée. L'appareil se mit à vibrer sous le ronronnement de sa machinerie.

— Où pouvons-nous aller, dans un bassin aussi petit, demanda Phaïdor.

— En tout cas pas vers le haut, rétorquai-je, car j'ai remarqué que si l'édifice n'a pas de toiture, il est quand même surmonté d'un grillage en métal épais.

— Alors, où ? demanda-t-elle à nouveau.

— A en juger par l'aspect du bâtiment, je pense que nous allons descendre.

Phaïdor frissonna. Il y avait si longtemps que les eaux des océans de Barsoom n'étaient plus qu'un élément appartenant à la tradition que cette fille des therns, pourtant née au bord de la dernière mer de Mars, éprouvait elle aussi cette terreur des profondeurs aquatiques que l'on trouve chez tous les martiens.

Bientôt, nous sentîmes très nettement que nous nous enfoncions. Nous descendions très vite. On entendait l'eau passer en filets tourbillonnants le long des hublots et, dans la lumière qui s'échappait d'eux et éclairait faiblement les profondeurs, on voyait les remous.

Phaïdor me saisit le bras.

— Sauvez-moi ! murmura-t-elle. Sauvez-moi et tous vos désirs seront exaucés. Tout ce qu'il est dans les possibilités des saints therns de vous donner sera définitivement vôtre, Phaïdor...

Elle bredouilla un peu, puis ajouta en murmurant presque :

— Phaïdor est d'ores et déjà à toi !

J'éprouvai une profonde tristesse pour la pauvre enfant et posai ma main affectueusement sur la sienne, qu'elle avait sur mon bras. Je pense que mon intention fut mal interprétée car, après un rapide coup d'œil dans la pièce pour s'assurer que nous étions seuls, elle me jeta les bras autour du cou et attira mon visage vers le sien.

CHAPITRE IX

Issus, déesse de la vie éternelle

Cet aveu d'amour que la frayeur avait arraché à la jeune fille me touchait profondément ; mais il me mortifiait aussi, car j'avais le sentiment que, par une parole ou un geste irréfléchis, j'avais dû lui donner des raisons de penser que son affection était partagée.

Je n'ai jamais été ce que l'on appelle un homme à femmes. Je m'intéresse beaucoup plus à tout ce qui touche aux arts martiaux : il m'a toujours paru plus convenable de voir un homme se battre plutôt que de le voir rêvasser devant un gant parfumé quatre fois trop petit pour lui, ou poser les lèvres sur une fleur fanée dont le parfum est en train de virer à celui d'un chou. Aussi me trouvais-je assez désemparé sur ce qu'il convenait de faire ou de dire. J'aurais préféré mille fois affronter les hordes sauvages des fonds des anciennes mers que me trouver face à face avec ces beaux yeux de jeune fille et lui dire ce que j'étais en devoir de lui dire.

Mais il n'y avait pas d'autres possibilités et je le fis donc, très maladroitement, je le crains.

Je délaçai doucement ses bras d'autour de mon cou et les tenant toujours dans mes mains, je lui narrai l'histoire de mon amour pour Dejah Thoris, insistant sur le fait que, de toutes les femmes des deux mondes que j'avais connues et admirées, elle était la seule que j'eusse vraiment aimée.

Ce récit n'eut pas l'heur de lui plaire ! Toute vibrante, elle bondit comme une tigresse en se redressant. Son beau visage était tordu par une expression de haine horrible ; ses yeux flamboyants se rivèrent sur les miens.

— Chien ! persifla-t-elle. Chien de blasphémateur ! Oserais-tu penser que Phaïdor, la propre fille de Mataï Shang, s'abaisse à supplier ? Elle ordonne ! Qu'est donc, pour elle, ta pauvre passion pour la vile créature que tu as choisie dans ton autre vie ? Phaïdor t'a fait l'immense honneur de t'accorder son amour et tu l'as rejetée. Dix mille morts d'une atrocité inconcevable ne suffiraient pas pour laver l'affront que tu m'as fait. La chose que tu appelles Dejah Thoris mourra de la pire de toutes. Tu as signé sa condamnation. Et toi, tu seras l'esclave le plus insignifiant au service de la déesse que tu as essayé d'humilier. Tu seras accablé d'injures et de tortures, jusqu'à ce que tu rampes à mes pieds en me suppliant de t'accorder la faveur d'une mort rapide. Et dans ma générosité bienveillante, j'accéderai enfin à ta prière : du haut du grand balcon sur la falaise, je regarderai les singes blancs te mettre en pièces.

Elle avait déjà tout décidé de ce charmant programme du début à la fin ! J'étais stupéfait de songer qu'une créature si divinement belle puisse receler tant de diabolique méchanceté ! Mais je me rendis compte qu'elle avait négligé un tout petit élément dans sa vengeance. Aussi nullement dans l'intention d'ajouter à sa déconfiture mais pour lui permettre, au contraire, de réexaminer ses projets afin de mieux les adapter à la réalité, je lui montrai le hublot le plus proche de nous.

Elle avait manifestement oublié l'endroit où nous étions car, dès qu'elle eut jeté un regard sur les eaux sombres et tourbillonnantes, elle se recroquevilla sur une banquette et, la tête cachée dans ses bras, elle se mit à sangloter, ce qui la faisait ressembler beaucoup plus à une petite fille très malheureuse qu'à une déesse pleine d'orgueil dans sa toute-puissance !

Nous nous enfonçâmes, toujours plus profondément, jusqu'à ce que le verre très épais des hublots se réchauffât au contact de l'eau environnante. Nous étions de toute évidence bien au-dessous de la croûte superficielle de Mars.

Notre descente cessa enfin et j'entendis à l'arrière le remous provoqué par les hélices qui nous propulsaient à toute allure. L'obscurité était très grande, mais la lumière qui s'échappait des hublots et la lueur de ce qui devait être un projecteur fixé à l'avant du sous-marin nous permettaient de voir que nous nous déplacions à l'intérieur d'un boyau étroit, ayant la forme d'un tube, dont la paroi était constituée de roche.

Au bout de quelques minutes, le vrombissement des hélices s'interrompit. Nous cessâmes d'avancer et commençâmes à remonter vers la surface. Bientôt, la lumière augmenta à l'extérieur et nous nous arrêtâmes complètement.

Xodar entra dans la cabine avec ses hommes.

— Venez ! ordonna-t-il.

Nous le suivîmes et sortîmes par l'écoutille qu'un homme d'équipage avait ouverte.

Nous nous trouvions dans une petite salle souterraine au centre de laquelle, dans un bassin, flottait notre sous-marin et, comme lorsque nous l'avions vu pour la première fois, seule émergeait la partie supérieure de couleur noire.

Une plate-forme s'étendait tout autour du bassin, puis, au-delà, les murs s'élevaient verticalement sur quelques mètres pour ensuite s'incurver et venir se rejoindre au centre de la salle, formant ainsi une voûte basse. Les murs du pourtour étaient percés de nombreuses entrées menant à des couloirs faiblement éclairés.

Nos ravisseurs nous menèrent vers l'un d'eux, et, après un parcours relativement bref, nous aboutîmes à une sorte de cage de fer placée au fond d'un tunnel vertical montant à perte de vue.

La cage s'avéra être un de ces ascenseurs que j'avais maintes fois rencontrés dans d'autres régions de Barsoom. Ils fonctionnent grâce à d'énormes aimants suspendus au sommet du puits. Un courant électrique variable module le magnétisme qui est produit et la vitesse de la cabine varie d'autant.

Dans les longs parcours, elles se propulsent à une vitesse qui soulève le cœur, surtout en montée du fait que la pesanteur réduite de Mars contrebalance très peu la force magnétique élévatoire.

A peine la porte de la cabine s'était-elle refermée derrière nous que nous ralentissions déjà pour nous arrêter où nous nous rendions, tant notre montée avait été rapide.

En sortant du petit bâtiment abritant le terminus supérieur de l'ascenseur, nous découvrîmes un pays féerique, de toute beauté. Les langues de la terre réunies ne sauraient suffire pour en rendre la splendeur.

Que l'on s'imagine une succession de prairies écarlates, sur lesquelles poussent des arbres au tronc d'ivoire croulant de fleurs d'un violet brillant ; des sentiers sinueux pavés d'éclats de rubis, pavés d'émeraudes, de turquoises et même de diamants ; un temple magnifique aux murs en or bruni, ciselé à la main et ornementé de motifs splendides. Mais quels mots employer pour en décrire les couleurs somptueuses, inconnues des yeux terrestres ? Quel cerveau, quelle imagination pourrait saisir les scintillements merveilleux de ces rayons inconnus qui émanent de ces mille joyaux de Mars dont pas un même n'a de nom ?

Même moi, qui avais côtoyé pendant des années la splendeur sauvage de la cour d'un jeddak de Mars, je fus stupéfait par la beauté du spectacle.

Les yeux de Phaïdor étaient écarquillés par l'étonnement.

— Le temps d'Issus ! murmura-t-elle pour elle-même

Xodar nous observait avec sur le visage son froid sourire qui exprimait à la fois de l'amusement et une jubilation malveillante.

Dans les jardins s'animait une foule d'Homme Noirs et de Femmes Noires aux toilettes somptueuses. Au milieu d'eux, des Femmes Rouges et Blanches exauçaient leur moindre désir. Les palais du monde extérieur et les temples des therns avaient été vidés de leurs princesses et de leurs déesses, dont les Noirs avaient fait leurs esclaves.

Nous allions vers le temple en traversant ce luxe effréné. Nous fûmes arrêtés et contrôlés à l'entrée par un cordon de gardes armés. Xodar dit quelques mots à un officier qui s'était avancé pour nous questionner. Ils entrèrent ensemble dans le temple où ils demeurèrent un moment.

Ils revinrent en annonçant qu'Issus désirait voir la fille de Mataï Shang et l'étrange créature d'un autre monde qui avait été prince d'Hélium.

Nous parcourûmes d'interminables couloirs d'une beauté indescriptible et traversâmes des salles magnifiques et des halls grandioses. Nous nous arrêtâmes enfin dans une spacieuse antichambre, au centre même du temple. Un des officiers qui nous avait escortés s'avança jusqu'à l'entrée d'une autre salle ouvrant au fond. Arrivé là, il fit sans doute un signal convenu, car la porte s'ouvrit devant lui et un chambellan richement paré apparut.

Nous fûmes alors conduits devant la porte et, là, on nous ordonna de nous mettre à quatre pattes en tournant le dos à la pièce où nous devions pénétrer. On nous recommanda de ne pas tourner la tête sous peine de mort immédiate, puis les portes furent ouvertes et on nous ordonna d'entrer ainsi en tournant toujours le dos à la déesse.

Jamais au cours de ma vie je ne me suis trouvé dans une position aussi humiliante. Je dois dire que c'est mon amour pour Dejah Thoris et l'espoir que je conservais en moi, malgré tout, qui m'empêchèrent de me redresser pour regarder en face la déesse des Premiers-Nés et d'aller ainsi vers la mort comme un vrai gentleman, en faisant face à mes ennemis, mon sang se mêlant au leur.

Après que nous eûmes parcouru une bonne cinquantaine de mètres dans cette abominable posture, notre escorte nous fit arrêter.

— Faites-les relever ! prononça derrière nous une voix fluette, tremblotante, une voix qui avait pourtant manifestement l'habitude de commander dcpuis de nombreuses années.

— Debout ! nous ordonna-t-on, mais ne vous retournez pas vers Issus.

— La femme me plaît, reprit la même voix après un moment de silence. Elle me servira le temps imparti.

Pour ce qui est de l'homme, vous pouvez le renvoyer à l'île de Shador, sur la côte nord de la mer d'Omean. Que cette jeune fille se retourne et lève les yeux sur Issus, sachant que tout être de rang inférieur qui contemple la sainte vision de sa face resplendissante ne survit qu'une année à cette splendeur aveuglante.

J'observai Phaïdor du coin de l'œil. Elle prit une pâleur livide et se retourna très lentement, comme si elle était attirée par une force irrésistible et invisible. Elle se tenait presque contre moi, si près que son bras toucha le mien quand elle se trouva face à Issus, la déesse de la vie éternelle.

Je ne pus voir le visage de la jeune fille au moment où elle contempla la déité suprême de Mars pour la première fois, mais je sentis le frisson qui la parcourut au tremblement de son bras contre le mien.

Ce doit être une vision de rêve, en vérité, pour provoquer une telle émotion chez la si belle Phaïdor, fille de Mataï Shang, pensai-je.

— Que la femme reste, emmenez l'homme. Allez !

Ainsi parla Issus et la lourde main de l'officier s'abattit sur mon épaule.

Obéissant à ses ordres, je retombai à quatre pattes et sortis ainsi de la Présence.

Cette audience était la première que m'accordât la divinité, mais je dois avouer que j'étais bien loin d'avoir été impressionné, mis à part le spectacle ridicule que je devais offrir à jouer ainsi des pieds et des mains comme un gamin.

Une fois hors de la salle, les portes se refermèrent derrière nous et l'on me pria de me relever. Xodar revint et nous reprîmes lentement notre chemin vers les jardins.

— Vous m'avez laissé la vie alors qu'il vous était

facile de la prendre, dit-il après que nous eûmes cheminé un moment en silence, aussi je voudrais pouvoir vous aider dans la mesure où cela m'est possible. Je m'efforcerai de vous rendre la vie plus supportable mais le terme en est inéluctable : perdez tout espoir de jamais pouvoir retourner dans le monde extérieur.

— Quel sera mon sort ? demandai-je.

— Cela dépendra largement d'Issus. Aussi longtemps qu'elle ne vous enverra pas quérir et qu'elle ne vous révélera pas son visage, vous pourrez vivre ici des années, dans une servitude aussi douce que je le pourrai.

— Pourquoi m'enverrait-elle chercher ?

— Elle emploie souvent les hommes de condition inférieure pour différentes sortes de distraction. Par exemple, un combattant tel que vous peut offrir un excellent spectacle au cours des cérémonies mensuelles du temple. Des hommes sont opposés à d'autres hommes, ainsi qu'à des bêtes, pour la distraction d'Issus et aussi pour le renouvellement de son garde-manger.

— Elle mange de la chair humaine ? demandai-je.

Je n'éprouvais pas d'horreur cette fois, car, depuis ma récente rencontre avec les saints therns, je m'attendais à tout dans ce paradis encore plus inaccessible où tout était manifestement dicté par une unique toute-puissance, où des siècles de fanatisme obtus et d'auto-adoration ne pouvaient qu'avoir effacé les instincts humanitaires que cette race avait peut-être un jour possédés ! C'était un peuple ivre de puissance et de gloire qui considérait les autres groupes martiens comme nous autres considérons les animaux. Pourquoi, dans ces conditions, n'auraient-ils pas mangé de la chair de cette faune inférieure, dont ils méprisaient la manière de vivre et le caractère, ne les comprenant pas plus que nous autres ne comprenons les pensées propres et la sensibilité du bétail que nous abattons pour garnir notre table ?

— Elle ne mange que la chair de saints therns et de Barsoomiens Rouges de la meilleure espèce. Les autres fournissent la chair pour notre table ; quant aux animaux, ils servent à l'alimentation des esclaves. Et puis, elle mange également d'autres friandises.

Je ne compris pas, alors, ce qu'il désignait par « d'autres friandises ». Je croyais avoir déjà atteint les limites du macabre dans cette énumération du menu d'Issus. J'avais encore beaucoup à apprendre sur les abîmes de cruauté et de bestialité auxquels peut mener le pouvoir absolu.

Nous allions atteindre la dernière des salles, au bout de bien des corridors, juste avant les jardins, quand un officier nous rattrapa.

— Issus voudrait revoir cet homme, dit-il. La jeune fille a dit qu'il était d'une merveilleuse beauté, qu'il possédait une habileté telle, au combat, qu'à lui seul il avait tué sept Premiers-Nés et fait captif Xodar, de ses mains nues, en le ficelant avec son propre harnachement.

Xodar parut mal à l'aise. Le fait qu'Issus ait eu connaissance de sa défaite peu glorieuse ne lui plaisait manifestement pas.

Il fit demi-tour, sans un mot, et nous suivîmes l'officier jusqu'à ce que nous nous retrouvions derrière les portes donnant sur la salle d'audience d'Issus, déesse de la vie éternelle. La cérémonie d'admission recommença. Issus m'ordonna de me relever. Pendant plusieurs minutes il y eut un silence de mort. La divinité me jaugeait du regard.

Puis, la petite voix chevrotante rompit le silence, et

répéta, comme une litanie, les mots qui, depuis des siècles, avaient prononcé la condamnation d'innombrables créatures :

— Que cet homme se retourne et lève les yeux sur Issus, sachant que tout être de rang inférieur qui contemple la sainte vision de sa face resplendissante ne survit qu'une année à cette splendeur aveuglante.

Je me retournai, ainsi qu'on me l'ordonnait, m'attendant à la vision de rêve que seule la révélation de la splendeur divine peut offrir à des yeux de mortels. Je vis d'abord une phalange d'hommes en armes interposée entre moi et un dais recouvrant une tribune sculptée en bois de sorapus. Sur le trône était assise une femme de race noire. Elle était manifestement très vieille. Il ne lui restait plus un cheveu sur son crâne tout ridé. A l'exception de deux crocs jaunes, elle était complètement édentée. De part et d'autre de son nez étroit, et crochu, deux yeux de braise brûlaient au fond d'orbites horriblement creuses. La peau de son visage était comme balafrée de rides pareilles à de profonds sillons. Son corps était aussi ridé que son visage et aussi repoussant ! Des bras et des jambes décharnés qui étaient attachés à un torse se résumant à un ventre distendu complétaient la « sainte vision de sa resplendissante beauté ».

Elle était entourée d'une nuée de femmes esclaves, parmi lesquelles se trouvait déjà Phaïdor, toute pâle et tremblante.

— Voilà donc l'homme qui a abattu sept Premiers-Nés et, à mains nues, a ligoté le dator Xodar avec son propre harnachement, demanda Issus.

— C'est bien lui, très glorieuse vision de beauté divine, répondit l'officier qui se tenait à mes côtés.

— Que l'on fasse venir le dator Xodar, ordonna-t-elle.

Xodar fut amené d'une pièce adjacente. Issus darda sur lui ses yeux méchants, avec une expression de fureur.

— Et tu te dis dator des Premiers-Nés ! glapit-elle. Pour la honte que tu as fait rejaillir sur la race immortelle, tu seras dégradé à un rang plus bas que les plus bas. Tu n'es plus dator mais à tout jamais l'esclave des esclaves. Tu serviras ceux qui sont employés dans les jardins d'Issus. Enlevez-lui son équipement. Les lâches et les esclaves n'en portent pas !

Xodar se tenait très droit. Pas un seul de ses muscles ne tressaillit, et sa silhouette de géant ne fut pas agitée par le moindre tremblement tandis qu'un soldat lui ôtait son riche fourniment.

— Va-t'en ! fulmina la vieille femme. Va-t'en mais au lieu de bénéficier de la lumière des jardins d'Issus, tu seras l'esclave de celui qui t'a vaincu, à la prison de l'ile de Shador, dans la mer d'Omean. Éloignez-le de mon divin regard.

La tête haute, lentement, le fier Xodar fit demi-tour et quitta dignement les lieux. Issus se leva et s'apprêta à quitter la salle par une autre issue. Mais, se retournant, elle me dit :

— Pour le moment, tu vas retourner à Shador. Issus verra ultérieurement la façon dont tu te bats. Va !

Puis elle disparut, avec sa suite derrière elle. Seule Phaïdor resta en arrière et, alors que je m'apprêtais moi-même à suivre mon garde vers les jardins, la jeune fille courut après moi.

— Oh ! ne me laisse pas dans cet endroit abominable, supplia-t-elle. Excuse ce que je t'ai dit, mon prince. Je ne le pensais pas. Prends-moi avec toi. Laisse-moi partager ta prison à Shador !

Elle était tellement volubile que son débit en devenait incohérent.

— Tu n'as pas compris quel honneur je te faisais ; chez les therns, il n'y a pas de mariage ou de promesse comme chez les inférieurs du monde extérieur. Nous aurions pu vivre ensemble à tout jamais, dans le bonheur et dans l'amour. Nous avons tous deux jeté les yeux sur Issus et dans un an nous mourrons. Vivons au moins cette année ensemble en en retirant la joie qui reste à des condamnés à mort.

— S'il m'était difficile de te comprendre, Phaïdor, répondis-je, ne peux-tu admettre, à ton tour, qu'il t'est difficile d'appréhender les raisons, les coutumes et les lois sociales qui guident mes actions ? Je n'ai nulle envie de te blesser ni d'apprécier à sa juste valeur l'honneur que tu m'as fait, mais ce que tu demandes là est impossible. En dépit de la croyance stupide des peuples du monde extérieur, de celle des saints therns, ou des Premiers-Nés noirs, je ne suis pas mort. Tant que je vivrai, mon cœur ne battra que pour une seule femme, l'incomparable Dejah Thoris, princesse d'Hélium. Quand la mort viendra me prendre, mon cœur cessera de battre ; mais ce qui vient après, je l'ignore, tout autant que l'ignore Mataï Shang, le maître de la vie et de la mort sur Barsoom, ou Issus, la déesse de la vie éternelle.

Phaïdor me regarda intensément. Cette fois, il n'y avait aucune colère dans ses yeux, simplement l'expression pitoyable d'un chagrin sans borne.

— Je ne comprends pas ! dit-elle, puis elle se retourna et se dirigea lentement vers la porte par laquelle Issus et sa suite étaient sorties. Un instant après, elle aussi était hors de ma vue.

CHAPITRE X

L'île-prison de Shador

Dans les jardins extérieurs où le gardien m'emmena, je retrouvai Xodar. Il était entouré par un groupe de Noirs titrés. Injures et insultes pleuvaient, les hommes le frappaient au visage et les femmes crachaient sur lui.

Dès que j'apparus, ils détournèrent leur attention pour la reporter sur moi.

— Ah ! s'écria l'un d'eux, voilà donc celui qui a vaincu le grand Xodar à mains nues, voyons un peu à quoi il ressemble !

— Qu'il essaie donc de ligoter Thurid, suggéra une femme en riant. Thurid est un noble dator, confions-lui la tâche de montrer à ce chien ce qu'il en coûte d'affronter un homme dans le vrai sens du mot !

— C'est vrai ! Thurid ! Thurid ! s'écrièrent une douzaine de voix.

Un autre s'exclama :

— Justement, le voilà !

Me retournant dans la direction indiquée, je vis un grand Noir, superbement découplé, massif, portant un harnachement et des armes splendides. Il s'avançait avec une fière allure, pleine de dignité.

— Qu'est-ce à dire ? s'écria-t-il. Que voulez-vous de Thurid ?

Les voix se mêlèrent, toutes à la fois, pour répondre.

Thurid se retourna vers Xodar. Ses yeux étaient devenus des fentes étroites.

— Espèce de calot ! siffla-t-il. J'ai toujours pensé que tu cachais un cœur de sorak dans ton infecte poitrine. Tu m'as souvent contré au cours des conseils secrets d'Issus mais, maintenant que la guerre a permis à chaque homme de montrer sa véritable nature, ton cœur de galeux s'est révélé sous son véritable jour, lamentable aux yeux du monde entier. Calot, je te repousse de mon pied avec mépris.

Et, ce disant, il leva le pied pour en frapper Xodar.

Mon sang bouillait devant la lâcheté dont faisaient preuve ces hommes à l'égard d'un compagnon naguère puissant, cela parce qu'il avait perdu la considération d'Issus. Je n'éprouvais aucune affection pour Xodar, mais je ne supporte pas la lâche injustice et la persécution. Quand de tels actes ont lieu en ma présence, un voile rouge s'abat devant mes yeux et je fais ce que l'impulsion du moment me pousse à accomplir, alors qu'une réflexion mûre et pondérée m'en aurait dissuadé.

J'étais tout à côté de Xodar au moment où Thurid leva la jambe pour lui assener lâchement un terrible coup de pied. Le dator déchu se tenait tout droit et sans mouvement, immobile comme une statue, manifestement résigné à endurer toutes les insultes et tous les sarcasmes que ses anciens compagnons s'apprêtaient à lui faire subir, et à y répondre par une attitude virile de silence stoïque et de mépris.

Au moment où Thurid lança son pied, j'en fis de même, et lui donnai un coup fort douloureux sur le tibia, ce qui évita à Xodar de recevoir ce qui lui était destiné.

Il y eut quelques instants d'un silence très tendu, puis Thurid, avec un rugissement de rage, se jeta à ma gorge, exactement comme Xodar l'avait fait sur le pont du croiseur. Le résultat fut identique. Je plongeai sous ses bras étendus et comme il se ruait vers moi, je lui décochai une terrible droite sur le côté de la mâchoire.

Le grand individu fit un tour complet sur lui-même, comme une toupie, ses genoux plièrent et il vint s'abattre à mes pieds, comme un tas de chiffons.

Les Noirs contemplaient la scène avec stupéfaction : ils considérèrent d'abord la forme anéantie du fier dator, affalé dans la poussière rougeâtre du sentier, puis tournant leurs regards vers moi, et leur expression d'incrédulité prouvait qu'ils semblaient estimer une telle chose impossible.

— Vous m'avez demandé de ligoter Thurid, m'écriai-je, alors, regardez bien !

M'accroupissant à côté de la forme toute recroquevillée, j'arrachai les courroies qui l'entouraient et j'en ficelai solidement bras et jambes.

— Ce que vous avez fait à Xodar, il faut maintenant l'infliger à Thurid ! Prenez-le et apportez-le devant Issus, ligoté au moyen de son propre harnachement, de façon qu'elle voie de ses propres yeux qu'il y a maintenant parmi vous quelqu'un de plus fort qu'un Premier-Né.

— Mais qui es-tu donc ? murmura la femme qui avait suggéré, la première, que j'essaie d'attacher Thurid.

— Je suis citoyen de deux mondes : le capitaine John Carter, de Virginie, prince de la maison royale de Tardos Mors, jeddak d'Hélium. Prenez cet homme et portez-le à votre déesse, comme je vous l'ai demandé, et dites-lui bien que ce que j'ai fait à Xodar et à Thurid, je peux le faire à son dator le plus puissant : à mains nues, avec l'épée longue ou l'épée courte, je défie la fine fleur de ses guerriers en combat singulier.

— Venez ! dit alors l'officier qui me convoyait jusqu'à Shador, mes ordres sont stricts et ne souffrent aucun délai ; Xodar, vous venez aussi.

Il n'y avait guère de trace d'irrespect dans le ton employé par cet homme, aussi bien à mon égard qu'envers Xodar. Il se sentait à l'évidence beaucoup moins enclin à mépriser l'ex-dator depuis qu'il avait été témoin de la facilité avec laquelle j'étais venu à bout du si puissant Thurid.

Et, le fait qu'il avait pour moi un respect plus grand que celui qu'il aurait dû témoigner à un esclave apparut de façon manifeste lors de ce voyage vers ma prison : il se tint toujours derrière moi, une épée courte à la main.

Ce retour à la mer d'Omean se passa sans incident. Nous descendîmes dans l'horrible puits, emportés par la même cabine que celle que nous avions prise pour monter. Puis nous pénétrâmes à nouveau dans le sous-marin, qui plongea pour atteindre le très long tunnel creusé profondément au-dessous du monde de la surface, emprunta ce tunnel, puis remonta le puits et retrouva le jour dans le bassin où nous avions découvert cet étonnant et merveilleux passage conduisant de la mer d'Omean au temple d'Issus.

De cette île, nous prîmes un croiseur léger à destination de l'île de Shador, très lointaine. Une petite prison de pierre y était édifiée, gardée par une douzaine de Noirs. Aucune cérémonie n'accompagna notre incarcération. L'un des gardiens ouvrit la porte des cachots avec une énorme clé, nous avançâmes et l'issue fut refermée aussitôt derrière nous avec un claquement sec. Ce fut tout !

Alors s'abattit sur moi cet effroyable sentiment de désespoir que j'avais déjà ressenti dans la chambre des Mystères au cœur des falaises d'Or, sous les jardins des saints therns.

Mais Tars Tarkas était alors à mes côtés, tandis que maintenant j'étais dans l'isolement le plus total sans aucun ami sur lequel m'appuyer. Je me mis à songer longuement au sort qui avait pu être celui du grand Tharkien et de sa charmante compagne, la jeune Thuvia. A supposer même qu'un véritable miracle leur ait permis de s'échapper et d'être accueillis par un pays ami, quel espoir avais-je de les voir me porter secours, ce qu'ils feraient avec la plus grande joie si cela était en leur pouvoir ?

Ils étaient dans l'ignorance totale de ce qui m'était arrivé par la suite ; personne, dans tout Barsoom, ne pouvait même imaginer un pareil endroit. Et quand bien même ils auraient connu l'emplacement précis de ma prison, qui donc aurait pu prétendre pénétrer jusqu'à cette mer souterraine protégée par la puissante flotte des Premiers-Nés. Non ! vraiment, mon cas était sans espoir.

Je décidai, malgré tout, de tirer le meilleur parti de ma situation, et me ressaisissant, je rejetai loin de moi ce désespoir lancinant qui avait failli me submerger.

L'idée me vint d'explorer ma prison et je commençai à inspecter attentivement les lieux, d'un coup d'œil circulaire.

Xodar était assis, la tête basse, sur une pierre plate servant de banc, placée au milieu de la pièce. Nous n'avions pas échangé un seul mot depuis qu'Issus l'avait dégradé.

L'édifice ne possédait pas de toit. Les murs s'élevaient à une dizaine de mètres, avec simplement, à mi-distance du sol, deux petits fenêtrons munis d'épais barreaux. La prison était divisée en cellules par des cloisons de six mètres de haut. Il n'y avait personne d'autre que nous dans notre geôle, ni dans les deux suivantes, auxquelles on accédait par deux portes restées ouvertes : elles étaient vides. Tout comme les suivantes plus loin. Ce n'est que dans la dernière que je trouvai un jeune Martien Rouge, endormi sur le siège de pierre, le seul élément de mobilier qu'il y eut dans les cellules de cette prison.

Il était manifestement le seul autre prisonnier. Profitant qu'il fût endormi, je me penchai et l'examinai. Il y avait dans ses traits quelque chose d'étrangement familier mais je n'arrivais pourtant pas à le reconnaître. Ses traits étaient très réguliers et, de même que les proportions de ses membres et de son corps, d'une très grande beauté. Pour un Homme Rouge, son teint était très clair, mais le reste de son physique faisait de lui un parfait exemple de cette belle race.

Je ne l'éveillai pas, car le fait de pouvoir dormir en prison est un tel don du ciel que j'ai vu des hommes se transformer en bêtes féroces parce qu'un de leurs compagnons les avait privés de quelques précieux instants de sommeil.

De retour dans ma cellule, je retrouvai Xodar comme je l'avais laissé, tout recroquevillé sur son banc de pierre.

— Mais voyons ! m'écriai-je. Cela ne vous avancera à rien de vous mettre dans un état pareil. Il n'y a aucun déshonneur à avoir été vaincu par John Carter. L'aisance avec laquelle je suis venu à bout de Thurid vous l'a bien prouvé. Vous aviez déjà dû le comprendre quand vous m'avez vu tuer trois de vos compagnons sur le pont du croiseur.

— Il aurait mieux valu que je subisse le même sort ! dit-il.

— Allons, allons ! m'exclamai-je. L'espoir subsiste et aucun de nous deux n'est mort ; nous sommes de grands combattants, pourquoi ne pas nous battre pour gagner notre liberté ?

Il me regarda avec stupéfaction.

— Vous avez l'air d'ignorer de quoi vous parlez, rétorqua-t-il. Issus est omnipotente. Issus est omnisciente : elle entend en ce moment les mots que vous prononcez. Elle sait quelles sont vos pensées. Le seul fait de songer à désobéir à ses ordres est un sacrilège.

— Balivernes, Xodar ! proférai-je d'un ton impatient.

Il sauta sur ses pieds, horrifié.

— La malédiction d'Issus va s'abattre sur vous. Dans un instant, vous allez être frappé et vous vous tordrez de douleur dans d'horribles souffrances jusqu'à ce que vous mouriez.

— Croyez-vous cela, Xodar ?

— Bien sûr ! Qui oserait douter ?

— Moi. Oui, et bien plus, je nie totalement tout cela. Comment, Xodar, vous assurez qu'elle connaît jusqu'à mes pensées, mais les Hommes Rouges possèdent tous ce pouvoir depuis des temps immémoriaux. Et, en outre, ils possèdent une autre faculté merveilleuse, celle de pouvoir fermer leur cerveau, de manière à ce que personne ne puisse lire dans leur esprit. J'ai appris le premier de ces secrets il y a des années ; pour ce qui est du second, je n'ai pas eu à le cultiver car nul sur Barsoom ne peut lire ce qui se passe dans le tréfonds de mon esprit. Votre déesse ne le peut pas davantage, de même qu'elle est incapable de connaître vos pensées quand vous êtes hors de sa portée visuelle. Et puis, à supposer qu'elle ait pu lire les miennes, son orgueil a dû être profondément blessé quand je me suis retourné à son commandement et que j'ai « contemplé la sainte vision de sa face resplendissante » !

— Qu'est-ce à dire ? murmura-t-il d'une voix apeurée, si basse que je pus à peine l'entendre.

— Je pense que c'est la créature la plus répugnante, la plus abjectement hideuse qu'il ait été donné à mes yeux de voir.

Horrifié, il me regarda de ses yeux effarés. Puis, en hurlant « Blasphémateur ! », il se précipita sur moi.

Je ne voulais pas le frapper une nouvelle fois et ce n'était d'ailleurs nullement nécessaire, puisqu'il était désarmé et donc totalement inoffensif pour moi.

Comme il arrivait sur moi, je lui pris le poignet gauche de ma main gauche et, faisant pivoter mon bras droit qui agrippait son épaule gauche, je lui coinçai le menton avec mon épaule, le renversant en arrière jusqu'à ce qu'il vienne tomber sur ma cuisse.

Il resta ainsi un moment, complètement impuissant, à me fusiller de ses yeux emplis d'une rage inutile.

— Xodar ! dis-je alors, soyons amis. Il est possible qu'il nous faille vivre une année confinés dans cette pièce minuscule. Je suis navré de vous avoir offensé mais je ne pouvais imaginer qu'une personne qui avait souffert de la cruelle injustice d'Issus pût encore croire en sa divinité ! J'ajouterai autre chose, Xodar, sans nulle intention de vous heurter encore davantage : je voudrais simplement que vous réfléchissiez au fait que, tant que nous sommes en vie, il nous revient d'être les arbitres de notre propre destinée bien plus que cela ne revient à un quelconque dieu. Issus, vous le constatez, ne m'a nullement frappé à mort, pas plus qu'elle n'a sauvé son fidèle Xodar des griffes du mécréant qui a injurié son incomparable beauté. Non, Xodar, votre Issus n'est qu'une vieille mortelle. Affranchissez-vous de son emprise et elle ne pourra absolument rien contre vous. Avec votre connaissance de cet étrange pays et la mienne du monde extérieur, deux guerriers de notre trempe devraient être capables de gagner le chemin de la liberté. Même si nous devions y perdre la vie, le souvenir que nous laisserions ainsi ne serait-il pas plus beau que celui qui subsisterait si nous attendions dans une crainte servile d'être massacrés par un tyran injuste et cruel, déesse ou simple mortelle, comme il vous plaira de l'appeler ?

Sur ces mots, je remis Xodar sur ses pieds et le lâchai. Il ne renouvela pas son attaque et ne prononça pas le moindre mot. Il se contenta de retourner vers le banc et, s'affaissant dessus, il demeura ainsi, perdu dans de profondes pensées, des heures durant.

Bien plus tard, j'entendis un léger bruit dans l'allée qui menait à l'une des autres cellules et, relevant la tête, je vis le jeune Martien Rouge qui nous observait avec attention.

— Kaor ! m'écriai-je, à la manière dont les Martiens Rouges se saluent.

— Kaor ! répondit-il. Que faites-vous ici ?

— J'attends ma mort répondis-je avec un sourire désabusé.

Il répondit par un sourire franc et engageant.

— Moi aussi, dit-il, et la mienne va venir assez vite maintenant. J'ai contemplé la « beauté resplendissante » d'Issus voilà près d'un an. Il m'a toujours paru incroyable de n'être pas tombé raide mort à la première vision de cette hideuse expression ! Et ce ventre ! Par mon premier ancêtre, il n'y a jamais eu dans tout l'univers de personnage plus grotesque. Et qu'on donne à cette créature le titre de déesse de la vie éternelle, déesse de la mort, mère de la lune proche et cinquante autres titres tous aussi absurdes, voilà qui me dépasse !

— Comment es-tu arrivé ici ? demandai-je.

— Oh ! c'est très simple ! Je volais en direction du sud dans un appareil éclaireur individuel quand me vint la brillante idée de rechercher la mer perdue de Korus, que la tradition situe aux environs du pôle Sud. J'ai dû hériter de mon père cette folle soif d'aventure, de même qu'un creux à l'endroit où devrait se situer la bosse du conformisme. J'avais atteint la zone des glaces éternelles de la calotte polaire quand mon moteur gauche se bloqua. Je dus atterrir pour effectuer la réparation. En un instant, le ciel se couvrit d'avions et une bonne centaine de Premiers-Nés sautèrent sur le sol et m'encerclèrent. Ils se dirigèrent vers moi, sabre au clair. Mais, avant que je ne fusse submergé sous le nombre, ils tâtèrent de l'acier de l'épée de mon père. J'y avais été de si bon cœur que l'auteur de mes jours, s'il avait été vivant, aurait été content de moi.

— Ah ! parce que ton père est mort ?

— Oui, il est mort, avant même que mon œuf éclose et que je pénètre dans un monde qui n'a été que bonté pour moi. Si ce n'était le chagrin de n'avoir jamais eu l'honneur de connaître mon père, j'ai été très heureux. Mon seul sujet de tristesse maintenant est de savoir que ma mère doit me pleurer. Tout comme elle a pleuré mon père pendant dix longues années.

— Qui donc était ton père ? demandai-je.

Sa réponse se trouva interrompue par un gardien de forte corpulence qui ouvrit, juste à ce moment, la porte du cachot. Il lui intima l'ordre de réintégrer sa geôle pour y passer la nuit et referma la porte à clé derrière le jeune homme après que celui-ci eut regagné la cellule située au fond.

— Issus a ordonné que vous soyez enfermés tous les deux dans la même pièce, précisa le garde en revenant. Ce lâche esclave d'esclave doit vous servir au mieux, me dit-il en désignant Xodar. S'il ne le fait pas il vous faudra le battre jusqu'à ce qu'il se soumette. Issus veut que vous l'accabliez de tous les affronts et de tous les avilissements que vous pourrez concevoir.

Sur ces mots, il sortit.

Xodar se tenait toujours assis, le visage enfoui dans ses mains. Je vins à ses côtés et lui mis la main sur l'épaule.

— Xodar ! dis-je, vous avez entendu les ordres d'Issus mais n'ayez aucune crainte, je n'ai nulle intention de les mettre à exécution. Vous êtes un homme courageux, Xodar. Libre à vous d'être persécuté et humilié, mais à votre place je montrerais que je suis un homme en défiant mes ennemis.

— J'ai mûrement réfléchi à toutes les idées nouvelles que vous m'avez données, John Carter, dit-il enfin. En quelques heures, morceau par morceau, j'ai assemblé tout le puzzle à partir de ce que vous m'avez dit et qui, alors, me paraissait blasphématoire, et en me servant aussi des choses que j'ai vues dans le passé, choses auxquelles je n'osais même pas songer par crainte de déchaîner sur moi les foudres d'Issus. Je suis maintenant tout à fait convaincu qu'elle nous mystifie, qu'elle n'est pas d'essence plus divine que vous ou moi. Bien plus, je suis totalement prêt à admettre que les Premiers-Nés ne sont nullement plus sacrés que les saint therns, et que les saints therns ne le sont pas plus que les Hommes Rouges. Tout l'édifice de notre religion repose sur la croyance superstitieuse en des mensonges qui nous ont été inculqués de force depuis des âges immémoriaux par ceux qui nous dominent. Il était impératif, pour que leur profit et leur influence ne cessent de croître, que nous continuions de croire à ce qu'ils voulaient que nous croyions. Je suis prêt à rompre les liens qui m'ont paralysé. Je suis prêt à défier Issus elle-même ; mais quel en sera le profit ? Que les Premiers-Nés soient des dieux ou des mortels, il n'en demeure pas moins que c'est un peuple puissant, et nous sommes bel et bien à leur merci tout autant que si nous étions déjà morts. Il n'y a aucune échappatoire !

— Je me suis tiré de bien mauvais pas dans le passé, ami ! rétorquai-je, et tant que je vivrai, je garderai l'espoir de m'échapper de l'île de Shador et de la mer d'Omean.

— Mais nous ne pouvons même pas sortir des quatre murs de cette prison, observa Xodar avec irritation. Tâtez un peu ces murs durs comme du silex, s'écria-t-il en frappant la roche dure qui nous maintenait enfermés, et voyez un peu comme la surface en est lisse, nul ne pourrait grimper jusqu'en haut en s'y agrippant.

Je souris.

— Voilà bien le moindre de nos tracas, Xodar ! rétorquai-je. Je t'assure que j'escaladerai ce mur et que je t'emmènerai avec moi, si tu m'apportes ton savoir sur les coutumes en usage par ici pour choisir quel serait le meilleur moment pour tenter cette évasion, et si tu me guides vers le puits qui mène du dôme de cette mer abyssale jusqu'à la lumière de Dieu, à l'air libre, tout là-haut.

— La nuit est le meilleur moment, et c'est elle qui offre la seule toute petite chance que nous ayons, car alors les hommes dorment et, il n'y a qu'un garde à moitié assoupi qui dodeline de la tête, en haut des mâts des grands navires de guerre ; ni les croiseurs ni les petits navires n'ont de garde ; ceux des gros navires surveillent tout. Or la nuit est précisément tombée.

— Mais ! m'exclamai-je, il ne fait pas sombre. Comment pourrait-ce être la nuit ?

Il sourit.

— Vous oubliez que nous sommes très en dessous de la surface. La lumière du soleil ne pénètre jamais jusque-là : la mer d'Omean n'a jamais reflété ni étoiles, ni lunes. La lumière phosphorescente qui baigne cette immense salle souterraine émane des roches qui en forment le dôme. Elle brille de manière permanente sur Omean, tout comme la mer est constamment en mouvement, comme en ce moment, soulevée par une houle, alors qu'il n'y a jamais un souffle de vent pour l'agiter. Les hommes qui sont retenus ici par leurs fonctions dorment aux mêmes heures que ceux de la surface, mais la lumière reste toujours la même.

— Cela rendra notre fuite plus difficile, dis-je, puis je haussai les épaules car, finalement, quel plaisir y a-t-il à accomplir quelque chose de facile ?

— En attendant, pour cette nuit, dormons, reprit Xodar. Au réveil, un plan nous viendra peut-être à l'esprit.

Nous nous allongeâmes à même le sol de pierre de notre cachot et nous endormîmes du sommeil des hommes fatigués.

CHAPITRE XI

L'enfer se déchaîne

Tôt le lendemain matin, aidé de Xodar, je commençai un examen complet de nos plans d'évasion. Tout d'abord, je lui fis esquisser sur le sol de notre cachot une carte aussi détaillée que possible des régions du pôle Sud. Il le fit avec des outils bien sommaires : une boucle de mon équipement et le côté acéré de la merveilleuse pierre précieuse que j'avais prise à Sator Throg.

Je déterminai, d'après cette esquisse, la direction générale d'Hélium et sa distance probable de l'ouverture aboutissant à la mer d'Omean.

Puis je lui fis dresser une carte d'Omean, indiquant avec exactitude la position de Shador et l'endroit où se situait l'ouverture du dôme menant au monde extérieur.

J'étudiai ces cartes jusqu'à les avoir gravées de manière indélébile dans ma mémoire. Xodar me donna ensuite des renseignements précis sur les consignes et les habitudes des gardes patrouillant sur Shador. Il semblait bien que, durant les heures réservées au sommeil, il n'y avait qu'un seul homme de faction à la fois. Il effectuait une ronde autour de la prison, à une trentaine de mètres du bâtiment. Xodar précisa :

— L'allure des sentinelles est très lente ; il leur faut presque dix minutes pour effectuer un tour. Cela revient à dire que, à tour de rôle, chaque côté de la prison reste pratiquement cinq minutes sans surveillance, le temps que la sentinelle poursuive sa marche d'escargot de l'autre côté. Tous ces renseignements que vous demandez seront très utiles après que nous serons sortis, mais il n'y a rien qui touche à cette première étape, précisément, qui est pourtant capitale : comment sortir ?

Je répondis en riant :

— Nous sortirons, soyez-en sûr. Laissez-moi faire.

— Et quand ferons-nous cette tentative ?

— La première nuit où il y aura un esquif amarré non loin du rivage de Shador, répondis-je.

— Et comment saurez-vous qu'un navire se trouve près de Shador, alors que les fenêtres sont totalement hors de notre portée ?

— Pas du tout, ami Xodar, regardez !

Je bondis et attrapai au vol les barreaux de l'ouverture nous faisant face. J'en profitai pour faire, du regard, un rapide tour d'horizon à l'extérieur. Plusieurs petits esquifs étaient amarrés, ainsi que deux grands navires de guerre, à une centaine de mètres de l'île. Je pris la décision de tenter l'évasion cette nuit-là et allais en faire part à Xodar quand, sans avertissement, la porte de notre cellule s'ouvrit. Un garde entra.

S'il me voyait où j'étais, nos chances de fuite se trouveraient compromises à jamais, car je savais que l'on me mettait aux fers si l'on avait le moindre soupçon de l'extraordinaire agilité que mes muscles terrestres me donnaient.

L'homme était complètement entré et se tenait face au centre de la pièce, me tournant le dos. Le haut de la cloison séparant notre cellule de la suivante était à moins de deux mètres au-dessus de moi. Là résidait ma seule chance d'éviter d'être découvert. Si l'individu se retournait, j'étais perdu. Je ne pouvais pas non plus sauter à terre sans être repéré, car il était tellement près que je l'aurais heurté en le faisant.

— Où est donc l'homme blanc ? s'écria le garde en s'adressant à Xodar. Issus ordonne qu'il revienne en sa présence.

Et il se retourna pour me chercher dans une autre partie de la cellule.

En m'agrippant aux barreaux, j'assurai fermement un pied sur le rebord de la fenêtre, puis lâchant ma prise, je sautai sur le sommet de la cloison.

— Qu'est-ce que c'est ? hurla la voix de basse du Noir, quand le métal de mon harnachement vint gratter la pierre du mur au moment où je passais par-dessus. Je sautai ensuite avec légèreté sur le sol de la cellule voisine.

— Où est l'esclave blanc ? cria de nouveau le garde.

— Je n'en sais rien ! répondit Xodar. Il était encore ici quand vous êtes entré. Je ne suis pas chargé de le surveiller, débrouillez-vous pour le trouver.

Le Noir grommela quelque chose que je ne pus distinguer, puis je l'entendis ouvrir la porte d'une autre cellule sur le côté opposé. Écoutant attentivement, j'entendis la porte se fermer derrière lui. Je sautai alors une nouvelle fois sur le sommet de la cloison et retombai dans notre geôle devant Xodar, médusé.

— Comprenez-vous maintenant comment nous fuirons ? dis-je dans un souffle.

— Je vois comment vous pourrez fuir, mais je ne vois toujours pas comment il me sera possible de franchir ces murs. Une chose est sûre : il est hors de question que je saute par-dessus comme vous le faites.

Nous entendîmes le gardien aller de cachot en cachot pour, finalement, revenir dans le nôtre. Quand ses yeux tombèrent sur moi, ils lui sortirent de la tête.

— Par la coquille de mon premier ancêtre ! rugit-il. Où étiez-vous passé ?

— Je suis dans cette prison, depuis que tu m'y as mené toi-même hier, et j'étais dans cette pièce quand tu es entré. Tu devrais faire examiner tes yeux.

Il me jeta un coup d'œil furieux où se mêlaient colère et soulagement.

— Venez ! dit-il. Issus ordonne votre présence.

Il m'escorta à l'extérieur de la prison, laissant Xodar sur place. Nous retrouvâmes plusieurs autres gardiens et, avec eux, le jeune Martien Rouge qui occupait une autre cellule dans notre prison de Shador.

Le voyage vers le temple d'Issus se répéta exactement comme la veille. Le garçon rouge et moi-même restâmes séparés, de telle sorte que nous n'eûmes pas l'occasion de reprendre la conversation interrompue la nuit d'avant.

Le visage de ce garçon n'avait cessé de m'obséder. Où donc l'avais-je déjà vu ? Il avait dans tous ses traits quelque chose d'étrangement familier à mes yeux, comme me parlaient sa silhouette, sa façon de se tenir, sa manière de s'exprimer et jusqu'à ses gestes ! J'aurais juré que je le connaissais et pourtant je savais aussi pertinemment que je ne l'avais jamais rencontré auparavant.

Lorsque nous atteignîmes les jardins du palais d'Issus, on nous fit prendre un chemin qui nous éloignait du bâtiment, au lieu d'y aller directement. Le parcours traversait des parcs enchanteurs pour aboutir à une énorme muraille d'au moins trente mètres de hauteur.

Des portes massives donnaient accès à une petite plaine entourée par la même forêt splendide que j'avais vue au pied des falaises d'Or.

Une foule de Noirs se rendaient à une allure de promenade dans la direction où les gardes nous menaient et, au milieu d'eux, j'aperçus mes vieux amis les hommes-plantes et les grands singes blancs.

Ces créatures bestiales se déplaçaient dans cette foule un peu comme des chiens apprivoisés. S'ils se trouvaient au milieu du chemin, les Noirs les poussaient sur le côté sans ménagement, ou même les frappaient du plat de leur épée, et ces animaux s'écartaient aussitôt, comme saisis d'une grande crainte.

Nous arrivâmes enfin à destination ; un vaste amphithéâtre édifié à une des extrémités de la plaine, à moins d'un kilomètre des grands murs du jardin, se trouvait face à nous.

Les Noirs se pressaient pour pénétrer par une porte massive en forme d'arche et gagner les gradins. Les gardes nous menèrent plus loin, jusqu'à une petite entrée pratiquée à l'une des extrémités de l'édifice. Celle-ci donnait dans une sorte d'espace clos situé sous les gradins. De nombreux prisonniers s'y trouvaient déjà parqués sous la surveillance de nombreux gardes. Quelques-uns étaient enchaînés, mais la plupart paraissaient assez effrayés par la présence de cette chiourme pour que toute tentative d'évasion fût écartée.

Je n'avais eu aucune possibilité d'échanger la moindre parole avec l'autre prisonnier, durant tout le voyage. Mais maintenant que nous étions enfermés derrière de solides barreaux, nos gardes relâchaient leur vigilance, de sorte que je pus approcher de nouveau le jeune Martien Rouge, pour lequel je ressentais cette étrange sympathie.

— Quel est le but de cette réunion ? demandai-je. Faut-il que nous nous battions entre nous pour l'édification et la distraction des Premiers-Nés ou s'agit-il de quelque chose de pire encore ?

— Cela fait partie des rites mensuels d'Issus, au cours desquels les Noirs lavent les péchés de leurs âmes dans le sang des hommes en provenance du monde extérieur. Si l'Homme Noir est tué, cela prouve sa déloyauté envers Issus, le péché impardonnable. Mais s'il survit à l'affrontement il est lavé de tout péché et des accusations qui l'ont mené à cette confrontation. La forme donnée au combat est variable. On peut opposer un certain nombre d'entre nous à un nombre égal de Noirs, ou à un nombre deux fois supérieur ; ou alors nous devons affronter un guerrier noir réputé en combat singulier, ou des bêtes sauvages.

— Et si nous sommes victorieux, demandai-je, quelle est la récompense ? La liberté ?

Il se mit à rire.

— La liberté ? Allons donc ! Il n'y a d'autre liberté pour nous que la mort. Nul ne peut plus jamais quitter l'empire des Premiers-Nés. Si nous faisons la preuve de nos aptitudes à la lutte et de notre habileté, il nous sera permis de combattre souvent, mais si nous ne sommes pas capables...

Il haussa les épaules.

— Tôt ou tard nous mourrons dans l'arène, conclut-il.

— Et tu as souvent combattu ?

— Très souvent ! C'est là mon seul plaisir. Pendant un an j'ai défait quelques centaines de ces diables noirs, au cours des fêtes rituelles en l'honneur d'Issus.

Ma mère serait très fière si elle savait comment j'ai su maintenir la tradition des exploits paternels.

— Ton père devait être un grand et puissant guerrier, dis-je. Je les ai pratiquement tous connus sur Barsoom, à mon époque, et je l'ai sans aucun doute rencontré. Qui était-ce ?

— Mon père était...

— Approchez, espèces de calots ! cria la voix dure d'un gardien. A la boucherie, vous autres !

Et on nous poussa vers le plan incliné très raide conduisant tout en bas aux cellules qui ouvraient directement sur l'arène.

Comme tous les amphithéâtres de Barsoom, celui-ci était édifié dans une grande excavation. Seuls les gradins les plus élevés, qui constituaient le mur bas entourant ce trou, se trouvaient au-dessus du niveau du sol. L'arène elle-même était bien en dessous de la surface.

Une série de cages fermées par des barreaux s'ouvrait juste en dessous des gradins inférieurs, au même niveau que la piste de l'arène elle-même. On nous parqua là-dedans comme des bêtes et, malheureusement, mon jeune ami fut séparé de moi.

Le trône d'Issus se trouvait juste en face de ma cage. L'affreuse créature y était engoncée, entourée par une centaine d'esclaves, toutes parées de bijoux étincelants. Des étoffes brillantes de toutes les teintes, aux motifs étranges, décoraient les moelleux coussins recouvrant l'estrade sur laquelle elles étaient allongées, tout autour d'elle.

Sur les quatre côtés du trône, un peu en contrebas, se dressaient trois rangs très fournis de gardes bien armés qui se tenaient au coude à coude. Devant eux étaient installés les hauts dignitaires de cette parodie de paradis, des Hommes Noirs à la peau luisante ornés de gemmes rares et portant autour du front l'insigne de leur rang sous la forme de fines couronnes d'or.

De part et d'autre de cette tribune, une foule tapissait toute la hauteur de l'amphithéâtre. Femmes et hommes se trouvaient en aussi grand nombre, ces derniers étaient magnifiquement parés de leurs harnachements, selon leur position et leur appartenance à telle ou telle maison. A chaque Noir étaient attachés deux ou trois esclaves capturés dans les territoires des therns ou provenant du monde extérieur. Tous les Noirs sont nobles. Aucun Premier-Né n'a la condition de paysan. Même le soldat du rang le plus bas est un dieu et possède des esclaves pour le servir.

Un Premier-Né ne travaille jamais. Les hommes combattent ; c'est un privilège et un devoir sacrés que de se battre et de mourir pour Issus. Les femmes, elles, ne font rien, absolument rien. Les esclaves les lavent, les habillent, les nourrissent. Il y en a même qui parlent à leur place et, durant la cérémonie des rites j'en vis une qui se tenait les yeux fermés tandis qu'une esclave lui décrivait les scènes se déroulant dans l'arène.

La première cérémonie de la journée fut l'Hommage à Issus. Il marqua la fin des malheureuses qui avaient eu le privilège de porter les yeux sur la splendeur divine de la déesse un an auparavant. Elles étaient dix. Il s'agissait de splendides jeunes filles originaires des cours magnifiques de puissants jeddaks, ainsi que des temples des saints therns. Elles avaient servi un an durant dans la suite d'Issus ; aujourd'hui il leur fallait payer de leur vie cette préférence divine ; demain, leur chair agrémenterait le menu des tables des fonctionnaires de la cour.

Ces jeunes femmes pénétrèrent dans l'arène escortées par un grand Noir. Il les inspecta soigneusement, tâtant leurs membres et estimant à quel point leurs côtes pouvaient être fournies de chair. Il en sélectionna quelques-unes qu'il mena devant le trône d'Issus et adressa quelques mots à la déesse que je ne pus distinguer. Cette dernière opina du chef. Le Noir leva ses mains réunies au-dessus de la tête, en forme de salut, attrapa les filles choisies par le poignet et les entraîna hors de l'arène par un petit passage ménagé sous le podium du trône.

— Issus fera un bon repas ce soir ! dit un prisonnier derrière moi.

— Que voulez-vous dire ? interrogeai-je.

— Que Thabis a emmené son dîner vers les cuisines ; n'avez-vous pas remarqué comment il a soigneusement sélectionné les plus potelées et les plus tendres du lot ?

Je grommelai des malédictions à l'intention du monstre assis sur le trône somptueux, en face de nous.

— Oh ! ne ragez pas tant, me morigéna mon compagnon d'un moment, vous en verrez de bien pires si vous vivez ne serait-ce qu'un mois parmi les Premiers-Nés.

Je me retournai juste à temps pour voir la porte d'une cage voisine s'ouvrir et laisser sortir en trombe trois monstrueux singes blancs qui bondirent dans l'arène. Les filles se serrèrent les unes contre les autres, formant un groupe apeuré au centre de l'enceinte.

L'une était à genoux et tendait ses mains d'un geste implorant en direction d'Issus ; mais la hideuse divinité se contenta de se pencher un peu plus en avant, afin de mieux satisfaire la vive curiosité qu'elle éprouvait pour le spectacle qui se préparait. Les singes finirent par apercevoir le groupe de jeunes filles recroquevillées, frappées de terreur, et ils se mirent à les charger avec des hurlements démoniaques de frénésie bestiale.

Une vague de folle fureur me submergea. La cruelle lâcheté de la créature ivre de puissance dont l'esprit pervers avait conçu des tortures aussi atroces réveilla mon ressentiment et mon caractère viril dans toutes les fibres de mon être. Le nuage rouge annonciateur de mort pour mes ennemis s'abattit devant mes yeux.

Le garde se prélassait devant la porte dépourvue de barreaux de la cage, dans laquelle je me trouvais. Quel besoin y avait-il d'une grille pour empêcher ces pauvres victimes de se précipiter dans l'arène où les dieux avaient décidé que se situerait leur mort !

Un simple coup de poing suffit pour que le Noir tombe à terre, inconscient. Saisissant brutalement sa longue épée, je bondis dans l'arène. Les singes avaient déjà pratiquement atteint le groupe des jeunes filles mais, en deux sauts géants qui mirent en jeu toutes mes possibilités terrestres, j'atteignis le centre de l'aire sablonneuse.

Un grand silence s'abattit un moment sur l'amphithéâtre, puis un hurlement sauvage s'éleva des cages remplies de condamnés à mort. Ma grande épée tournoya dans les airs et l'un des singes tomba décapité aux pieds des jeunes filles, qui défaillaient.

Les autres singes se retournèrent alors contre moi et, tandis que je leur faisais face, un sourd grondement venu du public répondit aux acclamations frénétiques provenant des cages. Du coin de l'œil, je vis une vingtaine de gardes traverser le sable brillant pour se précipiter vers moi. Puis une silhouette surgit, sortant d'une des cages ; c'était le jeune homme dont la personnalité me fascinait tant.

Il s'arrêta un instant devant les cellules, en levant son épée.

— En avant, hommes du monde extérieur ! cria-t-il. Faisons-leur payer chèrement notre mort, et en suivant ce guerrier inconnu, transformons l'Hommage à Issus de ce jour en une débauche de vengeance dont le souvenir se perpétuera à travers les siècles et fera pâlir la peau noire des Premiers-Nés, lors de chaque future réédition des cérémonies d'Issus. Venez ! Les râteliers à l'extérieur de vos cages sont remplis d'épées et de sabres.

Sans plus attendre le résultat de sa harangue il se retourna et bondit dans ma direction. De toutes les cellules qui contenaient des Hommes Rouges s'éleva une clameur répondant à son exhortation. Les gardiens furent massacrés par la foule déchaînée, et les cages vomirent leurs occupants tout enflammés par la rage de tuer.

En un tournemain, les râteliers extérieurs se trouvèrent vider des armes blanches destinées à équiper les prisonniers afin qu'ils participent aux combats pour lesquels ils avaient été désignés, et une foule de guerriers pleins de détermination se rua vers nous pour nous apporter de l'aide.

Les grands singes, malgré leur presque cinq mètres de haut, s'étaient écroulés, vaincus par mon épée, alors que les gardiens étaient encore à une certaine distance. Le jeune guerrier, lancé à leur poursuite, les suivait de près. Derrière moi se tenait le groupe de jeunes filles et, comme je m'étais fait leur champion, je demeurai là pour affronter une mort inévitable, mais avec la détermination de donner une telle démonstration de mon savoir-faire que l'on se rappellerait longtemps de moi dans le pays des Premiers-Nés.

Je remarquai la formidable vitesse avec laquelle le

jeune homme rouge poursuivait les gardes. Je n'avais jamais rien vu de tel chez aucun martien. Ses sauts et ses bonds étaient à peine plus courts que ceux que ma musculature terrestre me permettaient d'accomplir, exploit qui avait produit une grande stupeur et m'avait valu le respect des Martiens Verts, entre les mains de qui j'étais tombé en ce jour lointain où j'avais fait irruption sur Mars.

Les gardes n'étaient pas encore à ma hauteur quand le jeune homme leur tomba dessus par-derrière. Ils se retournèrent tous, la violence de son attaque leur ayant fait croire qu'un groupe d'une douzaine d'assaillants leur donnait l'assaut. J'en profitai pour charger également de mon côté.

L'attaque qui s'ensuivit fut tellement rapide que je n'eus pas le loisir d'observer autre chose que les mouvements de mes adversaires immédiats. Je pus néanmoins apercevoir par instants les mouvements extraordinaires d'une épée tournoyante tenue par une silhouette légère, ferme et élastique comme de l'acier, qui remplit mon cœur d'une étrange mélancolie en même temps que d'une puissante fierté bien surprenante, au fond.

Sur le beau visage de ce garçon se dessinait un sourire implacable. Il jetait sans discontinuer un défi moqueur aux adversaires se présentant au fur et à mesure devant lui. A cela et à d'autres particularités, je retrouvais dans sa manière de combattre, celle qui avait toujours été la mienne sur le champ de bataille.

Peut-être est-ce cette vague ressemblance qui me fit aimer ce jeune homme, tandis que les ravages incroyables opérés par son épée dans la masse des Noirs remplissaient mon âme d'un immense respect pour lui.

Pour ma part, je combattais comme je l'avais fait un

millier de fois auparavant, m'écartant de ci pour éviter un coup fourré, me fendant de là pour toucher un ennemi et lui enfoncer profondément la pointe de mon épée dans le cœur, un instant avant qu'elle n'aille ouvrir la gorge d'un de ses compagnons.

Nous jouions une partie pleine de gaieté, tous deux, quand un important corps formé d'hommes appartenant à la garde personnelle d'Issus fut envoyé dans l'arène. Ils s'y lancèrent avec force vociférations, tandis que, de toutes parts, les prisonniers armés s'abattaient sur eux comme une nuée.

Pendant une demi-heure ce fut comme si l'enfer s'était déchaîné.

Nous combattîmes dans l'espace confiné de l'arène en une inextricable mêlée, comme des démons hurlants couverts de sang poussant des jurons. Et je voyais toujours l'épée du jeune homme rouge jeter des éclairs à côté de moi.

Progressivement, par des ordres répétés, j'étais parvenu à rassembler les prisonniers autour de nous de manière à ce que nous combattions en formant un cercle grossier au centre duquel se trouvait le groupe des jeunes filles condamnées.

Les pertes étaient grandes, de part et d'autre, mais beaucoup plus du côté des gardes d'Issus. Je pus voir des messagers dépêchés en hâte courir dans le public ; au fur et à mesure qu'ils atteignaient les nobles, ces derniers tiraient l'épée de leur fourreau et bondissaient dans l'arène. Leur manœuvre était évidente : il s'agissait de nous accabler sous le nombre et de nous anéantir ainsi en nous submergeant.

Je jetai un coup d'œil à Issus, penchée très en avant sur son trône, son horrible figure tordue par une affreuse grimace de haine et de fureur, où j'eus l'impression de déceler de la frayeur. Ce visage me donna une idée.

J'ordonnai rapidement à une cinquantaine d'hommes de se refermer après notre passage, en formant un nouveau cercle autour des filles.

— Restez-là et protégez-les jusqu'à mon retour, leur dis-je.

Puis, me retournant vers ceux qui formaient le cordon extérieur, je criai :

— A bas Issus ! Suivez-moi jusqu'au trône, et nous exercerons notre vengeance là où elle mérite d'être exercée.

Le jeune homme, à mes côtés, fut le premier à reprendre d'une voix forte le cri d'« A bas Issus ! », puis il me suivit tandis que de tout côté s'élevait une clameur rauque : « Au trône ! Au trône ! »

Une masse irrésistible se mit en mouvement, comme un seul homme, piétinant les corps des ennemis abattus et des mourants, en direction du trône fastueux de la divinité martienne ; les plus vaillants guerriers des Premiers-Nés s'écoulaient des vomitoires en grand nombre pour s'opposer à notre progression, mais nous les fauchâmes au fur et à mesure comme des fétus.

— Quelques-uns aux tribunes ! m'écriai-je, comme nous parvenions au mur formant la limite de l'enceinte, une dizaine d'entre nous suffiront pour prendre le trône.

J'avais vu, en effet, que la plupart des gardes d'Issus s'étaient déjà précipités dans le combat au milieu de l'arène.

De part et d'autre de moi, les prisonniers prirent les gradins d'assaut, à droite et à gauche, franchissant d'un bond le mur vertical de séparation, leurs courtes épées dégoulinantes de sang, toutes prêtes à massacrer la foule présente.

En un instant, tout l'amphithéâtre fut rempli d'une clameur venant des blessés et du râle des mourants, à laquelle se mêlaient le choc des armes et les hurlements de triomphe des vainqueurs.

Nous progressâmes côte à côte, le jeune homme et moi-même, accompagnés par une douzaine d'autres combattants, et nous nous ménageâmes de haute lutte une trouée jusqu'au pied du trône. Les gardes qui restaient, soutenus par les hauts dignitaires et les nobles des Premiers-Nés, s'intercalèrent entre Issus et nous. Celle-ci était toujours penchée vers l'avant sur son siège en bois de sorapus sculpté et tantôt vociférait des ordres pour ceux de sa suite, tantôt hurlait des injures à l'intention de ceux qui cherchaient à profaner sa divinité.

Les esclaves de son entourage, terrorisées, étaient toutes tremblantes et attendaient, les yeux dilatés, ne sachant s'il fallait prier pour notre victoire ou notre défaite. Plusieurs d'entre elles, sans aucun doute les dignes filles des plus nobles guerriers de Barsoom, arrachèrent une épée des mains de victimes à terre et attaquèrent les gardes d'Issus mais, malheureusement, elles furent bientôt abattues, glorieuses martyres d'une cause désespérée.

Les hommes qui étaient avec nous se battaient bien mais, depuis le long combat que Tars Tarkas et moi-même avions mené côte à côte par un chaud après-midi contre les hordes de Warhoon, au fond d'une ancienne mer, près de Thark, jamais je n'avais vu deux hommes combattre avec l'ardeur et la férocité indomptable dont le jeune Homme Rouge et moi-même firent preuve ce jour-là, devant le trône d'Issus, déesse de la mort et de la vie éternelle.

L'un après l'autre, tous les hommes qui se trouvaient entre nous et le trône tombèrent sous l'action de notre glaive. Ils étaient aussitôt remplacés par d'autres combattants, mais centimètre par centimètre, mètre par mètre, nous nous rapprochions de notre but.

Soudain, un cri s'éleva des gradins proches de nous : « Debout, les esclaves ! Debout, les esclaves ! » Il s'enfla et diminua jusqu'à prendre l'ampleur d'une puissante clameur qui courait tout autour de l'amphithéâtre en une immense vague.

Pendant un court instant, nous nous arrêtâmes de combattre simultanément, comme si un accord tacite avait été conclu entre nous, afin de déterminer l'origine de ce nouveau bruit. Il ne fallut pas bien longtemps pour trouver. De partout, les esclaves se précipitaient sur leurs maîtres, armées de tout ce qui leur tombait sous la main. C'est ainsi que je vis une jeune et jolie esclave qui avait ravi une dague à sa maîtresse en la lui arrachant de son fourreau passé dans des atours de cuir ; elle levait sa lame étincelante déjà rouge du sang de la propriétaire. Des épées furent arrachées aux cadavres voisins ; de lourds ornements, tranformés en gourdins. C'est armées de la sorte que ces belles jeunes filles donnaient libre cours à leur vengeance longtemps différée. Pourtant, les cruautés et les vexations indescriptibles qu'elles avaient dû subir de la part de leurs maîtres noirs ne trouvaient là qu'une mince consolation. Quant à celles qui ne pouvaient trouver d'arme à portée de main, elles utilisaient leurs ongles et leurs dents, qu'elles avaient d'un blanc éblouissant.

Ce spectacle donnait le frisson et était une source de satisfaction tout à la fois. Mais ce ne fut qu'un plaisir très bref, car nous dûmes retourner à notre combat, et seul le cri de guerre des femmes, toujours audible, nous rappelait qu'elles continuaient à se battre : « Debout, les esclaves ! Debout, les esclaves ! »

Il ne restait plus qu'un mince cordon d'hommes entre Issus et nous. Sa figure était blême de frayeur. Elle avait l'écume à la bouche et paraissait complètement paralysée par la peur, ne pouvant faire un mouvement. Seul le jeune homme et moi-même combattions encore. Tous les autres étaient tombés. J'étais moi-même sur le point de succomber à cause d'un mauvais coup porté par une longue épée si une main ne s'était approchée et n'avait détourné l'attaque portée en retenant le coude de l'attaquant au moment où sa lame allait m'atteindre. Le jeune homme bondit à mon côté et transperça mon adversaire de sa lame avant que celui-ci ait pu reprendre le contrôle de ses mouvements et m'ait assené un nouveau coup.

Même comme cela, j'aurais pu être atteint car ma propre épée était profondément enfoncée entre les côtes d'un dator des Premiers-Nés. Tandis que l'individu tombait, je lui arrachai son épée et je regardai par-dessus son corps prostré pour voir à qui appartenait cette main si prompte qui m'avait sauvé du premier coup.

C'était Phaïdor, la fille de Mataï Shang.

— Fuis, mon prince ! s'écria-t-elle alors. Il est inutile de combattre plus longtemps. Tous ceux qui étaient dans l'arène sont morts. Tous ceux qui ont attaqué le trône sont anéantis, sauf toi et ce jeune homme. Seuls quelques-uns de tes hommes sont encore sur les gradins et ils sont rapidement mis hors de combat, ainsi que les femmes esclaves. Écoute ! On n'entend plus guère le cri de guerre des femmes : elles sont presque toutes mortes. Pour un seul d'entre vous, il y a encore dix mille Noirs répartis dans tous les territoires des

Premiers-Nés. Essaie de gagner l'ouverture et la mer de Korus. Tu peux encore, en t'aidant de ton épée, atteindre les falaises d'Or et les jardins des temples des saints therns. Raconte toute cette histoire à Mataï Shang, mon père. Il te croira et, ensemble, vous pourrez peut-être découvrir un moyen de me secourir. Fuis, pendant qu'il en est encore temps.

Mais telle n'était pas ma mission, et je ne voyais d'ailleurs pas en quoi la cruelle hospitalité des saints therns était préférable à celle des Premiers-Nés.

— A bas Issus ! hurlai-je et je repris le combat, toujours accompagné du jeune garçon.

Deux Noirs s'écroulèrent sous les coups de nos épées, et nous nous trouvâmes face à face avec Issus. Alors que ma lame allait s'abattre et mettre fin à son horrible carrière, sa paralysie cessa brusquement et elle fit demi-tour pour s'enfuir, en poussant un cri perçant. Derrière elle, une sorte d'abîme noir venait de s'ouvrir comme une mâchoire béante dans le plancher de l'estrade. Elle s'y précipita, de même que le jeune homme, qui fit un bond dans sa direction ; je les suivis de très près. Son cri avait rallié plusieurs de ses gardes, qui faisaient mouvement pour nous couper le chemin. Un coup fut assené sur la tête de mon compagnon, qui vacilla et serait tombé si je ne l'avais retenu par le bras gauche tout en me retournant pour faire face à une foule furieuse de fanatiques religieux, rendus fous par l'affront fait à leur déesse. A ce moment, Issus disparut dans les ténèbres, engloutie par cette trappe qui s'était ouverte à nos pieds.

CHAPITRE XII

Condamnés à mort

Je restai un instant près du bord, avant qu'ils ne me tombent dessus, mais la première vague me força à reculer d'un pas ou deux. Mon pied chercha le sol, ne rencontrant que le vide : j'avais atteint l'ouverture dans laquelle Issus avait disparu. Pendant une seconde, je cherchai à retrouver mon équilibre, mais je tombai à la renverse dans ce gouffre noir, tout en tenant toujours étroitement contre moi le jeune garçon étourdi par le coup reçu.

Nous heurtâmes une glissière polie, tandis que la trappe se refermait au-dessus de nous de façon aussi magique qu'elle s'était ouverte. Après avoir glissé un moment, nous nous retrouvâmes, sans nous être fait mal, dans une pièce faiblement éclairée, très au-dessous du niveau de l'arène.

Je me remis debout et la première chose que je vis fut l'horrible visage d'Issus me contemplant à travers les barreaux épais d'une grille qui fermait la pièce à l'une de ses extrémités.

— Mortel irréfléchi ! glapit-elle. C'est dans ce cachot secret que tu subiras l'abominable châtiment que mérite ton blasphème. Tu vas rester ici, seul, dans l'obscurité, avec le cadavre de ton complice pourrissant et suppurant. Et là, devenu fou de solitude et de faim, tu te nourriras des asticots grouillants sur ce qui a été un homme.

Ce fut tout. Un instant plus tard, elle avait disparu, et la faible lueur qui emplissait la pièce s'éteignit, pour ne laisser place qu'à une nuit d'encre.

— Charmante vieille dame ! dit une voix à côté de moi.

— Qui parle ? demandai-je.

— C'est moi ! Votre compagnon qui a eu l'honneur, aujourd'hui, de combattre côte à côte avec le plus grand guerrier qui ait jamais porté le métal sur Barsoom !

— Dieu merci, tu n'es pas mort, dis-je. J'ai eu peur à cause de ce mauvais coup que tu as reçu sur la tête.

— Il n'a fait que m'étourdir, expliqua-t-il. Une simple égratignure.

— Peut-être eût-il mieux valu qu'il fût fatal ! dis-je. Il semble que nous soyons tombés dans un sacré pétrin, avec de bonnes chances d'y mourir d'inanition et de soif !

— Mais où sommes-nous ?

— Sous l'arène. Nous sommes tombés par la trappe qui a englouti Issus, alors qu'elle était presque à notre merci.

Il se mit à rire tout bas, à la fois de plaisir et de soulagement. Puis cherchant à m'atteindre dans l'obscurité complète, il saisit mon épaule et attira mon oreille près de sa bouche.

— Rien de mieux ne pouvait advenir, murmura-t-il. Dans les secrets d'Issus, il y a d'autres secrets dont elle-même n'a pas la moindre idée.

— Que veux-tu dire ?

— Il y a un an, j'ai eu à venir travailler par ici, avec

d'autres esclaves, pour refaire ces galeries souterraines et nous avons découvert, au-dessous, un ancien système de couloirs et de chambres qui avaient été abandonnés voici bien longtemps. Les Noirs chargés des fouilles les ont explorés, prenant plusieurs d'entre nous pour accomplir les travaux de consolidation qui pouvaient se présenter. De sorte que je connais tout ce labyrinthe à la perfection. Il y a des kilomètres et des kilomètres de galeries, qui creusent ce sous-sol comme une véritable ruche, situées par-dessous le temple et les jardins alentour ; il y a également un passage aboutissant à la région inférieure et qui relie ce réseau au puits secret conduisant jusqu'à la mer d'Omean. Si nous pouvons atteindre le sous-marin sans être découverts, nous pourrions gagner la mer en une région où se situent de nombreuses îles qu'aucun Noir n'a jamais connues. On pourrait vivre là un certain temps, dans l'attente de quelque occasion à saisir pour nous enfuir.

Il avait dit tout cela dans un murmure, craignant évidemment les oreilles d'espions, même ici, et je lui répondis à voix basse.

— Retournons à Shador, mon ami, dis-je dans un souffle. Xodar, le Noir, y est resté et nous devions nous échapper ensemble ; aussi je ne puis le laisser tomber.

— Non ! bien sûr ! Nul n'a le droit d'abandonner un ami. Il aurait mieux valu que nous soyons repris !

Il se remit à tâtonner sur le plancher de cette chambre obscure, à la recherche de la trappe conduisant à la galerie située en dessous. A la fin, il m'adressa un sifflement bas, et je rampai en direction de sa voix, pour le trouver agenouillé devant le rebord d'une ouverture dans le sol.

— Il y a là une fosse à franchir, qui doit faire dans les trois mètres, me souffla-t-il. Suspendez-vous au rebord par les mains et vous atterrirez doucement sur un sol d'aplomb recouvert de sable.

Très doucement je fis ce qu'il avait dit, me tenant le corps dans le vide, passant de la pièce toute noire dans le puits tout aussi noir. Il était impossible de distinguer sa propre main même tenue à un centimètre du nez. Je n'ai jamais rencontré une obscurité comme celle qui existait dans les souterrains d'Issus.

Je restai suspendu un petit moment. C'est une très étrange sensation, qu'il est difficile de décrire exactement. Quand les pieds restent dans le vide et que la distance à sauter est plongée dans le noir, on se sent envahi par une sorte de panique, lorsqu'il faut lâcher prise et se laisser tomber dans un gouffre inconnu.

Bien que le garçon m'eût affirmé que la fosse faisait environ trois mètres de haut, j'éprouvais exactement les mêmes affres que si j'avais été au bord d'un puits sans fond. Puis, je lâchai prise et tombai effectivement d'à peine plus d'un mètre sur un coussin de sable.

Le jeune homme me suivit.

— Montez-moi sur vos épaules, dit-il, que je referme la trappe.

Ceci fait, il me prit par la main et me guida très lentement. Il palpait tout autour de lui et s'arrêtait fréquemment pour bien s'assurer qu'il ne se fourvoyait pas dans de mauvais souterrains.

Puis commença une descente assez raïde.

— Nous allons bientôt apercevoir de la lumière ; à cette profondeur, on rencontre la même couche de roches phosphorescentes que celles illuminant Omean.

Je n'oublierai jamais ce voyage dans les souterrains d'Issus. Tout en étant dénuée d'incidents majeurs, cette progression revêtit à mes yeux un charme étrange, fait d'excitation et d'un parfum d'aventure. Ce charme auquel j'étais sensible devait avoir pour origine l'antiquité — tellement grande qu'elle était inchiffrable — de ce lacis de tunnels et de puits oubliés depuis si longtemps. Il était impossible que les choses que cette obscurité stygienne dissimulait à mes yeux approchent des merveilleuses images que mon imagination formait. Quels tableaux merveilleux défilaient ainsi, où je faisais revivre les anciens peuples de ce monde à l'agonie, lancés dans les travaux, les intrigues, les mystères et les cruautés commises, afin de résister encore un peu plus aux hordes déferlantes, venues du fond des anciennes mers. Ils avaient été peu à peu repoussés jusqu'à ces régions du bout du monde, où ils se trouvaient maintenant retranchés derrière une barrière insurmontable de superstitions.

Outre les Hommes Verts, il y avait trois grandes races humaines sur Barsoom : les Noirs, les Blancs et une race d'Hommes Jaunes. Quand les eaux commencèrent à disparaître toutes les ressources de la planète diminuèrent de telle sorte que la vie devint une lutte continuelle pour la survie.

Les races guerroyèrent entre elles pendant des siècles et des siècles et les trois espèces les plus élevées eurent aisément raison des sauvages verts qui vivaient dans les lieux où l'on trouvait encore de l'eau. Seulement, le recul continu des mers entraîna l'abandon progressif de leurs villes fortifiées. En conséquence, ils adoptèrent une vie semi-nomade, se séparant en petites communautés qui se trouvèrent rapidement devenir la proie de la férocité des Hommes Verts. Cela aboutit à un certain métissage des Blancs, des Noirs et des Jaunes qui a fini par produire la magnifique race des Hommes Rouges.

J'avais toujours imaginé que l'on ne trouvait plus trace des races d'origine à la surface de Mars, mais au cours des quatre jours qui venaient de s'écouler, j'avais rencontré une multitude de Blancs et de Noirs. Était-il possible qu'il y eût aussi dans quelque coin reculé de la planète des vestiges de l'ancienne race jaune ?

Mes réflexions se trouvèrent interrompues par une exclamation du garçon.

— Enfin, voilà le chemin éclairé, s'écria-t-il, et regardant vers le haut, j'aperçus en effet, encore assez loin devant nous, une faible luminosité.

En avançant, cette lueur s'accrut et nous parvînmes enfin dans des souterrains bien éclairés. A partir de là, notre progression s'accéléra beaucoup jusqu'au moment où, subitement, nous arrivâmes à l'extrémité d'un tunnel aboutissant à une avancée dominant directement le bassin du sous-marin.

L'engin était fixé à ses amarres et l'écoutille était ouverte. Levant un doigt devant ses lèvres et tapotant son épée de façon expressive, le jeune homme s'avança sans bruit vers le vaisseau. Je le suivais de très près.

Nous descendîmes silencieusement sur le pont désert et nous nous dirigeâmes à quatre pattes vers l'écoutille. Un coup d'œil dans la partie basse nous permit de voir qu'il n'y avait pas de garde. Avec la rapidité et la discrétion d'un chat, nous sautâmes tous deux dans la cabine principale du sous-marin. Là non plus il n'y avait aucun signe de vie. Très vite, nous refermâmes soigneusement l'écoutille par-dessus nous.

Le garçon prit place dans la cabine du pilote, pressa un bouton et l'engin se mit à s'enfoncer dans les eaux tourbillonnantes et à se rapprocher du fond de la fosse. Malgré cette manœuvre, aucun bruit ne se fit entendre comme nous l'appréhendions. Aussi, pendant que le garçon assumait le pilotage de l'engin, je me glissai de cabine en cabine à la recherche d'un membre de l'équipage. Le vaisseau était entièrement désert. Une telle chance paraissait presque incroyable !

Quand je revins vers le poste de commande pour faire part de cette bonne nouvelle à mon compagnon, celui-ci me tendit un papier.

— Voilà qui peut expliquer l'absence de l'équipage, dit-il.

C'était un message radioaérien adressé au commandant :

Les esclaves se sont révoltés. Venez avec tous les hommes dont vous disposez et tous ceux que vous pourrez réunir en route. N'avons pas le temps de demander des renforts d'Omean. Ils massacrent tout dans l'amphithéâtre. Issus est menacée. Hâtez-vous.

ZITHAD.

— Zithad est dator des gardes d'Issus, m'expliqua le jeune homme. Nous leur avons donné une belle frayeur. Ils ne sont pas prêts de l'oublier.

— Espérons que tous ces événements ne sont que le commencement de la fin d'Issus, dis-je.

— Seul notre premier ancêtre le sait, répondit-il

Nous atteignîmes sans encombre le bassin du sous-marin, dans la mer d'Omean. Là nous discutâmes pour savoir s'il serait sage de couler le navire en le quittant, mais nous parvînmes à la conclusion que cela n'ajouterait rien à nos chances de fuite. Il y avait une foule de Noirs sur la mer d'Oeman qui pouvaient déjouer nos plans en nous capturant. Quel que soit le nombre de ceux qui, arrivant des temples et des jardins d'Issus, viendraient s'ajouter à eux, nos chances n'en seraient pas diminuées pour autant.

Nous étions maintenant dans un grand embarras : comment pouvions-nous franchir la barrière des gardes patrouillant sur l'île où se trouvait le bassin. Je finis par avoir l'idée d'un plan.

— Quel est le nom ou le titre de l'officier dont dépendent ces gardes ?

— Un individu nommé Torith était de service ce matin quand nous sommes passés.

— Bon ! Et quel est le nom du commandant du sous-marin ?

— Yersted ?

Je trouvai un formulaire de dépêche dans la cabine et écrivis l'ordre suivant :

AU DATOR TORITH,

RAMENEZ IMMÉDIATEMENT CES DEUX ESCLAVES À SHADOR

YERSTED.

— Ce sera le moyen le plus simple pour revenir à Shador, dis-je en souriant au jeune homme en lui tendant l'ordre falsifié. Viens ! Nous allons voir comment cela prend.

— Mais, nos épées ! s'exclama-t-il, comment expliquer que nous les ayons ?

— Puisque nous ne pouvons donner une raison valable, il faudra les abandonner, répondis-je.

— N'est-ce pas le comble de la témérité que de nous livrer désarmés à la merci des Premiers-Nés ?

— C'est le seul moyen, répondis-je. Fais-moi confiance, je découvrirai une possibilité de quitter Shador et je ne crois pas me tromper beaucoup en assurant que, une fois sortis de là, nous trouverons sans mal le moyen de nous armer de nouveau dans ce pays où les gens en armes pullulent.

— Comme vous voulez ! dit-il en souriant, avec un petit haussement d'épaule. Je ne pourrais avoir à suivre un chef qui m'inspirerait plus confiance que vous. Venez et soumettons votre idée à l'épreuve de l'expérience.

Nous émergeâmes hardiment de l'écoutille du sous-marin, laissant nos épées derrière nous, et nous allâmes à grandes enjambées vers l'entrée principale menant au poste des sentinelles et au bureau du dator des gardes.

En nous voyant, les membres de la garde s'avancèrent, tout surpris, et nous intimèrent l'ordre de nous arrêter, leurs fusils pointés dans notre direction. Je remis le message à l'un d'eux ; il le prit et, voyant le nom du destinataire, partit le remettre à Torith, qui était sorti de son bureau pour voir quelle pouvait être la raison exacte de l'émotion qui se manifestait.

Le Noir lut l'ordre et nous regarda un moment avec un air soupçonneux.

— Où est donc le dator Yersted ?

Mon cœur s'arrêta de battre. Je pensai à quel point j'avais été stupide de ne pas couler le sous-marin pour confirmer le mensonge que je devais inventer.

— Ses ordres ont été de retourner immédiatement à la plate-forme du temple, répondis-je.

Torith fit un pas en direction de l'entrée du bassin, pour aller se rendre compte du bien-fondé de mon histoire. A cet instant, tous les éléments se trouvaient mis en balance, car s'il y avait été et avait trouvé le sous-marin entièrement désert et toujours à son môle, tout le fragile édifice que j'avais élaboré se trouvait anéanti, et les conséquences seraient immédiatement retombées sur nous. Mais il se ravisa, estimant manifestement que le message devait être vrai. Il est vrai qu'il n'avait aucune raison bien valable d'en douter : il aurait été impensable pour lui que deux esclaves se livrent ainsi d'eux-mêmes à la garde. La réussite de ce plan résidait dans son audace elle-même.

— Dans quelle mesure avez-vous pris part à la révolte des esclaves ? demanda Torith. Nous n'avons que peu d'éléments concernant ces événements.

— Tous ont été impliqués, répondis-je, mais ce ne fut que peu de chose ; les gardes ont rapidement eu le dessus et ont tué la majorité des mutins.

Cette réponse parut le satisfaire.

— Ramène-les à Shador ! ordonna-t-il à un subordonné, en se tournant vers lui.

Nous prîmes place dans une petite embarcation amarrée près de l'île, et, après quelques minutes, nous débarquions à Shador. Là, on nous remit dans nos cellules respectives : moi, avec Xodar ; le garçon, seul. Après verrouillage des portes, nous nous retrouvâmes prisonniers des Premiers-Nés.

CHAPITRE XIII

En fuite vers la liberté

Xodar, incrédule, écouta avec stupéfaction mon récit des événements survenus dans l'arène lors des rites en l'honneur d'Issus. Il pouvait à peine croire, en dépit de ses doutes sur la nature réelle de la divinité que s'attribuait Issus, que quelqu'un pût se permettre de la menacer de son épée sans être volatilisé par la simple action du courroux divin.

— C'est la preuve définitive, finit-il par dire. Il n'y a besoin de rien de plus pour que s'écroulent les derniers vestiges de ma croyance superstitieuse en la divinité d'Issus. Ce n'est qu'une maudite vieille bonne femme, exerçant un pouvoir maléfique immense grâce à des machinations qui ont maintenu son propre peuple et tout Barsoom dans l'ignorance mystique depuis des siècles.

— Elle est toujours toute-puissante, ici, néanmoins, rétorquai-je, aussi nous incombe-t-il de tenter une évasion dès qu'un moment propice se présentera.

— J'espère qu'il y aura un moment favorable, répondit-il avec un rire amer, car je dois dire que de toute ma vie, il n'y en a jamais eu un seul qui ait pu permettre à un prisonnier des Premiers-Nés de s'échapper.

— Cette nuit ce sera le moment, aussi bien que n'importe quand, répondis-je.

— Il fera bientôt nuit, dit alors Xodar. Comment puis-je apporter mon aide à cette aventure ?

— Savez-vous nager ? lui demandai-je.

— Il n'y a pas de silian hantant les profondeurs de Korus qui soit plus à l'aise dans l'eau que ne l'est Xodar !

— Bien ! Par contre, je crains fort que le jeune rouge ne sache pas nager — il y aurait à peine assez d'eau, dans tous leurs territoires réunis, pour y faire flotter le plus petit esquif. Il faudra donc que l'un de nous deux le soutienne dans la mer, pour atteindre le vaisseau choisi. J'avais espéré parcourir toute la distance sous l'eau, mais j'ai la nette impression que le jeune homme ne pourra absolument pas effectuer le trajet de cette manière. Chez eux, même les plus braves parmi les braves sont terrorisés à la simple pensée d'une nappe d'eau un peu profonde, car de très nombreuses générations se sont écoulées depuis le temps où leurs lointains ancêtres pouvaient contempler un lac, une rivière ou la mer.

— Le Rouge va nous accompagner ? demanda Xodar.

— Oui !

— Parfait ! Trois épées valent mieux que deux, surtout quand la troisième est aussi bonne que celle de ce gaillard. Je l'ai vu se battre dans l'arène, de nombreuses fois, au cours de ces fêtes rituelles en l'honneur d'Issus. Je n'avais encore jamais vu, jusqu'à ce que je vous connaisse, un homme paraissant aussi invincible même dans les situations les plus défavorables. A vous voir, l'un et l'autre, on pourrait penser à un maître et son disciple, ou même à un père et son fils. En parlant de lui, son visage me vient à l'esprit, et il y a une ressemblance entre vous deux. Elle est particulièrement marquée quand vous combattez : même sourire implacable, même mépris exaspérant pour votre adversaire, apparent dans tous les mouvements de vos corps, ainsi que dans les changements d'expression de vos visages.

— Quoi qu'il en soit, Xodar, c'est un grand combattant, et je pense que nous allons constituer un trio difficile à abattre. Si seulement mon ami Tars Tarkas, jeddak de Thark, était avec nous, nous pourrions nous frayer un chemin d'un bout à l'autre de Barsoom, même si le monde entier était ligué contre nous.

— C'est ce qui se produira quand on saura d'où vous venez ! Ce n'est là qu'une des superstitions qu'Issus a inculquées à une humanité bien crédule. Elle se sert des saints therns, qui ne savent pas plus qui elle est en réalité que ne le savent les Barsoomiens de l'extérieur. Les ordres d'Issus sont communiqués aux therns, écrits en lettres de sang sur d'étranges parchemins. Les pauvres fous, dupés, s'imaginent qu'ils reçoivent ainsi les volontés divines par un moyen surnaturel, parce qu'ils découvrent ces messages déposés sur leurs autels sous surveillance, alors que nul ne peut accéder à ces autels sans être détecté. Or j'ai porté moi-même de tels messages pendant des années. Un long tunnel relie le temple d'Issus au temple principal de Mataï Shang. Il a été creusé voici des générations par des esclaves des Premiers-Nés, dans des conditions de secret telles qu'aucun thern n'a jamais rien soupçonné. Les therns, pour leur part, ont des temples répandus dans tout le monde civilisé. Des prêtres que le peuple ne voit jamais y prêchent la doctrine de la mystérieuse rivière Iss, de la vallée de Dor et de la mer perdue de Korus et dupent les pauvres croyants, les convainquant d'entreprendre le pèlerinage volontaire, qui n'aboutit qu'à engraisser les saints therns et accroît sans cesse le nombre de leurs esclaves. Ainsi, les therns servent de principaux intermédiaires pour attirer richesses et main-d'œuvre, constituant un inépuisable réservoir dans lequel les Premiers-Nés n'ont qu'à puiser ensuite en leur arrachant ce dont ils ont besoin. Il arrive que les Premiers-Nés fassent leur razzia directement dans le monde extérieur. C'est à cette occasion qu'ils capturent de nombreuses femmes appartenant à la maison royale des Hommes Rouges et s'emparent des plus récents vaisseaux de guerre, emmenant également avec eux les techniciens qui les construisent, de manière à pouvoir copier ce qu'ils sont incapables de créer. Nous sommes une race totalement improductive et nous nous en vantons. Il est considéré comme criminel pour un Premier-Né de travailler ou d'inventer. C'est la tâche des races inférieures, qui ne sont là que pour assurer aux Premiers-Nés une vie de plaisirs et de paresse. Nous battre, voilà toute notre vocation. D'ailleurs, s'il n'en était pas ainsi, le nombre des Hommes Noirs serait tel que toutes les créatures de Barsoom réunies ne pourraient subvenir à leurs besoins. En effet, je ne crois pas qu'il arrive qu'un seul d'entre nous disparaisse de mort naturelle. Nos femmes pourraient vivre éternellement si nous ne nous en lassions et ne les remplacions par d'autres. Issus est la seule de nous tous à ne pas être menacée de disparition. Elle vit depuis des temps immémoriaux.

— Les autres Barsoomiens ne seraient-ils pas éternels eux aussi, s'il n'y avait cette doctrine du pèlerinage volontaire qui les engloutit dans les profondeurs d'Iss à l'âge de mille ans, ou avant ? demandai-je.

— J'ai maintenant le sentiment qu'ils appartiennent sans aucun doute à la même espèce que les Premiers-Nés, et j'espère survivre afin de me battre pour eux, en expiation des péchés que j'ai commis contre eux à cause de l'ignorance due à des siècles de faux enseignements.

A l'instant même où il cessa de parler, un appel bizarre courut sur toute la surface de la mer d'Omean. Je l'avais déjà entendu la veille, à la même heure, et je savais qu'il marquait la fin de la journée, le moment où les hommes d'Omean étalaient leurs soieries sur les ponts des navires de bataille et des croiseurs, pour s'étendre et plonger dans le sommeil sans rêves de Mars.

Notre gardien entra pour passer une ultime inspection avant qu'un jour nouveau ne naisse sur le monde en surface. Sa tâche fut vite terminée et la lourde porte de la prison se referma derrière nous : nous étions seuls pour le restant de la nuit.

Je lui laissai le temps de retourner dans son cantonnement, comme Xodar m'assura qu'il allait le faire, puis je sautai sur la grille du fenêtron pour inspecter les eaux toutes proches. A courte distance de l'île — quatre à cinq cents mètres, tout au plus —, un énorme vaisseau de guerre était au mouillage et, entre lui et le rivage, il y avait plusieurs croiseurs de moindre taille et des petits engins de reconnaissance à un homme. Le seul garde qu'il y eut se trouvait sur le grand vaisseau : je le distinguais fort bien dans les superstructures. Je l'observais depuis un moment, quand je le vis étaler, lui aussi, des couvertures de soie sur la petite plateforme où il se trouvait et, sans plus tarder, s'allonger de toute sa longueur sur cette couche rudimentaire.

La discipline sur Omean était singulièrement relâchée ! Mais ce n'était pas tellement étonnant, au fond, car aucun ennemi ne pouvait soupçonner l'existence sur tout Barsoom d'une pareille flotte, ni qu'il y eut des

Premiers-Nés, ou cette mer d'Omean. Pourquoi, dans ces conditions, assurer une garde ?

Je sautai à nouveau sur le plancher et m'entretins avec Xodar de tout ce que je venais de voir. Je lui décrivis en particulier les esquifs.

— L'un d'eux m'appartient, précisa-t-il alors. Conçu pour transporter cinq passagers, c'est le plus rapide d'entre les rapides. Si nous pouvons gagner son bord, nous aurons en tout cas la possibilité de nous lancer dans une course mémorable vers la liberté !

Il se mit alors à me décrire l'équipement de son vaisseau, ses machines et tout ce qui concourait à en faire un tel bolide.

Au cours de ses explications, je reconnus une particularité technique que Kantos Kan m'avait apprise à l'époque où nous volions, sous de faux noms, dans la flotte aérienne de Zodanga, sous les ordres du prince Sab Than. Je compris ainsi que le Premier-Né avait volé son engin à la flotte d'Hélium, car seuls les vaisseaux de cette flotte possédaient cet aménagement. Et je sus aussi, de cette manière, que Xodar disait la pure vérité quand il vantait la rapidité de son petit engin car aucun appareil capable de fendre l'air raréfié de Mars ne pouvait rivaliser avec les vaisseaux d'Hélium.

Nous décidâmes d'attendre encore une heure jusqu'à ce que les traînards eux-mêmes soient endormis. Pendant ce temps, il était prévu que j'irais chercher le jeune Rouge pour qu'il vienne dans notre cellule afin que nous soyons prêts à entreprendre notre tentative d'évasion ensemble.

Je bondis sur le mur de notre cachot et sautai à nouveau de l'autre côté, pour trouver, non loin du sommet, une surface plane d'un demi-mètre de large, formant le chemin de ronde. Il me mena jusqu'à la cellule du garçon que j'aperçus assis, la tête levée, rêvant, adossé au mur : il contemplait le dôme lumineux qui coiffait Omean. Quand il m'aperçut, en équilibre sur la cloison, juste à l'endroit où ses yeux se portaient, il les ouvrit tout grands de stupéfaction. Puis, un large sourire, exprimant la complicité et l'admiration, illumina son visage.

Comme je me baissais pour sauter près de lui, il me fit signe de rester là où j'étais et, venant tout près, il me murmura :

— Attrapez ma main. Je peux sauter presque jusqu'au sommet du mur, moi aussi. J'ai essayé de nombreuses fois et je gagne en hauteur de jour en jour. Je devrais bientôt y parvenir.

Je me mis à plat ventre en travers du mur et tendis la main vers lui autant qu'il était possible. Il prit son élan en partant du centre de la cellule et sauta à une hauteur telle que je saisis aisément sa main tendue, puis le hissai sans difficulté à mes côtés.

— Tu es bien le premier sauteur que j'aie vu de ma vie chez les Hommes Rouges de Barsoom, dis-je.

Il sourit de nouveau.

— Rien d'étonnant à cela. Je vous en donnerai la raison quand nous aurons plus de temps.

Nous revînmes tous deux à la cellule où se trouvait Xodar et devisâmes tous trois pendant l'heure qui suivit, élaborant nos plans d'avenir immédiat et nous liant par un serment solennel de combattre jusqu'à la mort contre tout ennemi qui se présenterait, être humain, animal ou objet. Nous savions que, même si nous parvenions à échapper aux Premiers-Nés, nous aurions encore contre nous tout un monde à vaincre : le pouvoir de la superstition religieuse est immense.

Nous convînmes que ce serait moi qui piloterais l'engin, après que nous l'aurons atteint, et que, si nous parvenions jusqu'au monde extérieur sains et saufs, nous tenterions de gagner Hélium sans nous arrêter.

— Pourquoi Hélium ? demanda le jeune Rouge.

— Je suis prince d'Hélium, répondis-je.

Il me jeta alors un regard particulier, mais ne prononça aucun mot à ce sujet. Je m'interrogeai à l'époque sur la signification à donner à sa bizarre expression mais, pressé par d'autres préoccupations, ce sujet me sortit de l'esprit et je n'eus pas l'occasion d'y repenser avant longtemps.

— Allons-y ! dis-je enfin. Le moment propice est venu !

Un instant après, j'étais à nouveau au sommet du mur, le garçon à mes côtés. Dénouant mon harnais, j'en fis une longue courroie que j'abaissai jusqu'à Xador, resté en bas. Il se saisit de l'extrémité, grimpa et se retrouva assis près de nous.

— Comme c'était simple ! dit-il en riant.

— La suite va l'être encore plus !

Je me hissai au sommet du mur extérieur de la prison de manière à bien voir la sentinelle au moment de son passage et de la localiser avec précision. Je patientai cinq minutes et l'homme apparut enfin au bout du bâtiment, le longeant de son allure d'escargot.

Je le suivis des yeux jusqu'à ce qu'il eût contourné le bâtiment : à partir de ce point, il était dans l'impossibilité de voir ce qui se passait de ce côté de la prison, là où nous devions faire notre tentative d'évasion. Au moment où sa silhouette s'estompait, je fis grimper Xodar jusqu'au sommet en l'attrapant. Puis, lui mettant en main une extrémité de la courroie, je le fis descendre rapidement jusqu'au sol ; ce fut ensuite le tour du garçon qui rejoignit ainsi Xodar.

Conformément à nos dispositions préalables, ils ne

m'attendirent pas mais marchèrent lentement jusqu'au bord de l'eau. C'était l'affaire d'une centaine de mètres, et il fallait passer juste devant le poste de garde rempli de soldats endormis.

Ils avaient accompli une douzaine de pas, quand je me laissai tomber sur le sol. Nonchalamment, je pris moi aussi le chemin du rivage. Passant devant le poste, la pensée de toutes les bonnes lames qui devaient se trouver là me fit m'arrêter un instant, car si quelqu'un avait besoin d'armes, c'était bien nous dans l'aventure périlleuse où nous nous engagions.

Je jetai un regard sur Xodar et sur le jeune homme et vis qu'ils s'étaient laissés glisser le long du quai et étaient entrés dans l'eau. Conformément à nos plans, ils devaient rester accrochés aux anneaux fixés à la paroi de béton du quai, qui émergeaient juste au niveau de la mer, en ne laissant dépasser simplement que le nez et la bouche, et cela jusqu'à ce que je les rejoigne.

L'attraction exercée par les épées de la salle de garde était des plus fortes et me rendait très hésitant. Tenter de m'emparer des quelques armes indispensables m'attirait terriblement, mais j'étais très partagé car il s'agissait d'une aventure assortie d'un risque immense. L'adage selon lequel celui qui hésite est un homme perdu se révéla juste, en la circonstance, car, l'instant d'après, je rampais silencieusement vers la porte.

Je l'entrebâillai légèrement en la poussant tout doucement, mais suffisamment pour apercevoir une douzaine de Noirs allongés sur leurs couvertures de soie et plongés dans un profond sommeil. A l'autre bout de la pièce, un râtelier contenait les épées et les armes à feu de ces hommes. Je poussai lentement la porte un peu plus pour pouvoir me glisser dans l'ouverture. Un des gonds émit un grincement. Un homme bougea et mon cœur s'arrêta de battre. Je me maudis d'avoir été assez fou pour compromettre ainsi nos chances d'évasion, mais quand le vin est tiré il faut le boire et il n'y avait rien de plus à faire que de pousser l'aventure plus loin.

D'un bond, aussi agile et silencieux que celui d'un tigre, je parvins à côté du garde qui avait bougé. Mes mains se joignirent en anneau au-dessus de sa gorge, dans l'attente du moment où ses yeux allaient s'ouvrir. Mes nerfs, tendus à l'extrême, me firent trouver interminable ce moment pendant lequel je me tins penché sur lui prêt à refermer mon étreinte. Puis l'homme se tourna sur le côté et la respiration d'un profond sommeil se fit à nouveau entendre.

Je repris soigneusement ma progression entre les soldats, obligé d'en enjamber plusieurs, et j'arrivai ainsi à proximité du râtelier, au fond de la pièce. Une fois arrivé, je me retournai pour m'assurer une nouvelle fois de leur sommeil profond. Tout était calme, et leur respiration, régulière et paisible, me paraissait constituer la plus jolie musique que j'eusse entendue de ma vie.

Je tirai tout doucement une épée du râtelier mais le frottement du fourreau contre sa retenue fit un bruit semblable au déversement de la fonte en fusion dans son creuset. Je regardai promptement dans toute la pièce, persuadé qu'elle allait être bien vite envahie de gardes sur pied, pleins d'alarme et prêts à l'attaque. Aucun ne broncha !

Je pus tirer la seconde épée sans faire aucun bruit, mais la troisième tinta dans son fourreau, d'une façon effrayante. J'avais la certitude que ce tintamarre avait réveillé au moins certains de ces hommes et je me tenais prêt à devancer leur attaque en me précipitant vers la porte. Mais, une nouvelle fois, à ma grande surprise, nul ne bougea ! Ou bien c'étaient des dormeurs possédant un sommeil prodigieux, ou alors, les bruits que j'avais faits m'avaient paru démultipliés par rapport à ce qu'ils étaient réellement.

J'allais quitter le râtelier, quand mon attention fut attirée par les revolvers. Je savais qu'il ne m'était guère possible d'en emporter plus d'un, car j'étais déjà trop chargé pour me mouvoir avec suffisamment de rapidité et de sûreté. Je m'emparai de l'un d'eux, en le prenant dans sa fonte, et, ce faisant, mon regard tomba pour la première fois sur une fenêtre ouverte tout à côté du râtelier. J'avais là une voie de fuite excellente, car elle donnait directement sur le quai, à moins de cinq ou six mètres du bord de l'eau.

Je me félicitais de cette aubaine, quand j'entendis la porte à l'opposé s'ouvrir. En face de moi, me regardant droit dans les yeux, se trouvait l'officier de garde ! Il prit manifestement conscience de la situation au premier coup d'œil, jugeant de sa gravité aussi vite que je le fis de mon côté, car nos deux revolvers partirent en même temps et les détonations n'en firent qu'une seule.

Je sentis le vent de sa balle passer comme un moucheron bourdonnant, tout proche de mon oreille et, en même temps, il s'écroulait au sol. Où l'avais-je blessé, je n'en sais rien, peut-être même était-il touché à mort. Mais comment savoir puisque, aussitôt après avoir tiré, j'escaladai la fenêtre derrière moi.

Une seconde après, les eaux d'Omean se refermaient sur ma tête et nous partions tous les trois pour gagner le petit engin, à cent mètres de là.

Xodar remorquait le jeune homme, et moi, je nageais en portant les trois longues épées : pour ce qui est du revolver, je l'avais laissé échapper. Bien que nous fussions tous deux d'excellents nageurs, j'eus l'impression que nous progressions à une allure d'escargot. Pour ma part, je nageais complètement entre deux eaux, mais Xodar, lui, était contraint de revenir souvent en surface afin de laisser son compagnon respirer. Ce fut un miracle que nous ne fussions pas plus promptement découverts.

Nous parvînmes quand même jusqu'à l'engin et étions tous trois montés à bord avant que le garde perché sur le vaisseau de guerre, réveillé et alerté par les détonations, ne nous ai détectés. Alors seulement, un canon d'alarme tira son signal, à la proue du vaisseau, et la détonation se répercuta avec un bruit assourdissant entre le dôme et la mer d'Omean.

Les milliers d'hommes qui dormaient se réveillèrent et les ponts des centaines de navires se mirent à pulluler de soldats, car une alerte était chose rarissime sur Omean.

La répercussion du canon d'alarme n'était pas encore éteinte lorsque notre appareil s'éleva rapidement au-dessus des eaux. J'étais étendu à plat ventre sur le pont, derrière les boutons et les leviers de commande. Xodar et le garçon étaient étendus derrière moi, de manière à offrir le moins de résistance possible à l'air.

— Gagnez de la hauteur ! souffla Xodar. Ils n'oseront pas tirer avec leur artillerie lourde en direction du dôme, les fragments d'obus risqueraient de retomber sur leurs propres vaisseaux ; de plus, si nous volons assez haut, les plaques blindées de la quille nous préserveront des tirs des fusils.

Je suivis ses indications. Nous pouvions voir en dessous les hommes sauter dans l'eau par centaines et gagner les petits croiseurs, ainsi que les engins individuels ancrés autour des croiseurs. Les plus gros se mirent en route et nous suivirent rapidement, mais ils ne s'élevèrent pas dans les airs.

— Légèrement à droite, maintenant, cria Xodar.

Il n'est, en effet, pas possible de naviguer au compas sur Omean, toutes les directions étant forcément indiquées par le nord.

Nous avions déclenché un tumulte assourdissant au-dessous de nous. Les salves crépitaient, les officiers criaient des ordres, les hommes hurlant des consignes, aussi bien dans la mer que du pont d'une multitude de vaisseaux tandis que vrombissait le bruit des hélices brassant l'eau et l'air.

Je n'avais pas tiré la manette de vitesse à son maximum, par crainte de rater l'ouverture marquant le débouché du puits qui traversait le dôme d'Omean et aboutissait au monde du niveau supérieur. Mais, même ainsi, je crois bien que nous volions à une vitesse sans précédent jusqu'alors dans cette région confinée.

Les petits appareils commençaient à s'élever dans notre direction quand Xodar s'écria :

— Le puits ! Le puits ! Droit devant nous !

Et je vis, en effet, l'ouverture béante et toute noire s'ouvrant dans la paroi lumineuse du dôme coiffant ce monde souterrain.

Un petit croiseur de dix hommes montait juste devant nous pour nous couper la route. C'était le seul à se trouver sur notre route, mais à l'allure à laquelle il se déplaçait, il aurait tout le temps de se placer entre nous et le tunnel, compromettant ainsi nos plans.

Il s'élevait à angle droit, en plein devant nous, dans l'intention évidente de nous capturer à l'aide de crochets, une fois qu'il serait arrivé au-dessus, car il survolait notre pont de très près.

Il ne nous restait qu'une seule chance et je la saisis. Il était inutile d'essayer de passer par-dessus, cela lui aurait permis de nous coincer contre le dôme, dont nous étions déjà dangereusement proches. Plonger, ou continuer ainsi pour passer en dessous, c'était nous mettre entièrement à sa merci, et précisément là où il voulait que nous fussions. De chaque côté, cent appareils menaçants faisaient diligence vers nous. L'autre possibilité était pleine de risques. En fait, elle n'était que risque, avec une bien mince probabilité de réussite.

Approchant du croiseur, j'esquissai une montée, comme si je désirais passer par-dessus. Il fit exactement ce que je voulais : il se mit à grimper selon un angle plus fort, de manière à m'obliger à monter encore davantage. Puis, alors que nous étions tous deux pratiquement à la même hauteur, je criai à mes compagnons de s'accrocher solidement. Je poussai l'appareil au maximum de sa vitesse, inclinant sa proue jusqu'à ce que nous fussions à l'horizontale, et je fonçai sur le croiseur avec une vitesse terrifiante.

Le commandant comprit certainement mes intentions, mais il était trop tard. Presque au moment de l'impact, je relevai l'avant et, avec une secousse qui ébranla tout, nous entrâmes en collision. Ce que j'avais escompté advint : le croiseur, déjà dressé selon un angle dangereux à tenir, se trouva complètement renversé par le heurt de mon petit appareil. Les membres de l'équipage tombèrent dans le vide en virevoltant et en hurlant, tandis que le croiseur, dont les hélices tournaient toujours à une allure folle, plongeait sens dessus dessous vers la surface de la mer d'Omean.

La collision écrasa notre proue en acier et, malgré tous nos efforts, faillit nous éjecter du pont. Furieusement cramponnés les uns aux autres en une grappe humaine, nous finîmes par atterrir tout à fait à l'extrémité du vaisseau. Là, Xodar et moi réussîmes à agripper le bastingage, mais le jeune homme aurait plongé par-dessus bord si nous n'avions eu la chance de pouvoir l'attraper par la cheville, alors qu'il était déjà à moitié passé de l'autre côté.

N'étant plus dirigé, notre appareil se mit à osciller furieusement, dans un vol fou, se rapprochant dangereusement du dôme au-dessus de nos têtes. En un instant, je regagnai les commandes et, à quinze mètres à peine de la paroi du dôme, je remis le nez à l'horizontale et dirigeai de nouveau le vaisseau sur la bouche noire du puits.

La collision nous avait retardés et, maintenant, une centaine d'engins de reconnaissance, très rapides, nous avaient pratiquement rejoints. Xodar m'avait signalé que le fait de remonter le puits à l'aide du seul rayon répulsif serait la meilleure occasion, pour nos ennemis, de nous rattraper. En effet, nos hélices seraient alors inutilisées et, nombre de nos poursuivants disposant de vaisseaux possédant de bien meilleures qualités ascensionnelles que le nôtre, nous serions à coup sûr battus. Les appareils les plus rapides sont rarement équipés de gros réservoirs du huitième rayonnement ascensionnel car le poids élevé de ceux-ci tend à réduire la vitesse des vaisseaux.

Comme plusieurs navires nous talonnaient, nous allions inévitablement être rejoints lors de l'ascension du puits et capturés ou tués très bientôt.

Mais, chez moi, il y a toujours moyen de franchir un obstacle. Si on ne peut le contourner ni à droite, ni à gauche, ni par-dessus, ni par-dessous, alors une seule possibilité subsiste : passer tout droit, à travers. Je ne pouvais négliger le fait que de nombreux autres appareils étaient capables de monter plus vite que nous, grâce à leur poussée ascensionnelle plus élevée, mais je n'en étais pas moins décidé à atteindre le monde extérieur bien avant eux ou alors à périr de la mort que j'aurais choisie en cas d'échec.

— Machine arrière ! cria Xodar derrière moi. Au nom de notre premier ancêtre, faites machine arrière ! Nous sommes sous le puits !

— Cramponne-toi ! m'écriai-je pour toute réponse. Attrape le garçon et tiens bon, nous montons dans le puits !

Ces mots étaient encore sur mes lèvres au moment où nous passâmes sous le cercle noir de l'ouverture. Je dressai la proue, poussai la manette de vitesse jusqu'à son dernier cran et, m'agrippant d'une main et tenant la barre de l'autre, je me cramponnai désespérément et confiai mon âme à son créateur.

J'entendis une exclamation de surprise de la part de Xodar, suivie d'un rire lugubre. Le garçon s'esclaffa, lui aussi, et dit quelque chose que je ne pus comprendre à cause du sifflement du vent produit par notre vitesse terrifiante.

Je regardai devant moi, espérant apercevoir le scintillement des étoiles, pour pouvoir diriger notre course et maintenir le cap exactement selon l'axe du puits vertical. Si nous venions à toucher la paroi, il ne faisait aucun doute qu'à cette vitesse c'était le fracassement et la mort assurée. Mais aucune étoile n'était visible.

Je regardai alors en dessous de nous et vis un cercle de lumière qui se réduisait très vite : c'était l'ouverture par laquelle nous étions entrés, éclairée par la phosphorescence qui irradiait la mer d'Omean. Je pus donc agir sur la direction, m'efforçant de conserver le cercle lumineux toujours parfaitement circulaire et dans l'axe de l'appareil. Il est probable que nous échappâmes d'un fil à la destruction, et je suis persuadé que, cette nuit-là, je pilotai beaucoup plus par intuition et par une confiance aveugle que grâce à mon habileté ou à la raison.

Nous ne restâmes pas bien longtemps dans ce puits, et manifestement partis avec une direction correcte il se peut que ce soit finalement notre énorme vitesse qui nous ait sauvés car la rapidité du transfert fut telle que nous n'eûmes pas le temps de risquer de faire dévier notre trajectoire. Omean se trouve à quelque trois mille mètres sous la surface de Mars. Notre vitesse dut dépasser les trois cents kilomètres à l'heure, les appareils martiens sont en effet très rapides, si bien que nous ne dûmes pas rester plus de quarante secondes dans le puits.

C'est plusieurs secondes après que nous fûmes sortis, que je réalisai avoir accompli l'impossible. L'obscurité complète nous enveloppait. Il n'y avait ni lunes, ni étoiles. Je n'avais encore jamais vu une telle chose sur Mars et, sur le moment, je fus très déconcerté. Ce n'est qu'un moment après que je compris le pourquoi de la chose.

Nous étions en plein été, au pôle Sud. La calotte glaciaire fondait, et des phénomènes météoriques, des nuages, normalement inconnus à la surface de Mars, dissimulaient la lumière venue des étoiles à cette région de la planète.

Cette circonstance jouait fort heureusement en notre faveur. Je ne fus pas long à profiter de l'occasion qui nous était offerte de nous échapper. Maintenant le nez de l'appareil à un angle élevé, je bondis dans cet écran impénétrable que la nature avait interposé au-dessus de ce monde mourant, pour nous dissimuler à la vue des ennemis lancés à notre poursuite.

Nous plongeâmes dans ce brouillard épais et glacé

sans diminuer la vitesse. Un moment après, notre appareil en émergea dans la lumière radieuse des deux lunes et des millions d'étoiles. Je mis alors l'appareil en vol horizontal cap au nord. Nos ennemis avaient une bonne demi-heure de retard sur nous et aucune idée de la direction que nous avions prise.

Ainsi, nous avions accompli le miracle et avions traversé indemnes mille périls : nous nous étions enfuis du pays des Premiers-Nés. Nul n'avait jamais réussi une telle performance, au cours de la longue histoire de Barsoom, et maintenant que c'était derrière nous, je ne trouvais pas la chose si difficile que cela, après tout !

Je fis part de cette impression à Xodar en m'adressant à lui par-dessus mon épaule.

— C'est tout de même merveilleux. Personne n'aurait pu le réussir que John Carter, répondit-il.

En entendant prononcer ce nom, le jeune homme bondit sur ses pieds :

— John Carter ! s'écria-t-il. John Carter ! Mais voyons, John Carter, prince d'Hélium, est mort depuis des années ! Je suis son fils !

CHAPITRE XIV

Les yeux dans l'obscurité

Mon fils ! Je ne pouvais en croire mes oreilles. Je me levai lentement et fis face au séduisant jeune homme. Oui ! maintenant que je le détaillais attentivement, je commençais à comprendre pourquoi son visage et sa personnalité m'avaient si profondément attiré. Il y avait beaucoup de l'incomparable beauté de sa mère dans ses traits si bien modelés, mais c'était une beauté très virile, et ses yeux gris ainsi que leur expression étaient les miens.

Le jeune homme me faisait face, et son regard exprimait à la fois l'espoir et l'incertitude.

— Parle-moi de ta mère ! dis-je. Dis-moi tout ce que tu peux de ces années pendant lesquelles un destin impitoyable me priva de sa compagnie si chère.

Avec un sanglot de joie, il bondit vers moi et me jeta ses bras autour du cou. Pendant un bref instant, tandis que je tenais mon garçon contre moi, les larmes embuèrent mes yeux et je me sentais près de m'étrangler, à la manière d'un pauvre bougre tout larmoyant. Mais je ne regrette pas ces moments de faiblesse, et je n'en ai pas honte non plus. Une longue existence m'a appris qu'un homme peut sembler faible tant pour ce qui touche aux femmes et aux enfants et être malgré cela tout sauf une mauviette face aux circonstances les plus dures de la vie.

— Votre stature, votre port, la férocité terrible de votre façon de combattre sont bien tels que ma mère me les a décrits mille fois, dit alors le jeune homme. Mais, malgré ces signes je pouvais à peine croire à une vérité tellement improbable à mes yeux, quelque grand que fût mon désir qu'elle fût vraie. Savez-vous ce qui m'a le plus convaincu, davantage que les autres preuves ?

— Qu'est-ce, mon fils ? demandai-je.

— Vos premiers mots. Quand vous vous êtes adressé à moi, ils concernaient ma mère. Personne, si ce n'est l'homme qui l'aimait comme elle m'a toujours dit que mon père l'aimait, n'aurait pu penser d'abord à elle.

— C'est que, mon fils, pendant d'interminables années je n'ai guère connu de moments où la radieuse vision de ta mère n'ait été devant moi. Parle-moi d'elle...

— Ceux qui la connaissent depuis longtemps disent qu'elle n'a pas changé, sinon qu'elle est plus belle que jamais, si c'est possible. Seulement, quand elle croit que je ne l'observe pas, son visage se couvre d'une expression terriblement chagrine, oh ! affreusement triste ! Elle pense sans cesse à vous, mon père, et tout Hélium est dans le deuil, avec elle et pour elle. Le peuple de son grand-père l'a en profonde affection. Il vous aime aussi beaucoup et rend hommage à votre mémoire comme sauveur de Barsoom. Chaque année revient l'anniversaire du jour qui vous vit fendre l'espace d'un monde déjà presque mort, pour déverrouiller à l'aide d'une formule secrète les formidables portes monumentales derrière lesquelles se trouvait la force vitale pour des millions et des millions d'êtres vivants. De grandes festivités se tiennent alors en votre honneur ; mais des larmes se mélangent aux actions de grâces, des larmes exprimant le regret de savoir que celui à qui l'on doit le bonheur n'est pas là pour partager cette joie de vivre qu'il leur a apportée au prix de sa propre vie. Il n'y a pas un nom plus grand, sur tout Barsoom, que celui de John Carter.

— Et quel nom ta mère t'a-t-elle donné, mon garçon ? demandai-je.

— Le peuple d'Hélium avait demandé que je sois nommé comme mon père, mais ma mère refusa en avançant que vous et elle aviez choisi un nom ensemble et que vos désirs devaient être respectés avant tous les autres. Le nom que j'ai reçu est donc celui que vous vouliez, un mélange du vôtre et du sien : Carthoris.

Xodar avait pris les commandes tandis que je parlais à mon fils. Il m'appela.

— L'appareil est déstabilisé et pique du nez dangereusement, John Carter, dit-il. Tant que nous voguions la proue en l'air ce n'était pas sensible, mais maintenant que j'essaie de maintenir une trajectoire horizontale, il en va différemment. Le coup reçu à la proue a fait éclater un des réservoirs à rayonnement.

Ce n'était que trop vrai et, après avoir examiné les dommages, je les trouvai autrement plus graves encore que nous ne l'appréhendions. Non seulement l'angle auquel nous étions obligés de maintenir la proue de façon à conserver une trajectoire horizontale diminuait grandement notre vitesse mais, à la vitesse où les rayons répulsifs s'échappaient de ces réservoirs, il n'y en avait plus que pour quelques heures avant que nous ne nous retrouvions en train de dériver l'arrière dressé et l'appareil complètement désemparé.

La vitesse avait été volontairement réduite par souci de sécurité, mais je repris alors les commandes et tirai à nouveau la manette de vitesse au maximum, de manière à lancer à fond le vaillant petit moteur, pour que nous nous dirigions de nouveau vers le nord, à une vitesse terrifiante. Pendant ce temps, Xodar et Carthoris, les outils à la main, s'escrimaient sur la déchirure de la proue, essayant de colmater la fuite du fluide anti-gravitationnel, mais sans grand espoir.

Lorsque nous franchîmes la limite septentrionale des glaces et des nuages, il faisait encore nuit. Un paysage typiquement martien s'étendait en contrebas : le fond ondulant et ocre d'anciennes mers disparues était entouré de collines avec, de-ci de-là, des villes mortes, silencieuses, appartenant à un passé révolu ; nous aperçûmes les grands amoncellements d'une architecture somptueuse qui n'abritaient plus que le souvenir séculaire d'une race jadis puissante ainsi que les grands singes blancs de Barsoom.

Maintenir notre petit appareil en position de vol horizontal était de plus en plus difficile. L'avant piquait toujours plus et il devint nécessaire d'arrêter le moteur pour éviter de finir notre course en percutant le sol.

Finalement, au moment où le soleil se levait et où la lumière d'une nouvelle journée chassait l'obscurité de la nuit, notre appareil piqua du nez avec des soubresauts, se coucha à moitié sur un côté puis, le pont incliné jusqu'à donner la nausée, se mit à tourner en rond, lentement, la proue baissant de plus en plus par rapport à l'arrière à chaque seconde.

Nous nous cramponnâmes à la rambarde et à un montant et, finalement, quand nous jugeâmes que la fin était proche, nous attachâmes les anneaux de nos harnais aux gros anneaux fixés sur les flancs. L'instant d'après, le pont se mit à faire un angle de quatre-vingt-dix degrés, et nous nous trouvâmes suspendus par nos courroies de cuir, les pieds oscillant dans le vide à mille mètres de hauteur.

Je me balançais très près des instruments de pilotage et parvins ainsi à atteindre la manette commandant les rayons répulsifs. Le navire répondit à cette commande et, très lentement, commença sa descente vers le sol.

Nous ne prîmes contact avec celui-ci qu'au bout d'une demi-heure. Juste au nord s'étendait, tout au long, une ligne de collines assez basses. Nous décidâmes d'aller par là, pensant y trouver un abri et nous y cacher aux yeux des poursuivants qui devaient probablement suivre nos traces dans cette direction.

Une heure après, nous étions dans les anciens ruisseaux fortement érodés, au milieu des fleurs somptueuses qui abondent dans la partie aride de Mars. Nous trouvâmes là un grand nombre d'arbustes géants produisant du lait végétal, ces étranges plantes qui apportent, pour une bonne part, l'aliment et la boisson aux nombreuses troupes nomades d'Hommes Verts. Pour nous, c'était véritablement une aubaine : nous étions au bord de l'inanition.

Abrités derrière un bosquet qui offrait une cache parfaite contre les indiscrétions des avions de reconnaissance, nous nous allongeâmes pour dormir. Cela faisait de nombreuses heures que cela ne m'était pas arrivé. Nous abordions le cinquième jour de mon retour sur Mars, depuis que j'avais été brutalement transplanté depuis mon cottage sur les bords de l'Hudson à Dor, cette vallée merveilleuse et hideuse tout à la fois. Durant tout ce temps, je n'avais dormi qu'à deux reprises, même si, pour l'une de ces deux fois, j'avais fait le tour du cadran, dans la réserve des therns.

L'après-midi était à moitié écoulé, quand je fus réveillé par quelqu'un me saisissant la main et la couvrant de baisers. J'ouvris les yeux en sursaut et vis la jolie physionomie de Thuvia.

— Mon prince ! Mon prince ! s'écria-t-elle dans un état de ravissement extatique. C'est vous ! Vous que j'ai pleuré comme un mort. Mes ancêtres ont été bons pour moi ; je n'ai pas vécu en vain.

La voix de la jeune fille éveilla Xodar et Carthoris. Ce dernier la contempla avec stupéfaction, mais elle parut ne pas avoir conscience d'une autre présence que la mienne. Elle m'aurait volontiers jeté les bras autour du cou et couvert de caresses si je n'avais doucement mais fermement dénoué son enlacement.

— Allons, allons, Thuvia ! m'écriai-je pour calmer ses ardeurs. Vous êtes surexcitée par les dangers et les épreuves que vous venez de traverser. Vous vous oubliez vous-même comme vous oubliez que je suis l'époux de la princesse d'Hélium.

— Je n'oublie rien, mon prince, répliqua-t-elle. Vous ne m'avez jamais adressé un seul mot d'amour et je sais que vous ne le ferez jamais, mais cela ne peut empêcher que moi je vous aime. Je ne prendrai pas la place de Dejah Thoris. Ma plus grande ambition est de vous servir, mon prince, en qualité d'esclave. Je ne demande pas de faveur plus grande, je ne désire pas d'honneur plus élevé et je n'espère pas de bonheur supérieur.

Comme je l'ai déjà dit, je ne suis pas un homme à femmes et je dois admetre que je fus rarement aussi mal à l'aise et embarrassé qu'à ce moment-là. J'étais très familiarisé avec la tradition martienne qui autorise les hommes à avoir plusieurs esclaves femelles, leur sens de l'honneur constituant une ample protection pour toute femme habitant leur maison. En dépit de cela, pour ma part, je n'avais jamais choisi, comme serviteurs, que des hommes.

— Si je retourne à Hélium, Thuvia, repris-je, tu m'y accompagneras, mais en égale et non en tant qu'esclave. Tu trouveras là quantité d'hommes de la société nobilaire, de belle allure, qui affronteraient Issus elle-même pour gagner un sourire de toi, et nous te marierons promptement à l'un d'eux, parmi les meilleurs. Oublie cette folie passagère, due à une gratitude imaginaire, et que ton innocence t'a fait prendre pour de l'amour. Je préfère de beaucoup ton amitié, Thuvia.

— Vous êtes mon maître. Il en sera comme vous le désirez, répondit-elle simplement mais avec une pointe de tristesse dans la voix.

— Mais comment es-tu parvenue ici, Thuvia ? demandai-je. Où est Tars Tarkas ?

— Je crains fort que le grand Tharkien ne soit mort, répondit-elle tristement. C'était un grand combattant, mais il a été submergé par une multitude de guerriers verts appartenant à une autre horde que la sienne. La dernière fois que je l'ai vu, ils le transportaient, blessé et tout ensanglanté, dans la cité déserte d'où ils avaient surgi pour nous attaquer.

— Alors ! Tu n'es pas tout à fait certaine qu'il soit mort, demandai-je. Où se situe cette ville ?

— Elle est juste derrière la rangée de collines que voici. Le navire duquel vous avez si noblement sauté, pour libérer une place de manière à nous permettre de nous échapper, était trop compliqué pour obéir à nos minces connaissances de la navigation, de sorte que nous avons dérivé sans but pendant près de deux jours. Nous avons alors décidé d'abandonner cet engin et de tenter de nous frayer un passage à pied vers le canal le plus proche. Hier, nous avons traversé ces collines, approchant la cité morte qui est au-delà. Nous avions traversé ses rues et nous nous dirigions vers la place centrale quand se présenta un groupe de guerriers verts à l'intersection de deux avenues. Tars Tarkas me précédait et ils le virent sans m'apercevoir. Le Tharkien bondit en arrière, pour me rejoindre, et me força à m'abriter dans une ruelle adjacente où il me demanda de rester cachée jusqu'à ce que je puisse m'échapper et atteindre Hélium, si cela était possible. « Pour moi, il n'y a plus de fuite possible, me dit-il, car c'est une bande de Warhooniens du Sud. Quand ils auront vu le métal que je porte, ce sera un duel à mort. » Puis il me quitta pour aller au-devant d'eux. Ah ! mon prince, quel combat ! Ils l'ont assailli pendant plus d'une heure, jusqu'à ce que les Warhooniens morts forment un amoncellement au sommet duquel il se tenait. Mais finalement, ils eurent le dessus, ceux qui étaient en arrière poussant ceux de devant de telle sorte qu'il n'y eut plus d'espace pour sa grande épée. Puis il trébucha, tomba et se fit submerger. Il se trouva comme englouti par une grande vague. Lorsqu'ils le transportèrent vers le cœur de la cité, il était mort. Du moins je le crois, car il ne bougeait absolument plus.

— Avant de repartir, nous devons en être sûrs, ajoutai-je. Je ne peux laisser ainsi Tars Tarkas en vie au milieu des Warhooniens. Dès ce soir, j'entrerai dans la ville et je m'en assurerai.

— J'irai avec vous, dit Carthoris

— Moi également, ajouta Xodar.

— Ni l'un ni l'autre, rétorquai-je. C'est une mission qui nécessite de l'audace et de l'habileté et non de la force. Un homme seul peut réussir, là où plusieurs n'iraient qu'au désastre. J'irai seul. Si j'ai besoin de votre aide, je reviendrai la quérir.

Cette décision ne leur plut pas, mais tous deux étaient de bons soldats et il avait été entendu préalablement que j'assumerais le commandement. Le soleil était déjà bas et je n'eus pas longtemps à attendre avant que l'obscurité soudaine propre à Barsoom, nous eût complètement envahis.

Après quelques mots pour donner mes instructions à Carthoris et à Xodar, au cas où je ne reviendrais pas, je leur adressai mes adieux, leur souhaitant bonne chance.

Et je me mis en marche vers la cité, d'un pas rapide.

Au moment où je débouchai des collines, la lune proche effectuait, en trombe, son vol sauvage à travers le ciel, sa brillance inondant d'une couleur argent brûlé la splendeur barbare de l'ancienne métropole. La cité s'étendait sur les ondulations des collines, lesquelles dans un passé fabuleusement reculé — au point d'être indistinct — descendaient en pente douce rejoindre une mer à tout jamais disparue. Grâce à cette circonstance, je pus m'insinuer, inaperçu, dans les rues de la ville.

Les tribus vertes peuplant les vestiges de ces villes n'en occupent en général que quelques carrés, autour de la place centrale et, comme leurs mouvements se font surtout sur les anciens fonds marins, en face, il est habituellement assez aisé de pénétrer en venant par les collines.

Une fois dans les rues, je longeai l'ombre épaisse des murs, m'arrêtant un instant à chaque intersection pour bien m'assurer qu'il n'y avait personne en vue, puis bondissant dans l'obscurité du côté opposé. Je parvins ainsi à proximité de la place sans avoir été découvert. Comme je m'approchais des abords de la partie habitée, je me rendis compte de la proximité des quartiers réservés aux guerriers à cause des glapissements et des grognements des thoats et des zitidars enfermés à l'intérieur des cours formées par les immeubles entourant chaque carré.

Ces sons familiers, si caractéristiques de la vie des Martiens Verts, me firent venir un frisson de plaisir qui me parcourut entièrement. Je ressentais ce que l'on doit éprouver en rentrant chez soi après une longue absence. C'est au milieu de ces bruits que j'avais pour la première fois fait la cour à l'incomparable Dejah Thoris, dans la ville éteinte de Korad, au milieu de ses entrées monumentales séculaires tout en marbre.

Je me tenais dans l'obscurité, près d'un coin éloigné du premier carré abritant des membres de la horde, lorsque je vis des guerriers sortir de plusieurs de ces bâtiments. Tous se dirigeaient dans la même direction, vers une grande bâtisse située au centre de la place. Ma connaissance des usages en pratique chez les martiens me fit comprendre que c'était en cet endroit que siégeait le grand chef de cette communauté ; ou bien que là était la salle d'audiences du jeddak, où il rencontrait ses jeds et les chefs de moindre importance. Quoi qu'il en soit, il était évident qu'il y avait quelque chose dans l'air qui avait peut-être trait à la récente capture de Tars Tarkas.

Pour atteindre cet immeuble, ce qui maintenant me paraissait impératif, il me fallait traverser la longueur d'un des carrés et prendre, en diagonale, une avenue ainsi qu'une partie de la place. A en juger par les bruits des animaux provenant des diverses cours m'entourant, je savais que de très nombreuses personnes étaient présentes, dans les immeubles environnants : probablement plusieurs communautés des grandes hordes de Warhooniens du Sud.

Passer inaperçu parmi toute cette population était déjà en soi une tâche des plus difficiles ; mais pour ce qui était de trouver le grand Tharkien et de lui porter secours, la route semblait hérissée d'obstacles formidables avant d'aboutir à un bien problématique succès. J'avais pénétré la ville par le sud, et me trouvais maintenant à l'intersection de l'avenue, par laquelle j'étais arrivé, et de la voie bordant la place du côté sud. Les immeubles sur ce côté méridional du carré ne paraissaient pas habités : je n'y voyais aucune lumière. Aussi décidai-je de gagner la cour intérieure du grand bâtiment central, en traversant l'une de ces cours externes.

Rien n'arriva qui put contrarier ce programme. Je parvins à progresser, sans être découvert, à travers l'édifice désert que j'avais choisi et, en passant par la cour intérieure, gagnai la partie arrière de l'immeuble situé à l'est. Dans cette cour, un grand troupeau de thoats et de zitidars s'agitait nerveusement, tout en broutant la végétation ocre semblable à de la mousse dont l'immense tapis s'étendait pratiquement sur toute la surface des zones non cultivées de la planète. La brise soufflait du nord-ouest, empêchant ainsi que les bêtes ne sentent ma présence. Si elles l'avaient fait, leurs grognements auraient pris une telle ampleur que l'attention des guerriers, à l'intérieur des édifices, aurait été attirée.

Frôlant le mur oriental, sous les balcons du deuxième étage des bâtiments, je traversai avec précaution la cour sur toute sa longueur, dans une profonde obscurité, jusqu'à atteindre les immeubles de l'extrémité nord. Ceux-ci étaient éclairés sur trois étages mais, au-dessus, tout était éteint.

Traverser les pièces éclairées était évidemment hors de question, puisqu'elles regorgeaient d'Hommes et de Femmes Verts. Le seul itinéraire possible suivait les étages supérieurs et, pour y accéder, il fallait escalader la façade elle-même. Atteindre l'un des balcons du deuxième étage était relativement aisé : un bond agile m'ayant permis d'agripper une des pierres formant le garde-fou ; l'instant d'après, je m'étais hissé sur le balcon.

Là, par la fenêtre ouverte, je vis les guerriers verts, accroupis sur leurs couvertures de soie, grognant occasionnellement quelques monosyllabes, ce que leur permet leur étonnant pouvoir télépathique : un genre unique de conversation silencieuse. Comme je me rapprochais pour tenter d'en savoir davantage grâce aux quelques mots prononcés, un guerrier entra dans la pièce, venant du hall voisin.

— Viens, Tan Gama, s'écria-t-il. Il faut aller chercher le Tharkien pour l'emmener devant Kab Kadja. Prends quelqu'un d'autre avec toi.

Le guerrier apostrophé se leva, fit signe à celui qui était accroupi à côté de lui, et les trois firent demi-tour et quittèrent l'appartement.

Si je parvenais à les suivre, peut-être l'occasion se présenterait-elle de libérer Tars Tarkas rapidement. Et au moins, aurais-je la possibilité de savoir où il était détenu.

A ma droite s'ouvrait une porte donnant sur le balcon, par laquelle on accédait à l'intérieur. Le hall était spacieux et ouvrait directement sur la façade du bâtiment. De part et d'autre se trouvaient deux rangées d'appartements.

Sitôt eus-je atteint le corridor que je vis les trois guerriers à l'autre bout, ceux-là même qui venaient de quitter l'appartement. Ils tournèrent sur leur droite, hors de ma vue. Je me hâtai de franchir le hall, à leur poursuite. Ma démarche était évidemment téméraire mais je pensais que le Destin m'avait été favorable pour m'apporter une telle aubaine et je ne pouvais la laisser échapper maintenant.

Je découvris, au bout du corridor, un escalier en spirale menant aux étages inférieurs et encore au-dessous. Les trois guerriers l'avaient forcément emprunté. La connaissance que j'avais de ces anciens bâtiments et des usages en l'honneur chez les Warhooniens me permit de déduire qu'ils l'avaient descendu et non monté. J'avais été moi-même détenu par les cruels Warhooniens du Nord et le souvenir des cachots souterrains où j'avais croupi était resté vivace en moi. Aussi étais-je certain que Tars Tarkas devait se trouver dans un des puits obscurs d'un bâtiment proche. A suivre cette direction, je retrouverais la trace des trois guerriers, menant à sa cellule.

Je ne me trompais pas. A l'extrémité de la spirale, ou plutôt, sur le plancher de l'étage inférieur, je vis que le puits aboutissait aux fosses en contrebas. En regardant vers le bas, j'aperçus la lumière vacillante qui révélait la présence de ceux que je m'efforçais de suivre.

Ils descendirent vers les puits creusés sous les fondations, et je pus suivre la flamme tremblotante de leur torche, à quelque distance en arrière. Le chemin devenait un véritable labyrinthe de couloirs obscurs, éclairé seulement par la lumière vacillante qu'ils transportaient. Nous avions parcouru une centaine de mètres quand les trois hommes tournèrent subitement vers une porte à leur droite. Je pressai le pas, autant que je le pus dans l'obscurité où je me trouvais, jusqu'à atteindre le point où ils avaient quitté le couloir central. Là, par une porte ouverte, je les vis retirer les chaînes qui attachaient le grand Tharkien Tars Tarkas au mur. En les bousculant quelque peu, ils sortirent de la cellule, si rapidement en fait que je fus bien sur le point d'être surpris. Mais j'avais pu continuer à longer le corridor dans la direction que j'avais suivie lorsque j'étais lancé à leur poursuite, et cela sur une distance suffisamment longue pour me retrouver à l'extérieur du halo de leur faible lampe au moment où ils étaient sortis de la cellule.

J'avais tout naturellement supposé qu'ils reprendraient le même chemin avec Tars Tarkas, ce qui les aurait éloignés ; mais, à ma vive déception, ils se tournèrent et se dirigèrent directement vers moi en quittant la geôle. Je n'avais d'autre ressource que de les précéder, du plus vite que je pouvais, en évitant soigneusement d'être pris dans la lumière de la torche. Je n'osai pas me réfugier dans l'obscurité d'une intersection de corridors car je ne savais rien de leur trajet et le hasard aurait très bien pu me placer précisément dans le souterrain où ils auraient choisi d'entrer.

La sensation éprouvée lors de cette course haletante dans des galeries sombres était rien moins que rassurante. J'ignorais si je n'allais pas, à chaque pas, tomber la tête la première dans une fosse horrible, ou me trouver face à face avec une de ces créatures vampiriques qui vivent dans ces lieux inférieurs, sous les cités mortes de Mars la moribonde.

Une faible lueur filtrait de la torche des hommes, derrière moi, juste assez pour me permettre de deviner la direction des passages sinueux qui s'ouvraient devant moi et m'éviter aussi de me heurter contre les murs des tournants.

J'arrivai, à un moment, en un endroit où cinq souterrains divergeaient d'une intersection. Je me hâtai dans l'un d'eux, ne parcourant qu'une distance limitée quand, subitement, la faible lueur de la torche disparut. Je m'arrêtai pour écouter le bruit des pas derrière moi comme auparavant, mais le silence était retombé, pareil à celui d'une tombe.

Comprenant alors que les guerriers avaient pris l'un des quatre autres couloirs, je me dépêchai de revenir en arrière, tout en me sentant finalement soulagé de ma nouvelle position par rapport à eux : je les suivais et n'avais plus à fuir devant eux. Mais il était beaucoup plus lent de revenir sur mes pas, en effet, le noir était maintenant aussi profond que le silence.

Il me fallait vérifier chaque pas et palper le mur de mes mains, en tâtonnant à l'aveuglette, pour ne pas dépasser sans le savoir, le carrefour des cinq chemins. J'atteignis enfin cet endroit, mais après un temps qui me parut une éternité. Je le reconnus après en avoir fait le tour et compté cinq ouvertures d'où n'apparaissait plus aucune lumière !

Je tendis fébrilement l'oreille, mais les pieds nus des Hommes Verts ne renvoyaient aucun écho. Il me sembla bien distinguer un bruit d'armes entrechoquées, au loin dans le souterrain du milieu, ce qui me fit m'y précipiter en quête de la lumière. Puis je m'arrêtai pour écouter à nouveau le bruit. Finalement, je fus contraint d'admettre que j'avais dû suivre une fausse piste, car je ne vis qu'obscurité et n'entendis absolument rien, malgré tous mes efforts.

Je repris vite en sens inverse, pour retrouver le carrefour et, à ma grande surprise, me retrouvai à l'entrée de trois corridors divergents, bifurcation que j'avais dû traverser dans ma précipitation à revenir en arrière, en m'apercevant que j'avais fait fausse route. Je me trouvais dans un fameux pétrin, en vérité ! Une fois revenu au carrefour des cinq voies, je pouvais attendre là, avec quelque certitude, le retour des guerriers ramenant Tars Tarkas. Ma connaissance de leurs usages laissait supposer qu'on l'avait amené pour entendre la sentence prise contre lui. Je ne doutais pas qu'un combattant aussi vaillant que le grand Tharkien ne fût momentanément préservé en prévision du spectacle rare qu'il pourrait offrir lors des Grands Jeux.

Oui ! mais à moins de retrouver cet endroit précis, j'avais toute chance d'errer pendant des jours et des jours dans cette effrayante obscurité, jusqu'à ce que, épuisé de faim et de soif, je me couche par terre pour me laisser mourir, ou...

Mais qu'est-ce que c'était que cela ?

Un léger bruit de frottement venait de me parvenir de derrière. Je jetai un coup d'œil par-dessus mon épaule et mon sang se glaça dans les veines quand je vis la chose. Ce n'était point tant la peur du danger présent que le souvenir horrifiant de cette époque où, ayant tué mon gardien dans les cachots des Warhooniens, des yeux de feu apparurent, venus de profondeurs obscures. Ils appartenaient alors à une bête invisible, qui entraîna la chose qui avait été un homme, l'arrachant de ma prise. J'avais entendu râcler le sol pierreux de ma prison, quand la mystérieuse créature l'avait lentement tiré pour en faire un horrible festin.

Et, dans ces puits sombres d'autres Warhooniens, je retrouvais ces mêmes yeux étincelants, me fixant de leurs feux, dans cette terrible obscurité, sans révéler en aucune manière quelle sorte de bête se trouvait par-derrière ! Je pense que l'attribut principal que l'on peut donner à cette créature cauchemardesque, c'est son silence absolu, ainsi que la particularité de ne jamais pouvoir la voir : on ne distingue rien sinon ces yeux phosphorescents très cruels qui regardent dans le vide obscur sans jamais ciller.

Empoignant solidement ma longue épée, je reculai lentement dans le boyau pour m'éloigner de cette chose qui me guettait mais, plus je me reculais, plus les yeux se rapprochaient, toujours sans autre bruit que le bruit d'un frottement, comme si on avait traîné un membre mort. C'est ce bruit qui avait attiré mon attention en premier lieu.

Je me déplaçai petit à petit, mais ne pus échapper à mon sinistre poursuivant. Soudain, j'entendis le bruit de frottement sur ma droite et, regardant dans cette direction, je vis une autre paire d'yeux s'avançant depuis un corridor coupant celui où j'étais. Je repris ma lente retraite mais pour entendre toujours le même bruit se répéter derrière moi, puis, avant même de m'être retourné, il en vint un autre à ma gauche.

J'étais cerné ; il y en avait tout autour de moi. Les bêtes m'entouraient, à la faveur de l'intersection de deux boyaux. Toute retraite m'était interdite, dans quelque direction que ce fût, à moins que je n'en attaque une. Et même ainsi, je ne doutais pas que les autres ne m'auraient attaqué aussitôt dans le dos. Je ne pouvais même pas avoir la moindre idée de la taille et de la nature de ces étranges créatures ; mais qu'elles fussent de belle proportion, c'était plus que probable car leurs yeux étaient au niveau des miens.

Pourquoi l'obscurité amplifie-t-elle à ce point les dangers encourus ? De jour, j'aurais attaqué le grand banth lui-même, si cela avait été nécessaire, mais environné par le noir absolu et le silence total de ces fosses, j'hésitais devant une paire d'yeux.

Je vis bientôt que tout allait se dénouer très vite et sans que j'y fusse pour grand-chose. En effet, les yeux se rapprochaient lentement à ma droite, à ma gauche, derrière et devant, également. Ils étaient là, de plus en plus près. Et toujours cet effrayant silence !

Il m'a semblé que ce mouvement d'approche, imperceptible mais certain, dura des heures ; jusqu'à ce que j'eusse l'impression de devenir fou tant l'horreur était grande. J'avais constamment tourné sur moi-même, pour prévenir une attaque subite dans mon dos, mais j'étais maintenant complètement exténué. Je finis par ne plus pouvoir en supporter davantage. Prenant ma longue épée à pleine main, je me lançai subitement et attaquai un de mes tyrans.

Au moment où j'étais pratiquement sur elle, la chose se déroba avec une soudaineté incroyable. Un son venu de derrière moi me fit aussitôt pivoter sur place, juste à temps pour voir trois paires d'yeux qui se ruaient sur moi, par-derrière. Avec un cri de rage, je me retournai pour faire face à cette attaque en traître, mais comme je m'avançais, elles reculèrent, exactement comme l'avait fait la première bête. Un coup d'œil par-dessus mon épaule m'indiqua que celle-ci avait profité de mon retournement pour s'avancer à nouveau furtivement. Je la chargeai une nouvelle fois, mais ses yeux reculèrent de nouveau et j'entendis le bruit sourd que faisait derrière moi l'avance des trois choses dans ma direction.

Nous continuâmes ainsi ce petit manège, à la différence près qu'à chaque fois les yeux arrivaient plus près que précédemment. Je crus devenir fou sous la tension terrible d'un tel combat. On aurait dit que mes adversaires le sentaient et j'eus l'impression qu'ils n'attendaient que cet instant pour bondir sur moi. Ils n'auraient certainement plus à attendre longtemps : je ne supportais plus la tension que m'imposaient indéfiniment ces attaques et ces contre-attaques. En fait, je me sentais faiblir, tant physiquement que mentalement.

Un coup d'œil me convainquit, à cet instant, que la

créature se trouvant derrière moi attaquait par un bond soudain. Je me retournai donc pour faire front à cette menace et, bien sûr, les trois paires d'yeux en profitèrent pour se rapprocher aussi. Mais, au lieu de me retourner, je poursuivis mon action contre celle vers laquelle je m'étais d'abord retourné. J'espérais ainsi en finir avec elle et me trouver soulagé pour affronter les autres.

Il n'y avait toujours aucun bruit dans les boyaux, sinon celui de ma propre respiration, mais je sus intuitivement que les trois bêtes étaient pratiquement sur moi. Les yeux me faisant face ne reculaient plus aussi rapidement maintenant, et je n'en étais plus qu'à une portée d'épée. Je levai ma lame pour assener le coup qui allait me libérer et, à ce moment, je sentis un corps s'abattre lourdement sur mon dos. Un être froid, moite et gluant vint s'enrouler autour de mon cou. Je trébuchai et tombai.

CHAPITRE XV

Poursuivants et poursuivis

La perte de conscience ne dura que quelques secondes et, pourtant, je suis certain d'avoir été inconscient, puisque ce qui me fit revenir à moi était une luminosité croissante dans le boyau. Les yeux avaient disparu. Je n'avais aucune blessure, sinon une légère contusion au front, là où en tombant j'étais venu frapper contre une dalle de pierre.

Je bondis sur mes pieds pour m'assurer de l'origine de cette lumière subite : elle provenait d'une torche que portait un des quatre Hommes Verts qui arrivaient rapidement par le tunnel dans lequel je me trouvais. Ils ne m'avaient pas encore aperçu, aussi pus-je disparaître promptement en me glissant dans une intersection, sans toutefois trop m'y enfoncer comme je l'avais fait précédemment, ce qui m'avait fait égarer et perdre le cortège de Tars Tarkas et de ses gardes.

Le groupe se rapprochait rapidement de l'ouverture du souterrain dans lequel je me cachais en m'adossant contre la paroi. Ils passèrent, et je poussai un soupir de soulagement ; ils ne m'avaient pas découvert. Mieux encore, c'était le même petit groupe qu'à l'aller, celui que j'avais déjà pisté dans ces souterrains : Tars Tarkas et ses trois gardiens.

Je les suivis et nous fûmes bientôt à hauteur de la cellule où le grand Tharkien avait été enchaîné. Deux des hommes restèrent dehors tandis que le troisième, qui détenait les clés, entra avec le prisonnier pour l'enchaîner à nouveau. Les deux premiers se dirigèrent lentement vers l'escalier en spirale qui aboutissait à ces souterrains et, au bout d'un moment, ils furent hors de vue, cachés par un détour de couloir.

La torche était restée posée dans une encoche à côté de la porte, et sa lumière éclairait à la fois le corridor et la cellule. Quand les deux hommes disparurent, je m'approchai de l'entrée du cachot avec en tête un plan bien défini.

Bien qu'il me répugnât de mettre à exécution le projet dont j'avais eu l'idée, il ne semblait pas exister d'autre solution si je voulais retrouver notre petit camp dans les collines en compagnie de Tars Tarkas.

Appuyé contre le mur, je me plaçai près de la porte du cachot, tenant mon épée à deux mains au-dessus de la tête, et j'attendis la sortie du gardien pour lui en assener un coup sur le crâne. Inutile de décrire ce qui se passa, après que j'eus entendu ses pas approcher de l'endroit où j'étais dissimulé. Qu'il suffise de dire que, une ou deux minutes après, Tars Tarkas, la torche en main, et portant le métal d'un chef des Warhooniens, se précipitait dans le tunnel vers l'escalier en spirale. Il était suivi, à une douzaine de pas, par John Carter, prince d'Hélium.

Les deux compagnons de l'homme qui gisait maintenant étendu devant la porte de la cellule où avait été détenu Tars Tarkas commençaient à gravir le plan incliné quand le Tharkien apparut.

— Pourquoi as-tu été si long, Tan Gama ? lui cria un des hommes.

— J'ai eu des ennuis avec une serrure, répondit Tars Tarkas, et puis je m'aperçois que j'ai laissé mon épée courte dans la cellule du Tharkien. Allez, continuez ! Moi, je retourne la chercher !

— Comme tu voudras, Tan Gama, reprit celui qui avait parlé. On te retrouvera en haut, directement.

— Oui ! approuva Tars Tarkas et il rebroussa chemin, comme s'il retournait à la geôle, mais il se contenta d'attendre que les deux hommes eussent disparu à l'étage au-dessus. Puis je le rejoignis, nous éteignîmes la torche et gravîmes ensemble le plan incliné en spirale qui accédait aux étages supérieurs du bâtiment.

Au premier étage nous nous rendîmes compte que le couloir s'arrêtait après n'avoir traversé que la moitié de l'immeuble et qu'il fallait ensuite, pour atteindre la cour, traverser une pièce située à l'arrière qui était pleine d'Hommes Verts. Il n'y avait donc qu'une solution : gagner le deuxième étage et l'autre couloir, celui que j'avais emprunté et qui traversait l'édifice sur toute sa longueur.

Nous montâmes prudemment, car nous entendions le son de conversations animées qui émanaient de la pièce au-dessus. Mais le hall restait éteint et nous ne vîmes personne tandis que nous gagnions le haut de la rampe. Nous nous hâtâmes d'enfiler le vestibule, fort long, et atteignîmes le balcon qui dominait la cour intérieure sans avoir été repérés.

A notre droite se trouvait la fenêtre donnant sur la pièce dans laquelle j'avais vu Tan Gama et les autres guerriers partir vers la cellule de Tars Tarkas, un peu plus tôt dans la soirée. Ses compagnons étaient de retour et nous entendîmes une partie de leur conversation.

— Mais qu'est-ce qui peut bien retenir Tan Gama ? dit l'un d'eux.

— Il n'a pas eu besoin de tout ce temps-là pour aller chercher son épée courte dans le cachot du Tharkien, ajouta l'autre.

— Son épée courte ? reprit une voix de femme, interloquée. Que voulez-vous dire ?

— Tan Gama s'est aperçu qu'il avait oublié son épée courte dans la cellule du Tharkien, expliqua le premier interlocuteur, et il nous a laissés devant la rampe pour retourner la chercher !

— Mais Tan Gama n'avait pas son épée courte, ce soir, rétorqua alors la femme. Elle s'est cassée aujourd'hui au cours du combat avec le Tharkien, justement, et Tan Gama me l'a donnée à réparer. Tenez, la voilà !

Et tout en parlant, elle sortit l'épée courte de l'amoncellement de soieries et de fourrures de sa couche.

Les guerriers bondirent.

— Il y a quelque chose d'anormal dans tout cela ! s'écria l'un d'eux.

— C'est aussi ce que je pense ; et d'ailleurs il m'a semblé que Tan Gama avait une drôle de voix quand il nous a laissés à la rampe.

— Venez ! Retournons vite aux fosses !

Nous attendîmes encore mais n'entendîmes plus rien. Ajustant les sangles de mon harnachement, j'en formais une longue courroie et fis descendre Tars Tarkas dans la cour qui se situait au-dessous de nous. Et, un instant plus tard, je sautai à ses côtés.

A peine une douzaine de mots avaient pu être échangés entre nous, depuis le moment où j'avais abattu Tan Gama devant la porte, et aperçu, à la lueur de la torche, l'expression stupéfaite sur le visage du grand Tharkien qui s'était contenté d'affirmer alors :

— Je devrais être maintenant tout à fait habitué à ne plus m'étonner de rien de ce que John Carter accomplit.

Ce fut tout. Il n'eut pas besoin de me faire savoir combien il appréciait cette amitié qui m'avait conduit à mettre en péril ma propre vie pour lui porter secours, ni de me dire qu'il était heureux de me revoir.

Ce féroce guerrier vert avait été le tout premier à m'accueillir en ce jour, où j'étais arrivé pour la première fois sur la planète Mars, vingt ans auparavant. Il m'avait reçu en brandissant sa lance, la haine au cœur, et m'avait attaqué en se penchant très bas sur le flanc de son puissant thoat, alors que je me trouvais devant l'incubateur de sa horde, au fond de la mer Morte, non loin de Korad. Pourtant à présent, parmi les habitants de deux mondes, je n'avais pas d'ami plus sincère et plus dévoué que Tars Tarkas, jeddak des Tharkiens.

Atteignant la cour, nous nous dissimulâmes sous le balcon pendant un moment, afin de discuter de nos plans.

— Nous voilà cinq maintenant Tars Tarkas, dis-je, Thuvia, Xodar, Carthoris et nous deux. Il faudra donc cinq thoats pour nous transporter.

— Carthoris ! s'écria-t-il. Votre fils ?

— Oui ! Je l'ai trouvé dans une prison de Shador, sur la mer d'Omean, dans le pays des Premiers-Nés.

— Je ne connais aucun de ces endroits, John Carter. Se trouvent-ils sur Barsoom ?

— Ils sont sur Barsoom et au-dessous, ami. Attendez un peu d'avoir complètement réussi votre évasion et vous entendrez le plus étrange des récits qu'un Barsoomien des mondes extérieurs aura jamais eu à connaître. Mais, maintenant, hâtons-nous de dérober les thoats et allons loin au nord avant que ces gens n'aient découvert comment ils ont été bernés.

Nous atteignîmes sains et saufs les grandes portes à l'extrême limite de la vaste cour intérieure. Nous devions les franchir avec nos thoats pour gagner la voie se trouvant de l'autre côté.

Ce n'est pas une mince affaire que de mener cinq de ces énormes bêtes, d'une grande férocité, qui, par nature, s'avèrent aussi sauvages que leurs maîtres et qui ne peuvent être soumises que par la cruauté et la force brute.

Quand nous en approchâmes, ils reniflèrent notre odeur inhabituelle et nous encerclèrent en poussant des cris perçants pleins de rage. Dressés, leurs cous massifs, très longs, plaçaient leurs grandes bouches béantes bien au-dessus de nos têtes. Ils ont déjà au repos l'aspect de brutes redoutables mais si on les irrite alors leur apparence trahit leur état et ils sont au moins aussi dangereux qu'ils en ont l'air. Leur taille à l'épaule atteint déjà les trois mètres. Leur cuir sans poil est luisant, de couleur ardoise foncée sur le dos et les flancs, et il s'éclaircit à mesure que l'on descend le long de leurs huit pattes, pour s'achever en jaune vif sur les pieds, dépourvus de griffes, pieds très gros et dotés de larges coussinets rendant leur marche très silencieuse. Le ventre est entièrement blanc. Une queue plate, plus large à l'extrémité qu'à la naissance, complète la silhouette de la monture des Martiens Verts : c'est un coursier de guerre parfaitement adapté à ce peuple belliqueux.

Il n'est pas besoin de rênes ou de bride, les thoats étant guidés par les seuls moyens télépathiques. Il nous fallait maintenant en trouver deux qui obéissent à nos ordres mentaux. Ils nous chargeaient, mais nous parvînmes à les mater suffisamment pour empêcher une attaque générale. Cependant, le vacarme de leurs glapissements, s'il se prolongeait trop, risquait fort d'attirer des guerriers curieux d'éclaircir la cause de cette agitation.

Je fus enfin assez heureux pour atteindre le flanc d'une énorme bête et, avant même qu'elle ne se doutât de ce que je voulais faire, j'étais fermement assis à califourchon sur son dos lustré. Quelques instants plus tard, Tars Tarkas en avait fait autant de son côté. Il ne nous resta plus entre nous deux, qu'à conduire trois autres thoats en direction des grandes portes de la ville.

Tars Tarkas partit en avant et, se penchant jusqu'à atteindre le loquet, ouvrit la barrière, pendant que je retenais les thoats sans cavaliers, pour les empêcher de retrouver avec le reste du troupeau. Puis nous passâmes les portes ensemble, avec nos montures volées, et empruntâmes l'avenue. Ensuite, sans perdre le temps de refermer les portes, nous piquâmes à toute allure en direction des limites méridionales de la ville.

Cette évasion s'était, jusque-là, déroulée à merveille, et la chance ne nous abandonna pas. En effet, nous dépassâmes les abords de la ville morte et parvînmes à notre campement, sans avoir entendu le moindre bruit de poursuite.

Je sifflai doucement, et ce signal convenu prévint les autres membres de la petite troupe de notre retour. Nos trois compagnons nous accueillirent avec un enthousiasme débordant.

Nous perdîmes peu de temps à conter nos aventures. Tars Tarkas et Carthoris échangèrent les salutations pleines de dignité, traditionnelles sur Barsoom. Ils le firent sans effusion, mais j'eus l'intuition que le Tharkien aimait mon fils et que ce dernier lui rendait son affection. Les présentations de Xodar et de Tars Tarkas se firent selon les règles.

Thuvia fut ensuite hissée sur le thoat le moins agité ; Xodar et Carthoris enfourchèrent deux autres montures et nous fîmes diligence, en direction de l'est. Arrivés en vue de la cité , nous obliquâmes franchement vers le nord et, sous la lumière éblouissante des deux lunes, nous nous lançâmes sans bruit, à travers le fond de l'ancienne mer. Nous nous éloignions ainsi des Warhooniens et des Premiers-Nés, mais allions vers de nouveaux dangers et des aventures que nous ne pouvions prévoir.

Le lendemain vers midi, nous fîmes halte pour que montures et cavaliers se reposent. Les bêtes furent entravées, de manière à pouvoir se mouvoir lentement en broutant la végétation ocre de mousses qui, lors des déplacements, constitue à la fois leur nourriture et leur boisson. Thuvia se porta volontaire pour assurer la garde tandis que nous nous accordions une heure de sommeil.

Il me sembla avoir juste eu le temps de fermer les yeux, quand je sentis sa main sur mon épaule. J'entendis alors sa douce voix m'avertir d'un nouveau danger.

— Debout, ô prince ! murmura-t-elle, un important groupe de poursuivants vient d'apparaître.

La fille, debout, désignait la direction d'où nous venions. Je me levai pour regarder et aperçus effectivement une fine ligne sombre au ras de l'horizon. J'éveillai les autres. Tars Tarkas, dont la haute stature nous dominait largement, était celui qui voyait le plus loin.

— Un vaste détachement d'hommes montés arrive à grande allure.

Il n'y avait pas de temps à perdre. Nous sautâmes sur nos thoats après avoir ôté leurs entraves puis, mettant de nouveau cap au nord, reprîmes notre course en nous réglant sur la meilleure allure de notre bête la plus lente.

Nous progressâmes ainsi le reste de la journée et toute la nuit suivante dans cette végétation ocre. Nos poursuivants, à nos trousses, gagnaient sans cesse du terrain. Lentement mais sûrement, la distance nous séparant d'eux diminuait. Juste avant la nuit, ils avaient été assez proches pour que l'on pût distinguer nettement qu'il s'agissait d'un détachement de Martiens Verts. En outre, toute la nuit, nous entendîmes très distinctement derrière nous le cliquetis produit par les pièces de leur équipement.

Au lever du soleil, le deuxième jour de notre fuite, la horde poursuivante était à moins d'un kilomètre de nous. Lorsqu'ils nous virent, un cri de triomphe diabolique parcourut leurs rangs.

Une ligne de collines s'élevait à quelques kilomètres devant nous. Il s'agissait de l'ancien rivage délimitant la mer que nous avions traversée. Allions-nous pouvoir les atteindre ? Dans ce cas, nos chances d'échapper augmenteraient. Seulement, le destrier de Thuvia, bien que portant le fardeau le plus léger, manifestait des signes d'épuisement. J'avançais à côté d'elle, quand je vis son thoat chanceler et se déporter contre le mien. Avant qu'il ne s'écroulât, j'attrapai la fille et la fis passer derrière moi, sur mon propre thoat, où elle s'agrippa à moi, en entourant ma taille de ses bras.

Ce double fardeau s'avéra rapidement trop lourd pour ma bête déjà exténuée. Notre vitesse s'en trouva terriblement diminuée, les autres ne devant aller plus vite que le plus lent d'entre nous. Dans tout ce petit groupe, tous étaient solidaires et nul n'aurait voulu abandonner qui que ce fût. Et pourtant, quelle disparité ! Nous ne venions pas du même pays, n'avions pas la même couleur de peau, n'étions pas de la même race, ni de la même religion et l'un d'entre nous n'appartenait même pas au même monde !

Nous étions tout près des collines, mais les Warhooniens se rapprochaient si vite, que nous avions perdu tout espoir de les atteindre à temps. Thuvia et moi fermions la marche, car notre thoat traînait de plus en plus. Je sentis subitement les lèvres tièdes de la jeune fille me donner un baiser appuyé sur l'épaule :

— Pour l'amour de toi, ô mon prince ! murmura-t-elle.

Puis elle détacha son bras d'autour de ma taille et disparut.

Je me retournai et constatai qu'elle s'était volontairement laissée glisser au sol sur le chemin même des cruels démons nous poursuivant. Elle avait sans doute pensé que l'allégement du fardeau de ma monture me permettrait de me réfugier dans les collines plus aisément. La pauvre enfant ! C'était mal connaître John Carter !

Tournant bride, je me précipitai vers elle, espérant la rejoindre et la remettre en croupe pour poursuivre notre fuite sans espoir. Carthoris avait dû regarder derrière lui à peu près au même moment et avait certainement compris la situation car, le temps pour moi de rejoindre Thuvia, il était également là. C'est lui qui mit pied à terre, saisit la jeune fille, la jeta sur le dos de son propre thoat. Puis après avoir dirigé la tête de l'animal vers les collines, il donna à celui-ci un fort coup de plat d'épée sur la croupe. Ensuite, il tenta de faire de même avec ma bête.

Le sacrifice chevaleresque de ce courageux jeune

homme me remplit de fierté et peu m'importait qu'il nous eût coûté nos derniers espoirs de fuite. Les Warhooniens étaient maintenant presque sur nous. Tars Tarkas et Xodar avaient également constaté notre absence et revenaient promptement à notre secours.

Au fond, tout concourait à conclure magnifiquement mon second voyage sur Barsoom. Bien sûr, j'étais navré de devoir mourir ainsi, sans avoir revu ma divine princesse ni l'avoir serrée dans mes bras une dernière fois, ne serait-ce qu'un instant mais, puisque ce n'était pas écrit dans le grand livre du Destin, je devais tirer le meilleur parti de ce qui m'était alloué et, durant les quelques instants qui m'étaient encore accordés, avant que je ne gagne un futur indevinable, je pouvais produire une telle impression dans le domaine qui était le mien que les Warhooniens du Sud en parleraient encore au bout de la vingtième génération.

Comme Carthoris n'avait plus de monture, je glissai au bas de mon thoat et pris ma place à ses côtés pour affronter la charge des démons hurlants qui allaient nous tomber dessus. Quelques instants plus tard, Tars Tarkas et Xodar en firent de même. Ils se placèrent de chaque côté de nous et relâchèrent leurs montures de façon que nous soyons tous les quatre sur un pied d'égalité.

Les Warhooniens n'étaient plus qu'à une centaine de mètres, quand le bruit sourd d'une détonation nous parvint par-derrière et au-dessus de nous. Presque au même instant un obus explosa dans les rangs avancés des attaquants. Une totale confusion s'empara d'eux : une centaine de guerriers étaient étendus sur le sol ; des thoats démontés tombaient au milieu des blessés, des morts et des mourants. Des cavaliers simplement démontés furent piétinés au cours de la débandade qui s'ensuivit. Toute apparence d'ordre avait déserté les rangs des Hommes Verts et, quand ils eurent levé la tête pour voir d'où venait cette attaque subite, ce désordre devint retraite, puis la retraite une véritable panique. Ils s'enfuirent bientôt comme des déments, avec autant de frénésie qu'ils en mettaient, quelques secondes auparavant, pour nous attaquer.

Nous nous retournâmes dans la direction d'où était partie la première détonation. Nous vîmes alors, émergeant juste au-dessus du sommet d'une colline proche, un immense aéronef de guerre qui flottait majestueusement dans les airs. Son canon de proue tonna à nouveau, alors que nous le contemplions, et un autre obus vint éclater parmi les Warhooniens en déroute.

Il se rapprocha et je ne pus réprimer un cri d'allégresse : sur la proue s'étalait l'emblème d'Hélium !

CHAPITRE XVI

En état d'arrestation

Carthoris, Xodar, Tars Tarkas et moi étions là à contempler ce magnifique vaisseau qui signifiait tant pour nous lorsque nous en vîmes un deuxième, puis un troisième, surgir par-dessus les collines, et glisser avec grâce à la suite du premier.

Puis, une vingtaine d'appareils de reconnaissance pilotés par un seul homme se détachèrent des ponts supérieurs du navire le plus proche, et, bientôt, d'autres les rejoignirent, et tous descendirent en piqué à grande vitesse, avant de se poser tout autour de nous.

Nous fûmes rapidement entourés par des marins en armes et par un officier. Celui-ci s'avançait pour s'adresser à nous, quand ses yeux tombèrent sur Carthoris. Il eut une exclamation d'agréable surprise, se précipita vers lui, et, plaçant ses mains sur les épaules du jeune homme, l'appela par son nom.

— Carthoris, mon prince, s'écria-t-il. Kaor ! Kaor ! Vastus salue le fils de Dejah Thoris, princesse d'Hélium et de son mari John Carter. Où étiez-vous donc, ô mon prince ? Tout Hélium était plongé dans le désespoir ! Des calamités terribles se sont abattues sur la puissante nation de notre seigneur votre grand-père, depuis le jour fatal de votre départ.

— Ne te désole plus, mon bon Hor Vastus, s'écria Carthoris, puisque je ne reviens pas seul pour égayer le cœur de ma mère et celui de mon peuple bien-aimé. Je suis avec celui que Barsoom aime le plus, son plus grand guerrier et son sauveur, John Carter, prince d'Hélium !

Hor Vastus se tourna dans la direction que lui indiquait Carthoris et, quand son regard me rencontra, il fut sur le point de tomber à la renverse, tant sa stupéfaction était totale.

— John Carter ! s'exclama-t-il.

Soudain, un trouble passa dans son regard :

— Mon prince, reprit-il, où étiez-vous ?...

Il s'arrêta net, mais je savais quelle question lui brûlait les lèvres, qu'il n'osait poser. Le loyal compagnon ne voulait pas être celui qui m'obligerait à confesser la terrible vérité, à reconnaître que j'étais de retour des profondeurs d'Iss, la rivière du Mystère, à avouer que je revenais de la mer perdue de Korus et de la vallée de Dor.

— Ah ! mon prince ! continua-t-il, comme si aucune pensée n'était venue interrompre le cours de ses salutations, que vous soyez de retour suffit. L'épée de Hor Vastus aura le grand honneur d'être la première à vos pieds.

Sur ces mots, le noble soldat dégrafa son baudrier et jeta son épée, par terre, à mes pieds.

Pour bien comprendre toute la profondeur que cet acte tout simple revêtit pour moi et pour tous ceux qui en furent les témoins, il faut connaître les coutumes et le caractère des Martiens Rouges. Cela revenait à dire : « Mon épée, ma personne, ma vie, mon âme sont tiennes et tu peux en faire tout ce que tu désires. Jusqu'à la mort et même au-delà, je te considère comme le seul chef pour le moindre de mes actes. Que tu aies raison ou tort, ton avis sera ma seule vérité. Quiconque lève la main sur toi devra en répondre devant mon épée. »

C'est l'allégeance de fidélité que certains hommes font, quelquefois, à un jeddak dont le caractère élevé et les actes chevaleresques ont inspiré des sentiments d'admiration et d'affection sans borne à ses partisans. Je n'avais encore jamais vu ce tribut accordé à un mortel de rang inférieur. Une seule réponse était possible : me baissant pour ramasser l'arme jetée à terre, j'en portai la garde à mes lèvres puis, marchant vers Hor Vastus, je le ceignis de son épée de mes propres mains.

— Hor Vastus ! dis-je en posant ma main sur son épaule, tu connais mieux que quiconque l'emportement de ton cœur généreux. Que j'aie besoin dans l'avenir des services de ton épée, cela ne fait aucun doute, mais reçois de John Carter, sur son honneur sacré, l'assurance qu'il ne te demandera jamais de tirer cette épée que pour défendre la vérité, la justice et la vertu.

— Je le savais, mon prince, avant même d'avoir jeté ma lame bien-aimée à vos pieds, répondit-il.

Alors que nous parlions ainsi, des appareils venus de l'aéronef de guerre s'étaient posés au sol, tandis que d'autres avaient décollé pour retourner vers l'immense vaisseau. Un appareil plus important, capable de transporter une douzaine de passagers, fut bientôt lancé depuis le gros aéronef, et il se dirigea vers nous avec grâce. Alors qu'il atterrissait, un officier sauta du pont, et, s'avançant vers Hor Vastus, le salua.

— Kantos Kan désire voir immédiatement transféré

sur le pont du *Xavarian* le groupe que nous avons secouru.

Sur le point d'embarquer dans le petit appareil, je cherchai des yeux les membres de notre petit groupe et remarquai alors, pour la première fois, que Thuvia n'était pas parmi nous. Je questionnai mes compagnons : nul ne l'avait revue depuis que Carthoris avait lancé son thoat dans un galop effréné en direction des collines, dans l'espoir de la sauver des griffes de nos assaillants.

Hor Vastus envoya aussitôt à sa recherche une douzaine d'engins de reconnaissance dans toutes les directions. Il paraissait impossible qu'elle ait pu s'éloigner beaucoup de l'endroit où nous l'avions vue en dernier. Quant à nous, prenant place sur le pont de la navette dépêchée pour assurer notre transfert, nous étions quelques intants plus tard sur le pont du *Xavarian*.

Le premier à nous accueillir fut Kantos Kan luimême. Mon vieil ami avait franchi les échelons et était parvenu à la première place dans la flotte aérienne d'Hélium. Mais il restait, pour moi, le même brave camarade qui avait partagé les privations dans les cachots des Warhooniens, les terribles atrocités des Grands Jeux et, par la suite, les dangers que nous avions rencontrés en cherchant à retrouver Dejah Thoris dans la ville hostile de Zodanga.

J'étais alors un vagabond inconnu errant sur une étrange planète, et lui était simple fadwar dans la flotte d'Hélium. Maintenant, il commandait en chef tous ces vaisseaux qui étaient la terreur des cieux ; quant à moi, j'étais prince de la maison de Tardos Mor, teddak d'Hélium.

Il ne me demanda pas où j'avais été. Lui aussi, comme Hor Vastus, il redoutait la vérité et ne voulait pas être le premier à recueillir un aveu de ma part. Cela viendrait bien, à un moment ou un autre mais, en attendant, il se contentait amplement de me savoir de nouveau avec lui. Il salua Carthoris et Tars Tarkas avec chaleur, sans leur demander le moins du monde où ils avaient été. Il pouvait difficilement détacher ses mains de celles du garçon.

— Vous ne pouvez savoir, John Carter, combien votre fils est aimé, à Hélium. C'est comme si l'amour du peuple pour son père et sa pauvre mère avait été reporté sur lui. Quand la nouvelle de sa disparition s'est répandue, dix millions de personnes ont pleuré.

— Que voulez-vous dire, Kantos Kan, par « sa pauvre mère » ? murmurai-je.

Ces mots me paraissaient en effet pleins d'une funeste signification, que je ne parvenais pas à apprécier.

Il me prit à part.

— Voilà un an que Dejah Thoris, écrasée de chagrin, porte le deuil de son enfant perdu. Elle l'a porté dès lors que la nouvelle de la disparition a été connue. Le choc déjà ancien que lui avait causé votre propre disparition, quand vous n'êtes pas revenu de l'usine à atmosphère, avait été quelque peu atténué par les occupations de la maternité, puisque votre fils brisa la coquille de son œuf d'ivoire précisément cette nuit-là. Ce qu'elle put horriblement souffrir alors, Hélium le sait, car tout le royaume a compati à sa douleur et a partagé le chagrin de la perte de son seigneur. Son fils parti, elle n'avait plus rien. Expédition après expédition furent envoyées et revinrent avec le même résultat négatif, désespérant. Notre princesse déclina de plus en plus, jusqu'à ce que tous ceux qui l'approchaient en vinssent à penser que ce ne serait plus qu'une question de jours avant qu'elle allât rejoindre ses bien-aimés sur le territoire de la vallée de Dor. En dernier ressort, Mors Kajak, son père, et Tardos Mors, son grand-père, prirent la tête de deux puissantes expéditions. Il y a un mois, ils se sont envolés pour explorer chaque mètre de l'hémisphère Nord de Barsoom. Nous sommes sans nouvelles d'eux depuis deux semaines, mais des rumeurs ont filtré selon lesquelles un terrible désastre les aurait frappés. Ils seraient tous morts. C'est à peu près à ce moment-là que Zat Arrras a recommencé à la poursuivre de ses assiduités, lui demandant de se remarier avec lui. Il ne l'a pas lâchée depuis votre disparition. Elle le détestait, tout en le craignant, mais, son père et son grand-père partis, Zat Arrras est devenu d'autant plus puissant qu'il est toujours jed de Zodanga, poste auquel il fut désigné, vous vous en souviendrez, par Tardos Mors, après que vous eûtes refusé cet honneur. Il a eu une audience secrète avec elle, il y a six jours. Ce qui s'est passé, nul ne le sait, mais le fait est que, dès le lendemain, Dejah Thoris avait disparu, avec une douzaine de ses gardes et fidèles servantes, dont Sola, la Femme Verte, la fille de Tars Tarkas, comme vous le savez. Ils n'ont laissé aucune lettre indiquant leurs intentions, mais il en est toujours ainsi avec ceux qui optent pour le pèlerinage volontaire dont nul ne revient. Nous ne pouvons nous empêcher de penser que Dejah Thoris a opté pour les profondeurs glacées d'Iss et que ses fidèles serviteurs ont choisi de l'accompagner. Zat Arrras était à Hélium, lors de sa disparition. Il commande cette expédition qui la recherche depuis lors. Aucune trace d'elle n'a été retrouvée et je crains fort que ces recherches ne soient vaines.

Pendant que nous parlions, les engins de Hor Vastus étaient revenus vers le *Xavarian*. Aucun d'eux n'avaient découvert la moindre trace de Thuvia. J'étais déjà très déprimé par les nouvelles concernant Dejah Thoris et venait s'y ajouter le fardeau supplémentaire de l'inquiétude causée par le sort que connaissait Thuvia ! Je me sentais responsable de cette jeune fille que je soupçonnais d'être la fille d'une orgueilleuse maison barsoomienne, et il était dans mes intentions de faire tout mon possible pour la ramener saine et sauve à son peuple.

J'étais sur le point de demander à Kantos Kan d'entreprendre de nouvelles recherches pour tenter de la retrouver, quand un petit appareil provenant du vaisseau amiral de la flotte vint s'arrimer au *Xavarian,* avec à son bord un officier porteur d'un message d'Arrras à Kantos Kan.

Mon ami lut le papier, puis se retourna vers moi.

— Zat Arrras me donne l'ordre de lui amener nos « prisonniers ». On ne peut rien contre cela. Il a le plus haut grade à Hélium, encore que le bon goût et l'esprit chevaleresque exigeaient qu'il vînt lui-même ici pour saluer le sauveur de Barsoom et lui rendre les honneurs qui lui sont dus.

— Mais vous savez bien, mon ami, que Zat Arrras a une bonne raison de me haïr, lui dis-je en souriant. Rien ne lui ferait plus plaisir que de m'humilier, puis de me tuer. Et maintenant qu'il en a le prétexte, laissons-le faire et voyons s'il aura l'audace d'en profiter.

Nous appelâmes Carthoris, Tars Tarkas et Xodar, et pénétrâmes dans le petit appareil avec Kantos Kan et l'officier de Zat Arrras. Quelques instants plus tard, nous foulions le pont du navire amiral de Zat Arrras.

En nous voyant approcher de lui, le jed de Zodanga ne salua ni ne fit aucun signe montrant qu'il nous reconnaissait, pas même à l'intention de Carthoris à qui il n'adressa pas un mot amical. Il conserva une attitude glaciale, hautaine et distante.

— Kaor, Zat Arrras ! dis-je, en manière de salut, mais il ne répondit pas.

— Pourquoi ces prisonniers ne sont-ils pas désarmés ? demanda-t-il à Kantos Kan.

— Ce ne sont pas des prisonniers, Zat Arrras, rétorqua l'officier. Deux d'entre eux appartiennent à la famille la plus noble d'Hélium ; Tars Tarkas, jeddak de Thark, est l'allié préféré de Tardos Mors ; quant à l'autre, c'est un ami et un compagnon du prince d'Hélium, ce qui pour moi est un titre suffisant, je n'en demande pas plus.

— Moi si, en revanche, répliqua Zat Arrras. Il me faut entendre, de la part de ceux qui ont entrepris le pèlerinage, beaucoup plus que leur seul nom ! Où donc étiez-vous, John Carter ?

— Je reviens tout juste de la vallée de Dor et du pays des Premiers-Nés, Zat Arrras, répondis-je simplement.

— Ah ! s'exclama-t-il avec un plaisir évident. Vous ne le niez donc pas ! Vous revenez des profondeurs d'Iss ?

— Je reviens d'une terre d'espoirs fallacieux, d'une vallée de tortures et de mort ; je me suis évadé, avec mes compagnons, des griffes hideuses de monstrueux imposteurs. Je suis revenu vers le Barsoom que j'ai sauvé d'un mal mortel pour le sauver une nouvelle fois, mais cette fois de la mort dans ce qu'elle a de plus effrayant.

— Arrête, blasphémateur ! s'écria Zat Arrras. N'espère pas sauver ta carcasse de lâche en inventant d'affreux mensonges pour...

Il n'alla pas plus loin. Nul ne peut traiter impunément John Carter de lâche et de menteur, et Zat Arrras aurait dû le savoir. Avant même qu'on ait eu le temps de lever un bras pour m'arrêter, j'étais près de lui et je le tenais à la gorge par une main.

— Que je vienne du paradis ou de l'enfer, Zat Arrras, vous reconnaîtrez en moi le John Carter que j'ai toujours été, ne souffrant de quiconque de telles épithètes, jusqu'à ce qu'on se soit excusé.

Et tout en parlant, je le renversai en arrière sur mon genou, le tenant toujours agrippé au cou.

— Saisissez-vous de lui ! cria-t-il, et une douzaine d'officiers se précipitèrent pour lui porter secours.

Kantos Kan s'approcha et me souffla :

— Lâchez-le, je vous en prie, dans notre intérêt à tous, car je ne pourrais voir ces hommes porter la main sur vous sans intervenir et m'y opposer ; mes officiers et mes hommes seraient avec moi et ce serait une mutinerie qui pourrait dégénérer en révolution. Au nom de Tardos Mors et d'Hélium, renoncez !

A ces mots, je libérai Zat Arrras et, lui tournant le dos, je me dirigeai vers le bastingage du vaisseau.

— Venez, Kantos Kan, dis-je, le prince d'Hélium désire retourner sur le *Xavarian*.

Personne n'intervint. Zat Arrras, pâle et tremblant, se tenait au milieu de ses officiers. Certains lui décochaient d'ailleurs des regards pleins de mépris et, en revanche, me contemplaient rêveusement. L'un d'eux, même, blanchi sous le harnais, et qui avait toute la confiance de Tardos Mors, me dit à voix basse, alors que je passais tout près de lui :

— Vous pouvez compter sur mon métal, quand vous aurez besoin de combattants, John Carter.

Je le remerciai et continuai mon chemin. Nous embarquâmes en silence et fûmes bientôt revenus sur le pont du *Xavarian*. Quinze minutes plus tard, le vaisseau amiral nous donnait l'ordre d'appareiller à destination d'Hélium.

La suite de notre voyage fut sans histoire. Carthoris et moi nous trouvions plongés dans les pensées les plus noires. Kantos Kan, lui, voyait l'avenir fort sombre : une véritable calamité s'abattait sur Hélium si Zat Arrras suivait les préceptes des âges anciens, vouant les fugitifs de la vallée de Dor a une mort terrible. Tars Tarkas se lamentait de la disparition de sa fille. Xodar, seul, n'avait pas de soucis, puisque, étant un fugitif et un hors-la-loi, il ne pouvait être plus mal loti à Hélium qu'il l'aurait été partout ailleurs !

— Espérons au moins que nous pourrons quitter ce monde avec la lame de nos épées ruisselant d'un beau sang bien rouge, disait-il.

C'était un vœu des plus simples et il avait certainement de très bonnes chances de se réaliser.

Avant même d'atteindre Hélium, je crus pouvoir discerner un clivage chez les officiers du *Xavarian :* il y avait d'une part ceux qui se groupaient autour de Carthoris et de moi-même, à chaque fois que l'occasion s'en présentait, tandis qu'un nombre à peu près égal se tenait à l'écart et nous évitait. Ces derniers se contentaient de nous traiter de manière tout à fait courtoise, mais ils étaient manifestement retenus par leur croyance superstitieuse dans la doctrine de Dor, d'Iss et de Korus. Je ne pouvais les en blâmer car je savais l'emprise qu'une croyance, aussi ridicule soit-elle, peut prendre sur un peuple, par ailleurs intelligent.

Le fait de revenir de Dor constituait un sacrilège à leurs yeux ; le récit des aventures que nous avions vécues là-bas, et l'exposition pure et simple des faits tels qu'ils existaient constituaient un outrage à la croyance de leurs pères. Nous n'étions que des blasphémateurs, des menteurs hérétiques. Même ceux qui nous restaient fidèles par loyauté et attachement personnel le faisaient, je crois, en dépit du fait qu'ils doutaient de la véracité de nos dires. Il est déjà très dur d'accepter une nouvelle religion à la place d'une ancienne, aussi séduisantes que soient les promesses que la nouvelle puisse apporter ; mais, rejeter l'ancienne comme n'étant qu'un tissu de fariboles, sans recevoir la moindre contrepartie, voilà qui est proprement insupportable et très difficile de demander à quiconque.

Kantos Kan ne voulait pas discuter de nos expériences parmi les therns et les Premiers-Nés.

— C'est déjà bien que je mette ma vie en danger ici-bas et dans l'au-delà, en vous soutenant à fond. Alors, ne me demandez pas d'ajouter encore à mes péchés en écoutant ce que l'on m'a toujours appris à considérer d'hérésie la plus ignoble.

— Je savais que, tôt ou tard, le moment viendrait où amis et ennemis seraient obligés de se révéler au grand jour. Lors de notre arrivée à Hélium, déjà, une première répartition apparaîtrait probablement, et, si Tardos Mors n'était pas revenu, je craignais fort que l'inimitié de Zat Arrras ne pesât très lourdement dans le mauvais sens pour nous, car il représentait le gouvernement officiel. Prendre position contre lui équivalait à une véritable trahison. La majorité des troupes suivrait certainement la position des officiers supérieurs et je savais que nombreux seraient les hommes, parmi les plus hauts placés et les plus puissants, tant des forces terrestres qu'aériennes, qui prendraient parti pour John Carter contre Dieu, l'homme ou le Diable.

De l'autre côté, la majorité de la population demanderait immanquablement que nous soyons contraints de payer notre sacrilège. L'avenir était particulièrement sombre, quel que soit l'angle sous lequel je le considérais. De surcroît, mon esprit était tellement ravagé par l'inquiétude à l'idée du sort que connaissait Dejah Thoris que, je le réalise maintenant, je n'accordais qu'une importance secondaire à la situation terrible que pouvait connaître Hélium.

Jour et nuit, j'avais toujours devant les yeux un abominable cauchemar qui était plein des scènes horrifiantes que ma princesse, je le savais, pouvait être en train de vivre à l'instant même où je les imaginais : les horribles hommes-plantes, les féroces singes blancs. Par moments je me couvrais le visage de mes mains pour tenter, mais toujours en vain, d'effacer ces visions effrayantes qui me passaient par l'esprit.

Nous parvînmes dans la matinée au-dessus de la gigantesque tour écarlate, d'un kilomètre et demi de hauteur, qui distingue la partie principale d'Hélium de sa ville jumelle. Alors que nous descendions en spirale, pour gagner les docks d'amarrage, une foule considérable surgit dans les rues. La population d'Hélium avait été avertie de notre approche par radio-aérogramme.

Tous quatre, Carthoris, Tars Tarkas, Xodar et moi-même, nous fûmes transférés du pont du *Xavarian* dans une petite navette pour être emmenés à l'intérieur du temple de la Récompense. C'est là que la justice martienne dispense blâmes ou approbations. On y décore les héros ; on y condamne les traîtres.

On nous fit passer directement de l'aire de débarquement sur le toit à l'intérieur du temple. Nous n'eûmes ainsi pas à traverser la foule, comme c'est pourtant l'habitude. Dans le passé, j'avais toujours vu les prisonniers de marque, de retour d'une crise de vagabondage, exposées au regard de tous, depuis la porte des Jeddaks jusqu'au temple de la Récompense, tout au long de l'avenue des Ancêtres, au milieu d'une foule dense de citoyens qui les acclamaient ou les huaient.

Je me doutais que Zat Arrras ne désirait pas pour nous un contact trop étroit avec le peuple, car il craignait que l'engouement pour Carthoris et moi ne dégénérât en une manifestation risquant de balayer l'horreur superstitieuse que les gens éprouvaient pour le crime dont nous étions accusés. Quels étaient ses plans, je ne savais trop, mais qu'ils fussent pleins de menaces pour nous, le fait que seuls ses fidèles nous eussent accompagnés dans l'appareil jusqu'au temple de la Récompense le prouvait.

Nous fûmes logés dans une pièce située dans la partie sud du temple et dominant l'avenue des Ancêtres, que l'on pouvait suivre sur toute sa longueur jusqu'à la porte des Jeddaks, à huit kilomètres de là. La foule était agglutinée sur la place du temple et dans les rues, sur près de deux kilomètres. Très disciplinée, cette nombreuse assistance ne se livrait à aucune manifestation d'approbation ou d'hostilité : ni sifflets ni applaudissements, et quand on nous vit à la fenêtre, certains d'entre eux se cachèrent le visage entre les bras et se mirent à pleurer.

Tard dans l'après-midi, un messager de Zat Arrras vint nous informer que nous serions jugés par un groupe impartial de nobles dans la grande salle du temple, au cours du premier Code *, le lendemain matin, soit aux environs de 8 h 40, heure de la Terre.

* Chaque fois que le capitaine Carter a utilisé des mesures martiennes de temps, de distance, de poids, etc., je les ai converties en valeurs terrestres équivalentes aussi proches que possible. Ses notes contiennent de nombreuses tables martiennes et un gros volume de données scientifiques, mais la Société internationale d'astronomie étant actuellement en train de classer, d'étudier et de vérifier ce fonds considérable d'informations scientifiques de grande valeur, j'ai estimé que le fait de suivre strictement le manuscrit, en ces matières, n'ajouterait rien à l'intérêt du récit du capitaine Carter ni à la somme des connaissances humaines. En revanche, je risquais de rendre cette

matière confuse au lecteur et de distraire son attention de l'intérêt de l'histoire.

Mais pour ceux que cela intéresserait, j'expliquerai néanmoins que le jour martien dure un tout petit peu plus de 24 heures et 37 minutes (unités de temps terriennes). Les martiens divisent cette journée en 10 parties égales, le jour commençant vers 6 heures du matin (heure terrestre). Cette dixième partie du jour, dite *zode,* est divisée en 50 unités plus brèves, chacune de celle-ci étant elle-même composée de 200 fractions d'unités qui jouent en quelque sorte le rôle de la seconde terrestre.

La table qui suit ne représente qu'une partie de la table complète que l'on trouve dans les notes du capitaine Carter.

TABLE

1 révolution de Mars sur son axe	=	10 zodes
1 zode	=	50 xats
1 xat	=	200 tals

CHAPITRE XVII

Condamné à mort

Quelques minutes avant l'heure dite, le lendemain matin, un fort détachement de gardes, composé d'officiers fidèles à Zat Arrras, se présenta devant notre résidence pour nous escorter jusqu'à la grande salle du temple.

Nous pénétrâmes deux par deux dans la salle et descendîmes la vaste aile de l'Espoir, comme on l'appelle, jusqu'à l'estrade située au centre. Devant et derrière allaient les gardes armés, tandis que trois solides rangées de soldatesque zodanguienne, en ligne, garnissaient les deux côtés de l'aile, depuis l'entrée jusqu'à la tribune.

En atteignant le box des accusés, je vis nos juges. Selon la coutume de Barsoom, ils étaient trente et un, choisis selon la tradition, par le seul jeu du hasard parmi les membres de la classe nobiliaire, les accusés appartenant également à cette classe. Mais, à ma grande surprise, je ne vis pas un seul visage familier, et encore moins amical, dans cette assistance. Ils étaient pratiquement tous zodanguiens et c'est à moi que Zodanga devait d'avoir été vaincue par les Hommes Verts, et d'être devenue la vassale d'Hélium. Ce ne pouvait qu'être un simulacre de jugement pour John Carter, ou son fils, ou même pour le grand Tharkien qui commandait en chef les troupes constituées par les tribus sauvages qui avaient submergé les larges avenues de Zodanga, pillant, brûlant et massacrant.

Autour de nous, le vaste amphithéâtre était rempli au maximum de sa capacité. Toutes les classes de la société étaient représentées ; tous les âges et les deux sexes. Lorsque nous entrâmes, la rumeur des conversations privées cessa brusquement et, quand nous nous arrêtâmes sur l'estrade, appelée trône de la Vertu, un silence de mort enveloppa les dix mille personnes présentes.

Les juges étaient assis selon un grand cercle, tout autour de cette estrade circulaire. On nous désigna des sièges. Le dos était dirigé vers un petit podium situé exactement au centre de la grande estrade. Nous étions ainsi face aux juges et au public. Chaque inculpé gagnait ce petit podium, quand son tour était venu d'être entendu.

Zat Arrras se tenait, pour sa part, sur le siège doré du magistrat président. Nous venions de nous asseoir et nos gardes s'étaient retirés au pied de l'escalier menant à l'estrade quand il se leva et prononça mon nom.

— John Carter, s'écria-t-il, prenez place sur le piédestal de la Vérité pour y être jugé impartialement d'après vos actes et recevoir ainsi la récompense ou le blâme que votre conduite mérite.

Puis, se tournant de part et d'autre du public, il énuméra les faits sur lesquels le jugement allait porter.

— Sachez, ô juges et peuple d'Hélium, commença-t-il, que John Carter, qui fut en son temps prince d'Hélium, est revenu de la vallée de Dor et du temple d'Issus lui-même. Que, en la présence de nombreuses personnes d'Hélium, il a blasphémé contre Iss la sacrée, contre la vallée de Dor la mer perdue de Korus, contre les saints therns eux-mêmes et même contre Issus, déesse de la mort et de la vie éternelle. Vous pouvez constater, par le seul témoignage de vos yeux, qui le voient ici présent sur le piédestal de la Vérité, qu'il est bien revenu de ces lieux sacrés en dépit de nos anciennes coutumes, en violation du caractère de sainteté de notre vénérable religion. Quiconque est mort une fois ne peut vivre de nouveau. Quiconque tente l'expérience doit disparaître à jamais. Juges, votre tâche se présente en pleine évidence devant vous. En l'occurrence, aucun témoignage ne peut aller à l'encontre de la simple vérité. Quel verdict peut-il être appliqué à John Carter, au regard des actes qu'il a commis.

— La mort ! tonna un des juges.

Alors, dans le public, un homme bondit sur ses pieds et, levant la main bien haut, il s'écria :

— Justice ! Justice ! Justice !

C'était Kantos Kan et, alors que tous les yeux se tournaient vers lui, il franchit d'un bond la ligne des soldats zodanguiens et sauta sur l'estrade.

— Qu'est-ce que cette parodie de justice ? cria-t-il à l'intention de Zat Arrras. L'accusé n'a même pas eu la parole pour se défendre et n'a pu invoquer quiconque pour prendre sa défense. Au nom du peuple d'Hélium, j'exige que le prince d'Hélium soit traité avec honnêteté et impartialité.

Un grand cri s'éleva de l'auditoire : « Justice ! Justice ! Justice ! », et Zat Arrras n'osa rejeter leur demande.

— Alors, parlez ! gronda-t-il, en se retournant vers moi, mais ne blasphémez pas contre les choses qui sont sacrées sur tout Barsoom.

— Hommes d'Hélium ! m'écriai-je, en me tournant vers les spectateurs et en parlant par-dessus la tête de mes juges. Comment John Carter pourrait-il espérer une quelconque justice de la part des hommes de Zodanga ? Cela ne se peut et, d'ailleurs, il ne le leur demande même pas. C'est devant les hommes d'Hélium qu'il plaide son cas et il ne demande la grâce de quiconque. Ce n'est pas sa propre cause qu'il défend, maintenant mais bien la vôtre : la cause de vos femmes et de vos filles, et des femmes et des filles encore à naître. C'est pour les sauver des outrages inimaginables, atroces, que j'ai vu infliger aux dignes femmes de Barsoom, dans cet endroit que les hommes appellent le temple d'Issus. Je parle pour les sauver de la succion des bras tentaculaires des hommes-plantes, des crocs des grands singes blancs de Dor, ou encore de la cruelle convoitise, pleine de luxure, des saints therns, pour les sauver de tout ce vers quoi l'Iss, cette rivière glaciale et sans vie, les transporte alors qu'elles quittent des foyers où régnaient l'amour, la vie et le bonheur. Il n'y a personne, ici présent, qui ne connaisse l'histoire de John Carter. Comment il est venu parmi vous d'un autre monde et, au prix de tortures et de persécutions, s'éleva de la condition de prisonnier, chez les Hommes Verts, à un rang supérieur parmi les plus hauts de Barsoom. Vous n'avez jamais entendu John Carter mentir dans son propre intérêt, ou dire quoi que ce soit qui pût blesser le peuple de Barsoom, ou encore parler avec légèreté de l'étrange religion qu'il respectait sans la comprendre. Il n'y a personne ici, ou ailleurs sur Barsoom, aujourd'hui, qui ne doive sa vie à un acte pour lequel je me suis sacrifié et pour lequel j'ai aussi sacrifié le bonheur de ma princesse, cela afin que vous viviez. Aussi, hommes d'Hélium, je pense avoir le droit d'exiger que vous m'écoutiez, que vous me croyiez, et que vous me laissiez vous servir encore et vous sauver de l'au-delà mensonger de Dor et d'Issus, tout comme je vous ai sauvés de la mort véritable en ce jour lointain. C'est à vous tous, gens d'Hélium, que je m'adresse. Quand je l'aurai fait, que les hommes de Zodanga fassent de moi ce qu'ils veulent. Zat Arrras m'a pris mon épée, aussi les Zodanguiens ne me craignent-ils plus. Voulez-vous m'écouter ?

— Parlez, John Carter, prince d'Hélium ! s'écria un grand noble parmi les spectateurs.

Et la multitude fit écho à sa permission, avec une force telle que tout l'édifice en vibra !

Zat Arrras eut la sagesse de ne contrecarrer ni de s'opposer à la volonté qui s'exprima avec tant de chaleur ce jour-là, dans le temple de la Vérité.

C'est ainsi que, deux heures durant, je m'adressai au peuple d'Hélium.

Mais quand j'eus terminé, Zat Arrras se leva et, se tournant vers les juges, dit d'une voix neutre et sans timbre :

— Mes nobles personnes, vous avez entendu le plaidoyer de John Carter. Toute latitude lui a été donnée de prouver son innocence s'il n'est pas coupable. Au lieu de cela, il n'a utilisé tout ce temps qu'à blasphémer encore davantage. Quel est votre verdict, messieurs ?

— Mort au blasphémateur, cria l'un d'eux, en bondissant sur ses pieds et, comme une traînée de poudre, les trente autres juges se levèrent, l'épée dressée, pour bien marquer l'unanimité de leur verdict.

Si le peuple n'entendit pas bien l'accusation faite par Zat Arrras, par contre il saisit parfaitement la condamnation des juges. Un murmure grondant s'éleva, de plus en plus lourd, dans tout l'amphithéâtre bondé. Kantos Kan, qui n'avait pas quitté l'estrade depuis qu'il était venu prendre place à mes côtés, leva la main pour que l'on fasse silence. Lorsqu'il estima pouvoir être entendu, il parla d'une voix blanche et forte à la fois.

— Vous avez entendu le jugement que les hommes de Zodanga réservent au héros le plus noble de Barsoom. Il appartient à chaque homme d'Hélium d'accepter ce verdict comme définitif ou non. Que chacun fasse selon sa conscience. Voici ce que répond celle de Kantos Kan, chef de la flotte aérienne d'Hélium, à Zat Arrras et à ses juges !

Et, ce disant, il dégrafa son baudrier et jeta son épée à mes pieds.

Rapidement, soldats et simples citoyens, officiers et nobles personnages se massèrent devant la haie des soldats de Zodanga et se frayèrent un chemin jusqu'au trône de la Vertu. Une centaine d'hommes firent irruption sur l'estrade et cent épées raclèrent leur fourreau et vinrent s'abattre à mes pieds en s'entrechoquant. Zat Arrras et ses officiers étaient furieux mais impuissants. Je ramassai ces armes une par une, les portai à mes lèvres et en ceignis de nouveau la taille de leurs propriétaires.

— Venez ! dit alors Kantos Kan, nous allons faire escorte à John Carter et aux siens jusqu'à son palais.

Ils se massèrent autour de nous et se mirent en route pour accéder aux degrés menant à l'aile de l'Espoir.

— Arrêtez ! cria Zat Arrras. Soldats d'Hélium, ne laissez pas les prisonniers quitter le trône de la Vertu !

Les soldats zodanguiens étaient la seule force héliumite organisée, présente à ce moment dans le temple ;

aussi Zat Arrras était-il sûr que ses ordres seraient exécutés. Mais je vis bien qu'il n'avait pas compté avec l'opposition qui se leva dans la foule au moment où la troupe fit mouvement vers le trône.

Les épées dégainées scintillèrent de toute part dans l'amphithéâtre, et les hommes se précipitèrent, menaçant les Zodanguiens. On entendit un cri :

— Tardos Mors n'est plus : un millier d'années de vie à John Carter, jeddak d'Hélium.

Entendant cela et estimant de plus en plus préoccupante l'attitude des gens d'Hélium envers les soldats de Zat Arrras, je réalisai que seul un miracle pouvait désormais éviter un conflit qui risquait de se transformer en guerre civile.

— Attendez ! m'écriai-je, sautant une nouvelle fois sur le piédestal de la Vérité, que personne ne bouge avant qu'on ne m'ait arrêté. Un simple coup d'épée peut plonger Hélium dans une guerre civile sanglante dont l'issue est incertaine. Elle peut voir s'affronter les frères contre les frères et les pères contre les fils. Or, aucune vie ne mérite un tel sacrifice. Je préférerais me conformer au jugement de Zat Arrras, aussi partial soit-il, qu'être la cause d'une guerre civile à Hélium. Considérons que la partie est nulle et restons-en là jusqu'au retour de Tardos Mors ou de son fils Mors Kajak. Si aucun des deux n'a réapparu au bout d'une année, un second procès sera organisé. Il y a un précédent.

Puis, me retournant vers Zat Arrras, je lui dis à voix basse :

— A moins d'être encore plus stupide que je ne le pense, tu vas sauter sur l'occasion que je t'offre avant qu'il ne soit trop tard. Si jamais cette multitude d'épées s'abat sur tes soldats, plus personne sur Barsoom, pas même Tardos Mors, ne pourra plus éviter les conséquences. Qu'en dis-tu ? Prends la parole immédiatement !

Le jed de l'Hélium zodanguien éleva la voix pour couvrir la clameur qui montait jusqu'à nous.

— Restez tranquilles, hommes d'Hélium, cria-t-il, la voix tremblant de rage contenue, le verdict de la cour a été rendu mais le jour de son exécution n'a pas été fixé. Moi, Zat Arrras, jed de Zodanga, considérant les liens de parenté du prisonnier avec la famille royale et compte tenu des services qu'il a rendus à Hélium et à Barsoom, décide d'accorder un sursis jusqu'au retour de Mors Kajak ou de Tardos Mors à Hélium, cela dans la limite d'une année. Rentrez en paix chez vous. Allez !

Personne ne bougea et, bien au contraire, dans un silence très tendu, les insurgés demeurèrent à leur place, les yeux rivés sur moi, comme dans l'attente du signal d'attaque.

— Évacuez le temple ! ordonna Zat Arrras à voix basse à l'un de ses officiers.

Craignant les conséquences d'une tentative de ramener l'ordre par la force, je m'avançai jusqu'au bord de l'estrade et, désignant du doigt l'entrée principale, je leur enjoignis de se diriger par là et de sortir. Ils le firent en obéissant comme un seul homme, silencieux et menaçant, devant les soldats de Zat Arrras, jed de Zodanga qui restait coi, la mine renfrognée et sous l'emprise d'une rage froide impuissante.

Kantos Kan et tous ceux qui avaient fait serment d'allégeance à ma cause se tenaient toujours sur le trône de la Vertu, avec moi.

— Venez ! me dit Kantos Kan, nous allons vous

escorter jusqu'à votre palais, mon prince. Venez, Carthoris et Xodar. Venez Tars Tarkas.

Et, avec un ricanement hautain à l'intention de Zat Arrras, il se retourna, se dirigea à grandes enjambées vers le trône et remonta l'aile de l'Espoir. Tous quatre, en compagnie de la centaine de mes fidèles, nous le suivîmes ; pas une main ne se leva pour nous arrêter, bien que des yeux flamboyants de fureur suivent notre marche triomphale à travers le temple.

Nous vîmes, dans les avenues, une foule qui s'écarta spontanément pour nous ouvrir un passage et, là encore, nombreuses furent les épées projetées à mes pieds, tandis que je traversais ainsi la ville d'Hélium vers mon palais, situé à la périphérie. Là, mes vieux et fidèles esclaves tombèrent à genoux et embrassèrent mes mains, tandis que je les saluais, ils ne me demandèrent pas où j'avais été : il leur suffisait que je sois de retour.

— Ah ! maître ! s'écria l'un d'eux, si notre divine princesse pouvait être ici parmi nous aujourd'hui, quel beau jour ce serait !

Les larmes me vinrent aux yeux, et je dus me détourner pour cacher mon émotion. Carthoris, lui, pleurait franchement tandis que les esclaves l'entouraient, en lui témoignant leur affection et en exprimant leur chagrin pour la perte que tous deux venions de subir.

C'est à ce moment que Tars Tarkas apprit que sa fille Sola avait accompagné Dejah Thoris dans son long pèlerinage. Je n'avais pas eu le cœur de le lui dire quand Kantos Kan me l'avait appris. Il ne manifesta aucune souffrance, conformément au stoïcisme des Martiens Verts ; je savais pourtant que son chagrin était aussi intense que le mien car, à la différence des siens, il possédait en lui à un haut degré les sentiments humains d'amour, d'amitié et de générosité.

C'était une assistance bien triste qui se trouva réunie, ce jour-là, pour les festivités en l'honneur de notre retour dans la grande salle à manger du palais princier d'Hélium. Elle comptait plus d'une centaine de personnes, en plus des membres de ma petite cour, car Dejah Thoris et moi-même avions tenu à entretenir une suite compatible avec notre rang royal.

En accord avec les us martiens, la table était triangulaire, puisque nous étions trois membres dans notre famille, Carthoris et moi étions assis chacun au milieu d'un côté du triangle ; au milieu du troisième côté se dressait la chaise sculptée, au haut dossier de Dejah Thoris. Elle était vide. On avait simplement posé sur elle les atours nuptiaux et les bijoux de la princesse. Derrière se tenait un esclave, comme quand sa maîtresse occupait sa place à table, prêt à exécuter ses désirs. C'était également l'usage à Barsoom ; aussi dus-je endurer le chagrin que ce spectacle m'occasionnait, bien que cela me brisât le cœur de contempler cette chaise vide où aurait dû se tenir ma princesse, rieuse et vive, entretenant toute l'assistance joyeuse de sa franche gaîté.

A ma droite était assis Kantos Kan, tandis qu'à la droite du siège vide de Dejah Thoris, Tars Tarkas était installé dans un siège énorme devant une partie rehaussée de la table. J'avais fait faire cet aménagement des années auparavant, pour que la table soit mieux adaptée à ses dimensions imposantes. La place d'honneur, dans le cérémonial martien, est à la droite de l'hôtesse et cet emplacement était toujours réservé par Dejah Thoris au grand Tharkien, à chaque occasion où il venait à Hélium.

Hor Vastus, lui, occupait le siège d'honneur, sur le côté du triangle que présidait Carthoris.

La conversation était languissante ; l'assistance, triste et abattue. La perte de la princesse était trop récente pour ne pas peser sur les esprits de chacun ; en outre s'y ajoutait l'inquiétude quant au sort de Tardos Mors et de Mors Kajak avec, en filigrane, la destinée d'Hélium si elle se trouvait à jamais privée de son grand jeddak.

Soudain, notre attention fut attirée par le bruit d'une rumeur lointaine, comme si une foule élevait la voix sans que l'on puisse savoir s'il s'agissait de colère ou de réjouissance. Ce tumulte alla en grandissant. Un esclave surgit brusquement dans la salle à manger et annonça qu'une grande foule était en train de franchir les portes du palais. Un deuxième esclave surgit sur les talons du premier, riant et sanglotant, tour à tour, comme s'il était devenu fou.

— Dejah Thoris est retrouvée ! s'écria-t-il. Un messager de Dejah Thoris !

Je n'attendis pas d'en savoir davantage. Les grandes fenêtres de la salle à manger dominaient l'avenue menant aux portes principales ; elles étaient de l'autre côté de la salle par rapport à moi et la table me séparait d'elles. Je ne perdis pas de temps à en faire le tour. D'un seul bond, je franchis la table et les convives et atterris sur le balcon par-derrière. Dix mètres plus bas s'étendait la pelouse rouge et, un peu plus loin, plusieurs personnes se massaient autour d'un grand thoat sur lequel était monté le messager. Il se dirigeait vers le palais. Je sautai sur le sol, en contrebas, et courus à toutes jambes vers le cortège qui arrivait.

En approchant, je reconnus le messager sur le thoat : c'était Sola !

— Où est la princesse d'Hélium ? criai-je.

La fille verte se laissa glisser de son énorme monture et courut vers moi.

— Ô mon prince ! Mon prince ! s'écria-t-elle. Elle a disparu à tout jamais. Elle est peut-être déjà prisonnière sur la première lune : les pirates noirs de Barsoom l'ont enlevée !

CHAPITRE XVIII

L'histoire de Sola

Arrivé dans le palais, je menais Sola vers la salle à manger et, quand elle eut salué son père selon la façon traditionnelle des Hommes Verts, elle se mit à raconter l'histoire du pèlerinage et de la capture de la princesse Dejah Thoris.

— Il y a sept jours, après son audience avec Zat Arras, Dejah Thoris essaya de se glisser hors du palais, au plus fort de la nuit. Je n'avais pas entendu ce qui s'était dit au cours de cette conversation, mais j'en savais assez pour comprendre que quelque chose lui causait un tourment mental particulièrement aigu. Aussi, quand je découvris sa fuite du palais, j'en devinai aussitôt la destination.

« Réveillant à la hâte une douzaine de ses gardes, parmi les plus fidèles, je leur expliquai mes craintes et, comme un seul homme, ils furent volontaires, avec moi, pour suivre notre princesse bien-aimée dans sa course errante, jusqu'à Iss la sacrée et la vallée de Dor, s'il le fallait.

« Nous la rejoignîmes à une petite distance du palais ; elle était seule, à l'exception de Woola, son fidèle calot. Quand elle nous vit, elle feignit une violente colère et nous ordonna de regagner le palais, mais nous désobéîmes pour la première fois, et quand elle comprit que nous ne voulions pas la voir accomplir seule ce long pèlerinage, elle fondit en larmes et nous embrassa tous, puis, de nuit, nous continuâmes le voyage vers le sud. Le lendemain, nous rencontrâmes un troupeau de petits thoats, aisément capturés et enfourchés aussitôt. Ce qui nous donna une bonne allure.

« Dans la matinée du cinquième jour, nous vîmes une grande flotte d'aéronefs de guerre se dirigeant vers le nord. Ils nous aperçurent avant que nous ayons pu nous cacher et nous ne tardâmes pas à être entourés d'Hommes Noirs. Les gardes de la princesse combattirent noblement jusqu'au sacrifice final, mais ils finirent par être balayés et submergés. Seules Dejah Thoris et moi fûmes épargnées.

« Réalisant qu'elle était tombée entre les mains des pirates noirs, elle tenta de se tuer mais l'un des hommes lui arracha sa dague et nous fûmes ligotées toutes deux de manière à ne plus pouvoir utiliser nos mains.

« La flotte continua sa route vers le nord ; elle comprenait une vingtaine de gros navires de guerre outre de nombreux petits croiseurs plus rapides. Ce soir-là, un de ces navires annexes très en avant du gros de la force revint avec un prisonnier, une jeune Femme Rouge qui avait été capturée assurérent-ils dans une ligne de collines, presque sous le nez d'une flotte de trois gros navires de bataille martiens.

« Des lambeaux de conversations que nous suivîmes de-ci de-là, nous comprîmes que des pirates noirs étaient à la recherche d'un groupe de fugitifs qui s'était échappé plusieurs jours auparavant. Que la prisonnière capturée fût une prise importante, le très long interrogatoire que le commandant en chef de la flotte lui fit subir le prouva. Par la suite, elle fut enfermée et mise dans la même cabine que Dejah Thoris et moi-même.

« La nouvelle captive était une très jolie fille qui dit à Dejah Thoris qu'elle avait entrepris volontairement, quelques années auparavant, le pèlerinage en quittant la cour de son père, le jeddak de Ptarth. Elle se nommait Thuvia, princesse de Ptarth. Elle demanda ensuite à Dejah Thoris qui elle était et quand elle l'apprit, elle en tomba à genoux et embrassa les mains de Dejah Thoris. Elle lui dit que le matin même elle était avec John Carter, prince d'Hélium, et Carthoris, son fils. Tout d'abord, Dejah Thoris ne voulut pas la croire mais, finalement, quand la jeune fille lui eut narré toutes les étranges aventures qui lui étaient arrivées depuis qu'elle avait rencontré John Carter, ainsi que ce que John Carter lui-même, Carthoris et Xodar lui avaient raconté de leur aventure dans le pays des Premiers-Nés, Dejah Thoris comprit qu'il ne pouvait s'agir que du prince d'Hélium, " Car qui donc dit-elle, sur tout Barsoom serait capable d'accomplir les actions que vous dites sinon John Carter lui-même. "

« Et quand Thuvia eut avoué à Dejah Thoris son amour pour John Carter et la loyauté et la dévotion qu'il professait pour la princesse de son choix, Dejah Thoris s'effondra et pleura, maudissant Zat Arrras et la cruelle destinée qui l'avait menée à quitter Hélium quelques jours avant le retour de son seigneur bien-aimé. »

— Je ne peux te blâmer de l'aimer, Thuvia, dit-elle, et que ton affection pour lui soit pure et sincère, je le vois parfaitement à la seule candeur de l'aveu que tu m'en as fait.

— La flotte aérienne continua vers le nord jusqu'aux abords d'Hélium mais, la nuit dernière, ils conclurent que John Carter leur avait définitivement échappé et ils revinrent donc vers le sud. Peu après un garde entra dans la cabine et me fit monter sur le pont.

— Il n'y a pas place dans le pays des Premiers-Nés pour les Verts, dit-il : « Et là-dessus, il me donna une terrible poussée qui me fit basculer par-dessus la rambarde du vaisseau. C'était manifestement pour lui le meilleur moyen de débarrasser le vaisseau de ma présence et de me tuer par la même occasion.

« Mais une circonstance heureuse joua en ma faveur et, à part quelques contusions, j'échappai par miracle à la mort. A ce moment, le navire évoluait lentement et, en basculant dans l'obscurité totale, je frémis d'horreur en pensant à la chute effrayante que j'allais faire avant de m'écraser bien plus bas. Toute la journée, la flotte avait évolué à des milliers de mètres d'altitude. Mais, à ma stupéfaction, je tombai sur une masse de mousses élastiques, à moins de six mètres plus bas. En fait, à ce moment-là, la coque du vaisseau frôlait presque le sol !

« Je restai là toute la nuit sans pratiquement bouger de l'endroit où j'étais tombée. Le venue du matin m'apporta l'explication de cette coïncidence extraordinaire qui m'avait sauvée d'une mort horrible. Le soleil se levant, je découvris le vaste panorama d'un fond d'océan et de collines culminant bien au-dessous de la hauteur où j'étais alors. Je me trouvais sur le sommet le plus élevé d'une chaîne de collines dominantes. La flotte, abusée par l'obscurité de la nuit précédente avait pratiquement rasé ces sommets et mon garde m'avait projetée par-dessus bord au moment précis où nous franchissions cette dangereuse masse. L'ignorant, il était persuadé avoir provoqué ma mort à la suite d'une effrayante chute.

« Un grand canal passait à quelques kilomètres à

l'ouest et, en l'atteignant, j'eus le plaisir de m'apercevoir qu'il faisait partie du réseau d'Hélium. On me prêta un thoat, vous savez le reste. »

Plusieurs minutes s'écoulèrent sans que personne ne souffle mot. Dejah Thoris au pouvoir des Premiers-Nés ! Cette idée me faisait frémir ; mais le feu ardent d'une confiance indomptable me saisit. Je bondis sur mes pieds et, les épaules en arrière, l'épée brandie bien haut, je fis le serment solennel de parvenir jusqu'à ma princesse, de la secourir et de la venger.

Cent épées se trouvèrent tirées de leur fourreau et furent brandies aussitôt après la mienne, et cent hommes bondirent sur la table, m'offrant leur fortune et leur vie pour organiser une expédition. Mes plans étaient déjà faits. Je remerciai chacun de ces amis loyaux. Laissant Carthoris les distraire, je me retirai dans ma salle d'audiences en compagnie de Kantos Kan, Tars Tarkas, Xodar et Hor Vastus. Nous y discutâmes longuement les détails de l'expédition jusque tard dans la soirée.

Xodar était certain qu'Issus choisirait aussi bien Dejah Thoris que Thuvia pour la servir durant un an.

— Pendant ce laps de temps, elles seront en relative sécurité, affirma-t-il, et nous saurons au moins où il faut les chercher.

Kantos et Xodar prirent la responsabilité d'équiper une flotte spécialement destinée à envahir la mer d'Omean. Le premier accepta de prélever de la flotte d'Hélium tous les vaisseaux paraissant indispensables ; quant à Xodar, il assumait la tâche consistant à les rendre manœuvrables en tant que flotte non plus aérienne mais marine, en particulier la pose d'hélices capables de mouvoir les appareils dans l'eau.

Il faut dire que le Noir s'y connaissait, puisque justement, il avait eu la charge de transformer les aéronefs capturés en bateaux capables de naviguer sur la mer d'Omean ; il était donc parfaitement apte à la tâche consistant à produire de telles hélices, ainsi que les rouages indispensables, et à les mettre en place.

Six mois paraissaient nécessaires, en première estimation, pour mener cette transformation à bien, surtout compte tenu du secret complet dont il fallait l'entourer pour qu'il n'arrive pas aux oreilles de Zat Arrras. Kantos Kan était sûr que l'ambition de cet homme était à son comble et qu'il ne briguait rien de moins que le titre de jeddak !

— Je doute même, ajouta-t-il, que le retour de Dejah Thoris lui fasse particulièrement plaisir car elle est plus proche du trône que lui-même. Vous et Carthoris hors course, plus rien ne l'empêcherait d'accéder au titre de jeddak. Soyez sûr par conséquent, que, aussi longtemps qu'il sera ici, il n'y aura pas de sécurité pour vous.

— Il y a bien un moyen, s'écria Hor Vastus, de l'éliminer efficacement et pour toujours.

— Lequel ? demandai-je.

Il sourit.

— Aujourd'hui, je vais le dire à voix basse, mais un jour je me mettrai sur le dôme du temple de la Récompense et je le crierai à la multitude qui acclamera en contrebas.

— Que veux-tu dire par là ? demanda Kantos Kan.

— John Carter, jeddak d'Hélium, souffla alors Hor Vastus.

Les yeux de mes compagnons brillèrent ; des sourires entendus de satisfaction et de plaisir anticipé se dessinèrent sur leurs visages pendant que tous les regards se tournaient vers moi, interrogateurs. Mais je secouai la tête.

— Non pas, mes amis ! dis-je en souriant. Je vous en remercie vivement, mais cela ne se peut ; du moins pour le moment. Et uniquement si nous savons que Tardos Mors et Mors Kajak ne reviendront jamais. Si je suis là, alors je me joindrai à vous tous pour m'assurer que le peuple d'Hélium choisira, comme il faut, son prochain jeddak. Lequel désigné pourra compter sur la loyauté de ma lame car je ne sollicite pas cet honneur pour moi-même. Jusqu'à présent, Tardos Mors est jeddak d'Hélium et Zat Arrras son représentant.

— Comme vous voudrez John Carter, dit Hor Vastus. Mais... qu'est-ce que c'est ? murmura-t-il soudain en pointant vers la fenêtre qui donnait sur les jardins.

A peine avait-il prononcé ces mots, qu'il bondit sur le balcon.

— Il est parti par là ! s'écria-t-il. La garde ! là, en bas, la garde !

Nous étions tous derrière en une seconde et nous vîmes distinctement la silhouette d'un homme qui s'enfuyait du plus vite qu'il pouvait en passant devant une petite pièce de gazon, pour disparaître ensuite derrière un massif d'arbustes.

— Il était sur le balcon quand je l'ai vu, s'écria-t-il. Vite, donnons lui la chasse !

Nous nous précipitâmes tous dans le jardin mais, malgré un passage au peigne fin de tout le terrain qui dura des heures, on ne put découvrir la moindre trace de ce maraudeur nocturne.

— Qu'en pensez-vous, Kantos Kan ? demanda Tars Tarkas.

— C'était un espion de Zat Arrras, répondit-il. C'est bien dans sa manière.

Hor Vastus s'écria en riant :

— Alors, il aura bien des choses intéressantes à lui raconter !

— J'espère qu'il n'aura entendu que la partie relative à un nouveau jeddak, dis-je. S'il a appris quels étaient nos plans pour secourir Dejah Thoris, c'est la guerre civile, car Zat Arrras essaiera d'y faire obstacle et je n'ai nullement l'intention d'être contrecarré ; j'irais contre Tardos-Mors lui-même, s'il le fallait ; et tant pis si cela doit plonger Hélium dans un bain de sang, j'irai toujours de l'avant conformément à ces plans pour sauver ma princesse. Rien ne peut plus m'en dissuader maintenant, même si je dois périr, auquel cas, mes amis je vous confie la tâche de reprendre la recherche et de mener à bien ce que je voulais accomplir ; la retrouver et la ramener saine et sauve à la cour de son grand-père.

Et chacun jura sur le pommeau de son épée de faire comme je venais de le dire.

Il fut décidé d'un commun accord que les vaisseaux de guerre à modifier seraient envoyés à Hastor, une autre cité héliumite, loin au sud-ouest. Kantos Kan estimait que là-bas, les hangars disponibles, en plus de leurs fonctions habituelles, pourraient accueillir six vaisseaux à la fois. Étant commandant en chef de la flotte, il n'aurait aucune difficulté à envoyer les navires là où les travaux pourraient être effectués puis, une fois le vaisseau prêt, à le garder en réserve dans des parties éloignées de l'empire jusqu'à ce que l'heure sonne de les réunir pour l'assaut d'Omean.

Notre réunion dura tard dans la nuit mais les tâches de chacun se trouvaient parfaitement délimitées, réparties et attribuées. Les détails de la totalité du plan avaient été mis au point.

Kantos Kan et Xoar avaient pour mission de transformer les navires. Tars Tarkas, lui, devait prendre contact avec Thark et voir quelles étaient les réactions de son peuple à la suite de son retour de Dor. Si elles étaient favorables, il devait aller sur place et consacrer toute son activité à rassembler une vaste troupe de guerriers verts que nous avions décidé d'expédier dans la vallée de Dor et au temple d'Issus, tandis que notre flotte pénétrerait dans Omean et détruirait les appareils des Premiers-Nés.

Hor Vastus avait pour délicate mission d'organiser une armée secrète d'Hommes Rouges ayant prêté le serment de suivre John Carter partout où il déciderait d'aller. Ce n'était pas une mince affaire puisque nous estimions qu'il fallait au moins un million d'hommes pour former les équipages des mille gros vaisseaux de guerre que nous avions l'intention de faire pénétrer dans Omean, ainsi que pour assurer le transport des Hommes Verts.

Après qu'ils nous eurent laissés. Je souhaitai bonne nuit à Carthoris, car j'étais très las, et gagnai mes appartements. Je pris un bain et m'allongeai sur mes soieries et mes couvertures de fourrure, et m'apprêtai enfin à passer ma première nuit de sommeil depuis que j'étais de retour sur Barsoom. Mais, même là, je devais éprouver une déception.

Combien de temps ai-je dormi ! Je n'en sais trop rien. Je m'éveillai en sursaut pour trouver une demi-douzaine d'hommes forts qui m'assaillaient. Un bâillon était déjà sur ma bouche et, très vite, mes membres furent ligotés. Ils avaient procédé si promptement et si efficacement que je fus dans l'impossibilité de pouvoir résister, une fois complètement réveillé.

Pas un mot ne fut prononcé de leur part. Je ne pus rien dire non plus à cause du bâillon. Ils me soulevèrent comme un vulgaire colis et me transportèrent vers la porte de ma chambre. La lune proche projetait ses rayons brillants quand nous passâmes devant la fenêtre et cette lueur me permit de constater que chaque membre avait la face cachée par une étoffe de soie, de sorte que je ne pus identifier aucun d'entre eux.

Arrivés dans le corridor, ils tournèrent en direction d'un panneau secret de la cloison, menant à un passage qui aboutissait dans les souterrains en dessous du palais. Je doute fort, d'ailleurs, que quiconque ait connu ce secret en dehors de personnes appartenant directement à ma maison ! Quoi qu'il en soit, le chef de la bande n'hésita pas une seconde. Il alla tout droit à un autre panneau secret et manœuvra un bouton, ce qui révéla une ouverture par laquelle ils me transportèrent. Ses compagnons refermèrent le panneau derrière eux et nous suivirent.

Nous allâmes alors par les couloirs menant aux souterrains, en empruntant des boyaux tortueux que je n'avais moi-même jamais explorés. Nous continuâmes ainsi et cela dura tant qu'à la fin je fus certains que nous étions très au-delà des sous-sols du palais lui-même. Là, le chemin se remit à monter vers la surface.

Finalement, le cortège s'arrêta devant un mur sans aucune décoration. Le chef frappa dessus avec le pommeau de son épée : trois coups rapides et brefs, une pause, puis trois autres, un autre arrêt et puis deux coups, enfin. Une seconde après, le mur pivota et on me poussa dans une pièce brillamment éclairée où se tenaient trois hommes aux riches atours.

L'un d'eux se retourna, un sourire sardonique sur sa bouche à l'expression cruelle : c'était Zat Arrras.

CHAPITRE XIX

Noir désespoir

— Ah ! s'exclama Zat Arrras, à quelle circonstance heureuse dois-je le plaisir de cette visite inattendue du prince d'Hélium ?

Pendant qu'il parlait ainsi, un garde m'avait enlevé mon bâillon, mais je ne répondis rien à Zat Arrras, me contentant de le toiser d'un air méprisant pour bien marquer à quel point je n'avais aucune considération pour cet individu.

Tous les yeux des personnes présentes, d'abord fixés sur moi, se portèrent ensuite sur lui. Finalement, la fureur envahit progressivement son visage.

— Vous pouvez aller ! dit-il aux hommes qui m'avaient enlevé.

Quand il ne resta plus que ses deux compagnons et nous, il s'adressa à nouveau à moi, d'une voix glaciale, très lentement, avec de fréquentes pauses, comme s'il tenait à choisir ses mots soigneusement.

— John Carter, dit-il, de par les coutumes, du fait des lois de notre religion et en vertu du verdict d'une cour impartiale, tu es condamné à mort. Le peuple ne peut te sauver. Moi seul en ai la possibilité. Tu es totalement en mon pouvoir et obligé de faire ce que je désire. Je peux te tuer ou te libérer. La sagesse exigerait d'ailleurs que je choisisse de te tuer. Si tu vas librement dans tout Hélium une année durant en vertu du sursis, il y a peu de chance que le peuple revienne en arrière et exige que la sentence prise à ton égard soit exécutée. Tu peux être libre dans les deux minutes mais à une condition : Tardos Mors ne reviendra jamais à Hélium, non plus que Mors Kajak, ni Dejah Thoris. Hélium doit se donner un nouveau jeddak dans l'année. Or je veux ce titre : dis que tu épouses ma cause, cela sera le prix de ta liberté. J'ai dit !

Je savais que Zat Arrras était capable de m'éliminer. Et après ma mort, j'avais peu de raison de douter qu'il aurait aisément accédé à la fonction de jeddak d'Hélium. Si, au contraire, j'étais libre, je poursuivrais la recherche de Dejah Thoris. Tandis que disparu, mes courageux amis ne seraient peut-être pas en mesure de mener nos projets à bien. De sorte que, en refusant d'accéder à sa requête, il était probable que non seulement je ne l'empêcherais nullement de devenir jeddak, mais je condamnerais aussi Dejah Thoris à subir l'horreur des arènes d'Issus.

J'hésitai donc un moment, mais un moment seulement : la fière descendante d'un millier de jeddaks préférerait la mort à une telle alliance déshonorante, et John Carter ne pouvait faire moins pour Hélium que la princesse elle-même.

Je me tournai donc vers Zat Arrras.

— Il ne peut y avoir d'alliance, dis-je, entre un traître à Hélium et un prince de la maison de Tardos Mors. Je ne crois pas que le grand jeddak soit mort.

Zat Arrras haussa les épaules et répliqua :

— Avant peu, John Carter, tes opinions n'auront plus guère d'intérêt même à tes propres yeux, aussi utilise-les du mieux possible tant qu'il en est encore temps : Zat Arrras t'accorde tout le temps nécessaire pour réfléchir sur son offre magnanime. Dès cette nuit, tu vas entrer dans le silence et l'obscurité totale des souterrains. Sache bien que si tu n'en profites pas dans un délai raisonnable pour accepter ce que j'ai proposé, tu n'en sortiras plus jamais. Et tu ne connaîtras pas non plus l'heure à laquelle une main sortira de ce silence et de cette obscurité, armée d'une dague bien affûtée, pour te voler ton ultime chance de revenir vers la chaleur, la liberté et la gaîté du monde extérieur.

Zat Arrras frappa dans ses mains quand il eut fini de parler. Les gardes revinrent. Il me désigna de la main.

— Aux cachots souterrains ! dit-il simplement.

Ce fut tout. Quatre hommes m'escortèrent depuis cette salle jusqu'à d'insondables souterrains sous Hélium en s'éclairant d'une lampe à radium, tout au long d'interminables tunnels qui descendaient toujours.

Ils finirent par s'arrêter dans une salle de vastes dimensions. Des anneaux étaient fixés dans les murs. Des chaînes y étaient attachées et au bout de plusieurs d'entre elles se trouvaient des squelettes humains. Les hommes écartèrent l'un d'eux du pied et, ouvrant un des bracelets de fer qui avait enserré un jour une cheville humaine, ils me le passèrent autour de la jambe. Puis ils partirent, emportant la lumière.

Il faisait un noir absolu. Pendant quelques minutes j'entendis encore le bruit de leur équipement. Il se fit de plus en plus faible, puis le silence fut aussi tototal que l'obscurité. J'étais seul, avec mes macabres compagnons dont les ossements laissaient présager de mon sort.

Combien de temps restai-je ainsi à écouter dans un noir total ? Je n'en sais rien mais le silence restait absolu et, à la fin, je me laissai glisser sur le sol dur. Appuyant ma tête sur les pierres du mur, je m'endormis.

Plusieurs heures avaient dû s'écouler quand je me réveillai. Un jeune garçon était debout devant moi. D'une main, il tenait une lampe, de l'autre un récipient contenant une bouillie à base de gruau, l'ordinaire de toute prison martienne.

— Zat Arrras vous envoie ses salutations, me dit-il et il m'a ordonné de vous dire que bien qu'il soit parfaitement informé du complot visant à vous faire élire jeddak d'Hélium, il n'en est pas moins désireux de conserver telles les propositions qu'il vous a faites. Pour retrouver votre liberté, vous n'avez qu'à me demander d'informer Zat Arrras que vous acceptez les termes de sa proposition.

Je me contentai de secouer négativement la tête et le jeune n'ajouta rien. Il plaça la nourriture à mes côtés, sur le sol, et reprit le chemin du souterrain, emportant la lumière avec lui.

Deux fois par jour, pendant bien des jours, ce jeune vint dans ma cellule m'apporter la nourriture, avec la même formule de salutation de Zar Arrras. J'essayai longuement d'engager conversation avec lui sur d'autres sujets mais il ne disait mot, aussi, à la fin, j'abandonnai.

Je cherchai désespérément, durant des mois, un moyen quelconque de faire connaître à Carthoris l'endroit où je me trouvais. Pendant des mois aussi, je raclai et raclai inlassablement un maillon de la chaîne massive qui me liait, dans l'espoir de finir par le rompre, ce qui m'aurait permis de suivre le jeune homme le long de ces tunnels tortueux jusqu'à un endroit d'où j'aurais pu m'échapper.

En outre, j'étais dans l'inquiétude au sujet des progrès de l'expédition destinée à porter secours à Dejah Thoris. Je me doutais bien que Carthoris ne laisserait pas choir les choses s'il était libre de ses mouvements mais tel que je connaissais Zat Arrras, il pouvait fort bien l'avoir fait emprisonner également dans les mêmes souterrains.

Que notre conversation ait été entendue par un espion, c'était une certitude, du moins pour ce qui touchait la partie relative au choix d'un nouveau jeddak. Nous avions ensuite passé cinq à six minutes à discuter des détails d'un plan visant à sauver Dejah Thoris. Il était possible que cela soit également venu à la connaissance de Zat Arrras, auquel cas Carthoris, Kantos Kan, Tars Tarkas, Hor Vastus et Xodar pouvaient fort bien avoir été victimes de ses assassins ou, comme moi, avoir été faits prisonniers.

Je décidai de tenter d'en apprendre davantage. Je mis au point, à cet effet, une stratégie à appliquer lors de la prochaine venue du jeune gardien. J'avais remarqué que c'était un beau garçon, ressemblant assez à Carthoris, du même âge et aux proportions semblables ; par contre il portait des habits assez miteux et vraiment mal assortis à son air noble et à son visage plein de dignité.

Dès sa visite suivante, j'ouvris mes négociations avec lui à partir de cette observation.

— Vous avez été très bon pour moi au cours de cet emprisonnement, lui dis-je, et comme je me rends compte que je n'en ai plus pour très longtemps à vivre dans le meilleur des cas, je souhaite, avant qu'il ne soit trop tard, apporter un témoignage concret de reconnaissance envers tout ce que vous avez fait pour rendre mon incarcération plus supportable. Vous m'avez apporté chaque jour ma nourriture avec célérité, veillant à sa qualité et à ce qu'elle soit en quantité suffisante. Vous n'avez jamais profité de l'incapacité dans laquelle je suis de me défendre pour m'insulter ou me tourmenter physiquement. Vous avez toujours été courtois et respectueux, et c'est peut-être ce qui me pousse le plus dans ma gratitude et mon désir de vous donner une preuve de reconnaissance. J'ai un grand nombre de toilettes magnifiques dans la garde-robe de mon palais. Allez-y et choisissez les atours qui vous séduiront. Ils sont à vous ; tout ce que je demande c'est que vous les portiez, afin de savoir que mon souhait a été réalisé. Dites-moi que vous le ferez !

Pendant que je parlais, une lueur de plaisir passa dans les yeux du garçon et je le vis contempler sa mise miséreuse puis porter le regard sur la mienne, somptueuse. Il resta indécis un moment, comme s'il allait parler, et mon cœur cessa de battre, tant mon destin était suspendu à sa réaction.

— Si je vais au palais du prince d'Hélium en formulant une telle demande, on rira de moi et, en plus, je me retrouverai sûrement très vite jeté dans l'avenue la tête la première. Non ! Je ne peux y aller bien que je vous remercie de cette offre. Et puis, si Zat Arrras avait le moindre soupçon d'une chose pareille, il me ferait arracher le cœur.

— Oh ! mais il n'y a là aucune difficulté, m'empressai-je de répondre. Vous n'avez qu'à y aller de nuit avec un mot de moi à mon fils Carthoris. Vous pourrez lire ce billet avant de le remettre, pour vous assurer qu'il ne contient rien qui puisse nuire à Zat Arrras. Mon fils est la discrétion même et nous ne serons que trois à savoir. C'est simple comme bonjour et constitue un acte anodin que nul ne pourrait condamner.

Il resta à nouveau silencieux, plongé dans un monde de réflexion.

— Il y a également une épée courte ornée de pierres précieuses que j'ai prise sur le corps d'un jeddak du nord. Quand vous irez demander la parure, demandez-la également à Carthoris. Avec cela et le cuir, vous serez le guerrier le mieux équipé de tout Zodanga ! Quand vous reviendrez dans ce cachot, apportez de quoi écrire et dans quelques heures on pourra vous admirer portant des affaires dignes de votre naissance et de votre position.

Toujours songeur et sans un mot, il s'en alla.

Je ne pouvais présumer de sa décision et je restai assis là, à me le demander, des heures durant. S'il acceptait d'apporter un message à Carthoris, cela voudrait dire pour moi que ce dernier était encore vivant et libre de ses mouvements. Si, de plus, le jeune homme revenait avec le harnachement sur le dos et l'épée au côté, cela signifierait que mon fils aurait bien reçu mon message et, donc, qu'il me saurait toujours vivant. Et, que le porteur de ce billet soit un Zodanguien, cela suffirait à lui faire comprendre que j'étais prisonnier de Zat Arras.

Aussi est-ce avec une impatience fébrile, bien difficile à cacher, que j'entendis le jeune approcher lors de sa visite suivante. Je ne dis rien de plus que les paroles d'accueil coutumières. Tout en déposant l'écuelle de nourriture à mes côtés, il y joignit de quoi écrire !

Mon cœur bondit de joie : j'avais déjà gagné un point. Je regardai le matériel avec une surprise feinte que je transformai rapidement en air entendu et, prenant la plume, j'écrivis un mot assez court adressé à Carthoris, lui demandant de remettre au jeune Parthak l'équipement de son choix et l'épée courte que je décrivis. Ce fut tout, mais c'était de grande signification pour moi et pour Carthoris.

Je déposai le billet ouvert à même le sol. Parthak le ramassa et, sans ajouter un mot, il partit.

D'après mes estimations, je me trouvais dans les souterrains depuis trois cents jours. Si l'on devait tenter quelque chose pour sauver Dejah Thoris, il fallait se hâter car, à supposer qu'elle ne soit pas déjà morte, sa fin était proche puisque ceux qui avaient vu Issus ne survivaient qu'une seule année.

La fois suivante, quand j'entendis des pas qui approchaient, j'eus à peine la patience d'attendre si Parthak portait ses atours et l'épée mais quelle ne fut pas ma déception — mon chagrin profond même — quand je vis que celui qui m'apportait ma nourriture n'était pas Parthak.

— Qu'est-il arrivé à Parthak ? demandai-je.

Mais l'individu ne répondit pas et, aussitôt après avoir déposé la gamelle, il me tourna le dos et reprit le chemin vers le monde extérieur.

Les jours s'écoulèrent et mon nouveau geôlier continua d'assumer sa tâche sans m'adresser la parole, sinon pour répondre aux questions les plus élémentaires ou de sa propre initiative.

Je ne pouvais que conjecturer sur la cause du changement de Parthak, mais qu'elle soit en relation directe avec la note remise, cela me paraissait évident. Après m'être tellement réjoui, voilà que je n'étais pas plus avancé qu'avant, car je ne savais même pas si Carthoris était toujours vivant. En effet, à supposer que Parthak ait voulu se hausser dans l'estime de Zat Arrras, il aurait agi exactement ainsi : il m'aurait laissé faire comme j'avais procédé, puis aurait apporté mon billet à son maître, en preuve de sa loyauté et de son dévouement.

Trente jours s'étaient écoulés depuis que j'avais remis mon papier au jeune homme, donc trois cent trente jours depuis mon incarcération. D'après les calculs les plus précis que je pouvais faire, il restait à peine une trentaine de jours avant que Dejah Thoris soit menée à l'arène pour les fêtes rituelles d'Issus. Cette vision terrible me venait devant les yeux malgré moi et j'enfouissais ma face entre les bras, réprimant avec peine les larmes qui me montaient aux yeux malgré moi. Imaginer cette belle créature lacérée par les abominables crocs des singes blancs, c'était insupportable ! Une chose aussi horrible ne pouvait être et pourtant ! Ma raison me disait que d'ici trente jours mon incomparable princesse serait menée à la bataille dans les arènes des Premiers-Nés et livrée à ces bêtes sauvages. Que son corps sanglant et déchiré serait traîné dans la boue et la poussière et que, enfin, une partie en serait prélevée pour être servie sur les tables des Noirs de la caste nobiliaire.

Je crois que je serais devenu fou si le bruit de l'approche du geôlier n'avait détourné mon attention de ces pensées terribles qui avaient totalement envahi mon esprit. Mais voilà qu'une résolution farouche me vint : il me faudrait accomplir un effort surhumain pour réussir à fuir : tuer mon gardien par ruse et essayer de m'insinuer librement dans le monde extérieur.

Sitôt pensé, sitôt tenté. Je me jetai sur le sol de ma cellule, contre le mur, dans une position toute contorsionnée, comme si la mort m'avait frappé à la suite d'une lutte ou de convulsions. Quand il viendrait se baisser sur moi, je n'aurais qu'à l'attraper d'une main à la gorge et à le frapper d'un coup terrible avec un maillon du milieu de ma chaîne, que je serrai bien fermement à cette intention.

L'homme approchait. Je l'entendis s'arrêter devant moi. Il eut une exclamation étouffée et j'entendis un bruit de pas alors qu'il venait à mon côté. Je sentis qu'il s'agenouillait près de moi. Ma prise se resserra sur ma chaîne. Il se pencha tout près de moi. Je dus ouvrir les yeux pour savoir exactement où était sa gorge, l'agripper et frapper un coup de toutes mes forces, le tout en un instant.

Ce plan se déroula exactement comme prévu. L'intervalle entre le moment où j'ouvris les yeux et celui où je lui assenai le coup avec la chaîne fut tellement bref que je ne pus retenir ma main, en dépit du fait que, pendant ce bref instant j'aie reconnu le visage de celui qui se penchait sur moi c'était celui de mon fils, Carthoris !

Grand Dieu ! Quelle fatalité maligne avait-il fallu pour en arriver à une conclusion aussi dramatique ! Quelle chaîne tortueuse de circonstances avait abouti à faire venir mon fils auprès de moi au moment précis où je pouvais le frapper et le tuer, ignorant à qui j'avais affaire. Une providence bienveillante, quoiqu'un peu tardive, me brouilla les yeux et l'esprit, et je perdis conscience en m'écroulant en travers du corps inanimé de mon fils unique.

Lorsque je revins à moi, ce fut pour sentir une main fraîche et ferme pressée contre mon front. Pendant un moment, je n'ouvris pas les yeux. J'essayais de rassembler les lambeaux de nombreuses idées avec divers souvenirs qui voltigeaient de façon fugace dans mon esprit fatigué et surexcité.

Enfin, la conscience me revint avec le cruel souvenir de mon dernier geste et là, je n'osai pas ouvrir les yeux de crainte d'apercevoir, étendu à mes côtés, ce que je ne voulais voir à aucun prix. Mais, en même temps, je me demandais qui pouvait bien me soigner ainsi. Carthoris était sans doute accompagné d'un ami que je n'avais pas vu.

Enfin ! Il fallait bien regarder en face ce que je ne pouvais fuir. Maintenant ou plus tard, quelle différence ? Avec un soupir, j'ouvris donc les yeux.

Sur moi était penché Carthoris. Il avait une grosse ecchymose sur le front, là ou la chaîne l'avait frappé, mais il était vivant, Dieu merci ! vivant ! Il n'y avait personne avec lui. Tendant les bras, je l'attirai et l'embrassai. Je prononçai une prière de gratitude comme probablement il ne s'en éleva jamais sur aucune planète et remerciai l'Éternel Mystère de m'avoir laissé mon fils.

Le bref instant où j'avais entr'aperçu et reconnu Carthoris avant que la chaîne ne s'abatte avait certainement été suffisant pour que ma volonté diminue la force mise dans le coup. Il me dit être resté inconscient un moment, mais ignorait combien de temps exactement.

— Mais comment es-tu arrivé ici ? demandai-je, stupéfait qu'il ait pu me retrouver sans guide.

— C'est grâce à ton subterfuge que j'ai appris que tu étais vivant et que tu étais emprisonné. Quand le jeune Parthak est venu demander les parures et l'épée, nous te pensions mort. Après avoir lu ce billet, je fis ce que tu avais demandé. Je menai d'abord Parthak à la garde-robe, le laissai choisir et lui remis ensuite l'épée courte incrustée de pierres. Mais sitôt que la promesse que tu lui avais faite eut été tenue, mes obligations à son égard cessaient et je commençai à l'interroger. Il refusa de répondre, restant inconditionnellement fidèle à Zat Arrras.

« Finalement, je lui donnai le choix entre la liberté et l'emprisonnement dans les souterrains du palais, le prix de la liberté étant une information pleine et complète sur l'endroit où tu étais emprisonné et les indications nécessaires pour y parvenir. Mais il continua à garder son attitude butée. En désespoir de cause je le fis mettre dans les fosses. Il s'y trouve encore.

Nous l'avons menacé de torture et de mort, avons tenté de le soudoyer, en lui proposant même des sommes fabuleuses, rien ne le fit changer d'avis. La seule réponse à nos menaces ou à nos promesses fut que si Parthak devait mourir, que ce soit demain ou dans mille ans, nul ne pourrait dire : " un traître vient de disparaître ! "

« Finalement, Xodar qui est particulièrement subtil dans ce genre de ruse, imagina un plan par lequel nous pourrions peut-être lui arracher l'information qu'il nous fallait. Je fis revêtir à Hor Vastus les harnais portant le métal d'un soldat zodanguien et l'enchaînai dans la cellule à côté de la sienne. Le pauvre Hor Vastus a passé là quinze jours à languir dans l'obscurité des cachots mais ce ne fut pas en vain. Petit à petit, il gagna la confiance et l'amitié du Zodanguien à un point tel qu'un jour Parthak, persuadé qu'il parlait à un pays devenu un ami cher, lui révéla la cellule exacte où tu étais.

« Il ne me fallut que peu de temps pour localiser les puits sur les plans d'Hélium qui se trouvaient dans les papiers officiels. Mais arriver jusqu'à toi était autrement difficile. Comme tu le sais, si tous les souterrains de la ville sont reliés entre eux, il y a peu d'entrées à chaque section, donnant à un niveau supérieur juste au-dessous de l'étage aboutissant au premier sous-sol de chaque pâté de maisons. En outre, ces ouvertures qui assurent la communication entre les caveaux voisins et les sous-sols des édifices officiels font l'objet d'une surveillance étroite et sont toujours gardés.

« Je parvins sans grande difficulté à l'entrée des fosses situées au-dessous du palais de Zat Arrras, mais je constatai qu'un soldat zodanguien était de garde. Quand je fus passé, il était toujours à sa place, mais son âme l'avait abandonné !

« Et voilà j'arrive juste à temps pour que tu me tues », acheva-t-il en riant.

Tout en parlant Carthoris s'était escrimé sur la fermeture qui maintenait mes fers. Avec une exclamation de satisfaction, il laissa tomber au sol l'extrémité de la chaîne et je pus me relever, libre de ces fers qui m'avaient écorché pendant près d'un an !

Mon fils m'avait apporté une longue épée et une dague et, armés de la sorte, nous entreprîmes le voyage de retour vers mon palais.

Au moment de quitter les puits du palais de Zat Arrras, nous trouvâmes le corps du gardien que Carthoris avait tué. Il n'avait pas encore été découvert. Afin de retarder les recherches et de tromper les gens envoyés par le jed, nous le transportâmes non loin de là et le cachâmes dans une petite cellule à l'écart du tunnel principal, sous un immeuble voisin.

Une demi-heure plus tard, nous parvenions aux fosses situées sous notre palais et, bientôt, nous émergeâmes dans la salle d'audiences, où Kantos Kan, Tars Tarkas, Hor Vastus et Xodar nous attendaient impatiemment.

Nous ne perdîmes pas de temps à parler de mon emprisonnement. Ce que je désirais savoir avant tout, c'est où en étaient nos plans de préparatifs presque un an après avoir été lancés.

— Tout cela a pris beaucoup plus de temps qu'il n'avait été prévu initialement, répondit Kantos Kan. Le fait d'avoir à garder le plus grand secret nous a terriblement gênés. Les espions de Zat Arrras sont partout. Pourtant, à ma connaissance, rien n'a filtré aux oreilles de cet abominable personnage.

« Les grands hangars d'Hastor contiennent aujourd'hui une flotte d'un millier d'aéronefs de guerre parmi les plus puissants de tout Barsoom. Chacun d'eux est équipé pour gagner Omean par la voie aérienne puis pour naviguer ensuite sur la mer intérieure. Chacun de ces monstres transporte cinq croiseurs de dix hommes, dix appareils de reconnaissance pilotés par un équipage de cinq soldats et cent petits engins individuels. La force totale représente cent seize mille appareils de toutes tailles, tous équipés des deux types d'hélices pour pouvoir se déplacer aussi bien dans l'air que sur l'eau. A Thark se trouvent les vaisseaux pour les guerriers verts de Tars Tarkas : neuf cents grands transports de troupe accompagnés de leurs convois militaires. Il y a sept jours que tout est fin prêt, mais nous avons attendu dans l'espoir que vous soyez libéré, cela afin que vous en preniez le commandement. Et nous avons bien fait, puisque vous voilà, mon prince ! »

— Comment se fait-il, Tars Tarkas, que les hommes de Thark ne prennent pas les sanctions habituelles contre ceux qui sont revenus des profondeurs d'Iss ? demandai-je.

— Ils ont envoyé ici même un conseil de cinquante chefs pour en discuter avec moi, répondit-il. Nous sommes un peuple juste et quand je leur ai eu conté l'histoire dans son intégralité et ce qui nous était arrivé, ils ont été unanimes pour entériner à mon égard la décision du tribunal d'Hélium à l'égard de John Carter. En attendant, et à leur demande, j'ai repris mon trône de jeddak de Thark afin de pouvoir négocier avec les hordes voisines pour former les forces terrestres de l'expédition. J'ai accompli ce pourquoi j'avais donné mon accord : ce soir, deux cent cinquante mille guerriers, venant de toutes les régions, depuis la calotte glaciaire du nord jusqu'à celle du sud, représentant mille communautés, appartenant elles-même à une centaine de hordes sauvages et belliqueuses, rempliront cette nuit la ville de Thark. Ils sont prêts à partir pour le pays des Premiers-Nés sitôt que j'en aurai donné le signal, et ils se battront là-bas jusqu'à ce que je leur donne l'ordre d'arrêter. Tout ce qu'ils demandent, c'est d'être autorisés à emporter le butin de leurs pillages et qu'on les remmènent sur leurs territoires une fois les combats et le pillage achevés. J'ai dit !

— Et toi, Hor Vastus, demandai-je, ton action a-t-elle été couronnée de succès ?

— Un million de combattants, des vétérans des canaux d'Hélium, forment l'équipage des navires de combat, des transports et des convois, répondit-il. Chacun d'eux a juré loyauté et respect du secret, et ils ont été recruté par petits nombres dans des districts différents pour ne pas attirer l'attention.

— Parfait ! m'écriai-je. Chacun a fait son devoir ! Et maintenant, Kantos Kan, pouvons-nous nous séparer de manière à ce qu'un groupe gagne immédiatement Hastor et que nous soyons tous en mouvement avant le lever du soleil demain matin ?

— Alors, il n'y a pas une minute à perdre, prince, répliqua-t-il, et c'est bien ainsi, car le peuple d'Hastor commence à se poser des questions sur les buts d'une flotte aussi importante, bourrée de combattants. Je m'étonne même que Zat Arrras n'en ait pas encore eu vent. Un croiseur attend, au-dessus, amarré à votre hangar ; gagnons-le imm...

Le bruit d'une fusillade, venant des jardins du palais, lui coupa la parole.

Nous nous précipitâmes sur le balcon juste à temps pour voir une douzaine de gardes de mon palais disparaître dans l'ombre d'un bosquet lointain à la poursuite de quelqu'un qui fuyait. Juste en dessous de nous, sur la pelouse écarlate, quelques gardes étaient penchés sur une forme immobile et prostrée.

Ils soulevèrent le corps dans leurs bras et, sur mon ordre, le transportèrent dans la salle d'audiences. Quand ils déposèrent le corps à nos pieds, nous vîmes que c'était un Homme Rouge, tout jeune : son métal était sans ornement, comme celui des simples soldats ou des personnes qui désirent garder l'anonymat.

— Encore un espion de Zat Arrras ! s'écria Hor Vastus.

— C'est ce qu'il semble, répliquai-je, puis je dis aux gardes d'emporter le corps.

— Attendez ! reprit Xodar. Si vous voulez bien, prince, faites demander que l'on nous apporte un bout de tissu et un peu d'huile de thoat.

Je fis signe à l'un des soldats, qui quitta la salle pour revenir bientôt avec ce qu'avait demandé Xodar. Le Noir s'agenouilla près du corps, trempa un coin de chiffon dans le flacon d'huile et en frotta un moment le visage du mort qui lui faisait face. Puis il se retourna vers moi avec un sourire, en montrant ce qu'il avait fait. Je regardai et vis que là où Xodar avait appliqué l'huile décapante, le visage était blanc, aussi blanc que le mien ! Puis Xodar attrapa un poignée de la chevelure noire et tira brusquement, révélant un crâne complètement chauve.

Les gardes et les nobles se pressaient en silence, autour du cadavre étendu sur le sol de marbre. De nombreuses exclamations de stupeur fusèrent, devant la confirmation que les actes de Xodar avaient apportée à ses soupçons.

— Un thern ! murmura Tars Tarkas.

— Pire que ça, je crains bien, ajouta Xodar. Mais, voyons !

Sur ces mots, il tira sa dague et coupa un sac hermétiquement fermé qui était accroché aux courroies du harnais du mort. Il en tira un bandeau en or orné, en son milieu, d'une grosse pierre précieuse. C'était le pendant de celle que j'avais ravie à Sator Throg.

Xodar s'exclama triomphalement :

— C'est bien ce que je pensais : un saint thern. Heureusement pour nous, qu'il ne s'est pas enfui.

Sur ces entrefaites, l'officier des gardes entra dans la salle.

— Mon prince, dit-il, je dois vous aviser que le compagnon de cet individu nous a échappé. Je pense qu'il était de connivence avec un ou plusieurs des gardes postés à l'entrée. Aussi ai-je ordonné qu'ils soient tous arrêtés.

Xodar lui tendit l'huile de thoat et le chiffon.

— Avec ça, vous découvrirez sans peine l'espion qui se cache parmi vous, dit-il.

De mon côté, j'ordonnai une recherche systématique et discrète dans toute la ville, car tout martien noble entretient une garde secrète pour son propre compte.

Une demi-heure plus tard, l'officier des gardes revint au rapport, nous confirmant dans nos pires appréhensions : la moitié des gardes affectés cette nuit à l'entrée étaient des therns déguisés en Hommes Rouges.

— Allons ! Nous ne devons plus perdre de temps. Tous ceux qui doivent gagner Hastor partent immédiatement. Si les therns cherchent à nous intercepter à la limite méridionale de la calotte glaciaire, cela risque d'anéantir tous nos plans et d'entraîner la destruction complète de l'expédition.

Dix minutes plus tard, nous foncions dans la nuit en direction d'Hastor, nous préparant à frapper le premier coup pour sauver Dejah Thoris.

CHAPITRE XX

La bataille aérienne

Deux heures après avoir quitté mon palais d'Hélium, soit vers minuit, Kantos Kan, Xodar et moi arrivâmes à Hastor. Carthoris, Tars Tarkas et Hor Vastus, eux, étaient partis directement pour Thark sur un autre croiseur.

Les transports de troupes devaient appareiller aussitôt et faire lentement route vers le sud. La flotte des vaisseaux de guerre les rattraperait au matin du deuxième jour.

Tout était prêt à Hastor quand nous arrivâmes : Kantos Kan avait si soigneusement préparé chaque détail de la campagne que, dix minutes après notre arrivée, le premier appareil quittait son hangar et s'élevait dans les airs. A raison d'un départ par seconde, tous les gros vaisseaux flottèrent bientôt gracieusement dans la nuit, formant une longue chaîne qui s'étendait sur plusieurs kilomètres en direction du sud.

Ce n'est qu'après être entré dans la cabine de Kantos Kan que je pensai à lui demander quel jour nous étions, car, jusqu'alors, je ne savais pas combien de temps s'était exactement écoulé dans les caveaux souterrains où j'avais croupi presque un an. Quand Kantos Kan me l'eut dit, je me rendis compte, avec consternation, que j'avais sous-estimé le temps resté dans l'obscurité totale de ma cellule. Trois cent soixante-cinq jours s'étaient écoulés : il était donc trop tard pour sauver Dejah Thoris !

L'expédition n'avait plus, de ce fait, pour objectif le secours mais la vengeance. Je n'en dis rien à Kantos Kan et ne lui révélai pas que, même si nous parvenions à pénétrer dans le temple d'Issus, la princesse d'Hélium ne serait plus de ce monde. Comme j'ignorais la date exacte à laquelle elle avait contemplé Issus pour la première fois, il se pouvait même qu'elle fût déjà morte. Pourquoi accabler encore plus mes camarades avec ces chagrins personnels, alors qu'ils en avaient déjà eu leur compte auparavant. Aussi décidai-je de garder ma peine pour moi et de ne rien dire à quiconque sur le fait qu'il était trop tard pour elle. L'expédition en elle-même serait déjà infiniment utile si elle pouvait apprendre au peuple de Barsoom à quel point ils avaient été trompés depuis des âges immémoriaux, et sauver, de cette façon, des milliers de personnes chaque année de cet horrible sort qui les attendait au terme de leur pèlerinage volontaire.

A supposer que l'on parvînt à ouvrir aux Hommes Rouges la belle vallée de Dor, ce serait déjà beaucoup : dans le pays des Ames Perdues, entre les montagnes d'Otz et la barrière des glaces, on pourrait également disposer d'un nombre appréciable d'hectares de terres n'ayant pas besoin d'être irriguées pour fournir d'abondantes récoltes.

C'est là, dans ce monde à l'agonie, que se trouvait la seule région productive de toute la planète. C'était la seule région où il y eût de la rosée et des pluies, la seule possédant une mer ouverte remplie d'eau à profusion. Et toutes ces richesses se trouvaient sur le territoire habité par des brutes cruelles, ses beautés et sa fertilité ne servaient qu'à engraisser les descendants maudits de deux races jadis puissantes et ces êtres malfaisants interdisaient ces territoires à des millions d'autres Barsoomiens. Si je parvenais à briser la barrière de la superstition religieuse qui avait écarté le peuple rouge de cet El Dorado, ce serait un hommage convenant aux immortelles vertus de ma princesse. J'aurais de nouveau servi la cause de Barsoom, et le martyre de Dejah Thoris n'aurait pas été inutile.

Le matin du deuxième jour, nous rattrapâmes la grande flotte de transport et leur escorte, dès les premières lueurs de l'aube, et nous fûmes bientôt à même d'échanger des signaux optiques. Je dois préciser ici que les radio-aérogrammes sont très rarement utilisés en temps de guerre voire pas du tout, pour la transmission de messages secrets. En effet, sitôt qu'une nation met au point un nouveau chiffre, ou invente un appareil pour transmettre des messages, ses voisins déploient tous leurs efforts pour les intercepter et les déchiffrer. Il en est ainsi depuis si longtemps que pratiquement toutes les techniques de communication sans fil ont été exploitées, si bien qu'aucune nation ne transmet plus aucun message par ce procédé.

Tars Tarkas transmit donc optiquement que tout allait bien pour les transports. Les aéronefs de guerre les dépassèrent pour gagner des positions avancées et les deux flottes continuèrent de conserver leur lente progression au-dessus de la calotte glaciaire, en rase-mottes pour éviter d'être trop vite détectés par les therns dont nous approchions le territoire.

Très en avant, un mince cordon d'appareils de reconnaissance individuels nous flanquant de part et d'autre, nous protégeait contre toute surprise, tandis qu'un petit détachement se tenait à une bonne trentaine de kilomètres derrière les transports de troupes.

Cette formation avançait ainsi depuis plusieurs heures vers l'entrée de la mer d'Omean, quand l'un des petits appareils de reconnaissance revint pour signaler que l'orifice en forme de cône était visible. Presque en même temps, un autre petit appareil, flanc gauche, se dirigea à toute allure vers le vaisseau amiral.

Sa grande vitesse dénotait l'importance de l'information dont il était porteur. Kantos Kan et moi attendions sur le pont avancé qui correspond à la passerelle de commandement des navires de guerre terrestres. A peine son engin fut-il immobilisé sur le large pont d'atterrissage du navire amiral que son pilote bondit vers l'escalier pour nous atteindre.

— Une énorme formation de navires militaires est en vue, au sud - sud-est, mon prince, s'écria-t-il. Elle est forte de plusieurs milliers d'appareils et fait route droit sur nous.

— Les espions des therns n'étaient pas pour rien dans le palais de John Carter, me dit Kantos Kan. Quels sont vos ordres, prince ?

— Détachez dix gros vaisseaux pour garder l'orifice d'Omean avec l'ordre de ne laisser entrer ni sortir aucun appareil des forces hostiles dans le puits. Ils suffiront à bloquer la grande flotte des Premiers-Nés. Puis faites mettre notre flotte en V, la pointe dirigée vers le sud - sud-est et ordonnez aux transports flanqués par leurs convoyeurs de rester à l'arrière mais assez près, et d'attendre que la pointe du V ait pénétré dans la formation ennemie. Les deux côtés du V élargiront la percée de part et d'autre avec vigueur de manière à former un passage dans lequel les transports se précipiteront à toute allure pour aller prendre position au-dessus des temples et des jardins des therns. Une fois là, qu'ils se posent et que les troupes infligent aux saints therns une bonne leçon en matière d'attaque sauvage pour qu'ils s'en souviennent pendant les âges à venir. Il n'est pas dans mes projets de dévier les intentions initiales que nous avons mises dans cette expédition, mais profitons de l'attaque surprise des therns pour régler leur sort une fois pour toutes ; en outre, nous ne serons pas tranquilles tant que notre flotte sera distraite aux environs de Dor, ce qui diminue d'autant nos chances de revenir saufs dans le monde extérieur.

Kantos Kan salua et fit demi-tour pour répartir mes instructions aux officiers d'état-major. La disposition des vaisseaux de guerre fut modifiée en un laps de temps incroyablement court. Les dix engins détachés pour bloquer l'entrée d'Omean se ruaient déjà vers leur destination et les transports se massaient, prêts à foncer pour le débarquement.

L'ordre général fut donné d'aller à toute allure. La flotte bondit en avant comme des lévriers de course qui s'élancent. Bientôt, les vaisseaux de l'ennemi furent en vue. Ils formaient une ligne brisée, à perte de vue, dans toutes les directions, et sur trois rangs de largeur. Notre assaut fut tellement subit qu'ils n'eurent pas le temps de s'y préparer : ce fut comme la foudre dans un ciel sans nuages.

Toutes les phases de mon plan marchèrent merveilleusement bien. Nos énormes vaisseaux pénétrèrent à fond dans la ligne des opposants ; puis le V s'ouvrit, dégageant un passage par lequel les transports s'insinuèrent jusqu'aux temples des therns que l'on pouvait nettement distinguer maintenant, brillants sous les premiers rayons du soleil. Le temps que les therns puissent se rallier, cent mille guerriers verts se déversaient dans les parcs et les cours, tandis que cent cinquante mille autres penchés par-dessus leurs transports oscillants dirigeaient leur tir d'élite sur les soldats therns qui défendaient les remparts ou tentaient de sauver leurs temples.

Les deux flottes étaient maintenant aux prises, dans une lutte titanesque, loin au-dessus du vacarme effarant de la bataille se déroulant dans les jardins magnifiques des therns. Lentement, les extrémités des deux cordons de vaisseaux héliumites se rejoignirent et entamèrent leur ronde infernale à l'intérieur de la ligne ennemie, technique bien particulière de la guerre navale sur Barsoom.

Les navires de Kantos Kan se suivaient à la trace en formant une circonférence presque parfaite et, tout en gardant cette conformation, ils allaient très vite, ce qui les rendait difficiles à atteindre. Ils tiraient en outre bordée sur bordée, dès que la ligne thern se présentait devant eux. Ces derniers tentaient bien de rompre cet ordonnancement par les assauts répétés mais c'était comme vouloir arrêter une scie circulaire avec la main nue.

D'où je me trouvais sur le pont, aux côtés de Kantos Kan, je vis aéronef ennemi après aéronef ennemi plonger en une chute effrayante annonciatrice de son écrasement final. Lentement notre cercle de mort se déplaça jusqu'à survoler les jardins où les guerriers verts étaient engagés. L'ordre leur fut transmis de rembarquer, aussi firent-ils mouvement pour se réunir tous au centre du cercle. La résistance des therns avait pratiquement cessé, car la démonstration leur suffisait et les survivants étaient trop soulagés pour ne pas nous laisser repartir en paix.

Mais notre départ ne se fit pas avec la sérénité que

nous espérions, car, à peine avions-nous repris notre route en direction de l'ouverture d'Omean, que nous aperçûmes au nord une grande ligne noire émergeant de l'horizon. Ce ne pouvait être qu'une flotte de guerre.

A qui appartenait-elle et d'où venait-elle ? Nous ne pouvions le savoir. Quand ils furent à proximité, l'opérateur de Kantos Kan capta un radio-aérogramme. Il le transmit aussitôt à son chef qui en prit connaissance, avant de me le passer. Il disait ceci :

Kantos Kan,

Rendez-vous, au nom du jeddak d'Hélium. Vous ne pouvez échapper.

Zat ARRRAS.

Les therns avaient dû intercepter ce message et le décrypter presque en même temps que nous, car ils reprirent aussitôt le combat, se sachant soutenus par ailleurs de nouveaux ennemis nous tombent dessus.

Avant même que Zat Arrras se soit suffisamment rapproché pour pouvoir tirer une première salve, nous étions à nouveau aux prises avec ce qui restait de la flotte des therns. Mais dès qu'il fut à portée, il commença un terrible pilonnage avec des armes lourdes. Nos vaisseaux étaient touchés les uns après les autres. Ils tournoyaient et chancelaient, perdant toute utilité, sous le feu sans merci auquel nous étions soumis.

Cela ne pouvait durer davantage, aussi donnai-je l'ordre aux transports de descendre à nouveau se poser dans les jardins des therns. Et je leur dis :

— Assouvissez votre vengeance jusqu'au bout dès

maintenant, car ce soir il n'y aura plus personne pour le faire.

Je vis tout à coup pointer à l'horizon les dix aéronefs qui avaient été dépêchés pour surveiller l'entrée vers la mer d'Omean. Ils revenaient à toute vitesse, leurs batteries arrière faisant feu sans discontinuer. Une seule explication : ils étaient pourchassés par d'autres vaisseaux hostiles.

La situation ne pouvait être pire ! L'expédition était perdue et personne ne reviendrait de cette lugubre calotte glaciaire. Oh ! Comme j'aurais voulu pouvoir affronter Zat Arrras, ma longue épée à la main, avant de mourir. C'était lui l'instrument de notre échec !

En observant les dix vaisseaux qui revenaient, je vis leurs poursuivants s'approcher à toute allure. C'était une autre très grande flotte. Pendant un moment je ne pus en croire mes yeux, mais je dus bien en convenir : la plus fatale des calamités s'était abattue sur notre expédition, car la flotte que je voyais là n'était autre que celle des Premiers-Nés que je croyais sagement remisée dans le monde intérieur de la mer d'Omean ! Quelle succession de malchances et de désastres ! Quelle abominable destinée s'abattait sur moi, terriblement contrecarré à chacune de mes tentatives pour retrouver mes amours perdues ! Était-il possible que la malédiction d'Issus soit sur moi ? Qu'il y ait vraiment une divinité maléfique dans cette carcasse hideuse ?

Je ne pouvais le croire et, haussant les épaules à cette idée, je courus sur le pont inférieur aider mes hommes à repousser une attaque des therns qui nous avaient lancé des grappins en nous abordant sur le côté.

Avec la frénésie sauvage du combat corps à corps, mon optimisme indomptable me revint. Tandis que les therns tombaient sous ma lance les uns après les autres, je fus saisi par le sentiment qu'une conclusion heureuse pouvait encore couronner mon entreprise, en dépit des revers momentanés, plus apparents que réels.

Ma présence galvanisa mes hommes à tel point qu'ils attaquèrent avec acharnement les Blancs malchanceux qui se trouvèrent rapidement submergés. Une seconde après, regardant leurs ponts, j'eus la satisfaction de voir leur commandant faire le grand saut par-dessus la rambarde à la proue de son vaisseau, en signe de défaite et de reddition.

Je rejoignis Kantos Kan. Il avait assisté à cette scène depuis le pont supérieur, ce qui paraissait lui avoir inspiré une idée. Il fit passer aussitôt un ordre à l'un de ses officiers et les couleurs du prince d'Hélium furent hissées en plusieurs endroits du vaisseau amiral. Un grand viva s'éleva, poussé par tous les hommes de notre appareil, une acclamation reprise à bord de tous les autres vaisseaux de notre expédition et eux aussi hissèrent mes couleurs sur les parties supérieures.

Ce fut alors que Kantos Kan frappa son grand coup. Un calicot lisible par tous les marins dans toute la flotte fut déployé au-dessus du vaisseau amiral. On y lisait :

HOMMES D'HÉLIUM, POUR LE PRINCE D'HÉLIUM, CONTRE TOUS SES ENNEMIS.

Alors, mes couleurs surgirent subitement de l'un des navires de Zat Arrras ; puis d'un autre, et d'un autre encore. Sur certains, nous vîmes des combats acharnés engagés entre les soldats zodanguiens et les équipages héliumites, mais, très vite, les couleurs du prince d'Hélium flottèrent sur les vaisseaux de Zat Arras, qui s'étaient tous ralliés à nous. Seul son aéronef ne faisait pas flotter mes armoiries.

Il avait rallié une immense flotte de cinq mille vaisseaux. Avec ces trois flottes énormes, le ciel était couvert de vaisseaux. Les choses avaient tourné en une multitude de duels individuels et on pouvait difficilement manœuvrer dans une pareille cohue.

Le vaisseau amiral de Zat Arrras se trouvait près du mien, et, d'où j'étais, je pouvais apercevoir la finesse de ses traits. Son équipage zodanguien déversait bordée sur bordée et nous faisions feu sur eux avec une férocité équivalente. Les deux appareils se rapprochèrent jusqu'à ce que quelques mètres les séparent prudemment. Le long du bastingage de chaque vaisseau, les hommes munis de grappins et les assaillants se tenaient prêts. Nous étions, pour notre part, sur le point de mener une lutte à mort avec nos ennemis abhorrés.

Plus qu'un seul mètre entre les deux appareils géants et les premiers grappins furent lancés. Je me précipitai sur le pont pour être avec mes hommes lors de l'abordage, et au moment où les deux ponts se heurtèrent légèrement, je me frayai un chemin à travers les rangs et fut le premier à bondir sur le pont de l'appareil adverse. Je fus suivi par les meilleurs combattants d'Hélium, un flot d'hommes hurlant, rageant, maudissant ; rien n'aurait pu contenir cette fièvre ardente pour le combat qui envahissait tous ces hommes exaltés. Cette marée belliqueuse fut telle qu'elle fit reculer les zodanguiens sous son impétuosité. Et, tandis que mes hommes nettoyaient les ponts inférieurs, je sautai jusqu'à la dunette, où Zat Arrras se tenait.

— Vous êtes mon prisonnier, Zat Arrras ! m'écriai-je. Rendez-vous et vous aurez la vie sauve !

Un moment, je ne pus dire s'il allait accéder à ma

demande ou bien se servir de son épée. Il était hésitant ; puis il jeta son arme, se retourna et se rua à l'extrémité opposée du pont. Avant que j'aie pu intervenir, il avait enjambé le bastingage et s'était précipité la tête la première dans les terrifiantes profondeurs qui s'ouvraient en dessous de nous.

Ainsi finit Zat Arrras, jed de Zodanga.

Cette étrange bataille suivit son cours. Les therns et les Noirs n'étaient nullement alliés contre nous : partout où un navire thern rencontrait un vaisseau des Premiers-Nés, une bataille sauvage s'ensuivait et c'est en cela que je vis notre salut. Chaque fois que je pus faire passer un message sans qu'il soit intercepté par nos ennemis, je donnai pour consigne que nos appareils se retirent aussi rapidement que possible de la ligne de combat en se plaçant à l'ouest ou au sud. J'envoyai également un petit appareil de reconnaissance aux guerriers verts, dans les jardins, pour leur demander de nous rejoindre, et je fis de même pour les transports de troupes.

J'ajoutai à ces instructions que, en cas de combat direct avec un belligérant, il fallait se déporter dans la mesure du possible vers un appareil appartenant à son ennemi héréditaire et, par d'habiles manœuvres, forcer les deux rivaux à engager le combat entre eux, puis se retirer discrètement en les laissant s'entretuer !

Cette ruse marcha à la perfection et, juste avant le coucher du soleil, j'eus la satisfaction de voir ce qui restait de ma flotte si puissante initialement se regrouper à une cinquantaine de kilomètres au sud-ouest de la bataille terrifiante toujours en cours entre les Blancs et les Noirs.

J'envoyai Xodar sur un autre appareil, avec les transports de troupes et cinq mille aéronefs de combat, afin de gagner un lieu surplombant le temple d'Issus. Carthoris, Kantos Kan et moi-même, nous rendîmes à l'entrée de la mer d'Omean avec le restant de la flotte.

Notre plan consistait à donner un assaut combiné à Issus le lendemain matin. Tars Tarkas avec ses guerriers verts et Hor Vastus avec les Hommes Rouges, guidés par Xodar, devaient se poser dans les jardins du temple et toutes les plaines environnantes. Pendant ce temps, Carthoris, Kantos Kan et moi-même conduisions un contingent plus limité depuis la mer d'Omean jusqu'aux souterrains situés sous le temple, ceux que Carthoris connaissait si bien.

J'appris la cause du retour précipité des dix navires envoyés à la bouche du puits. Au moment précis où ils arrivaient sur l'orifice, la flotte des Premiers-Nés étaient déjà en train de faire sa sortie. Plus de vingt aéronefs étaient déjà à l'extérieur. Les nôtres engagèrent néanmoins la bataille dans l'intention d'empêcher la marée déferlante de sortir du puits, mais le surnombre des ennemis était déjà trop grand et ils furent contraints de battre en retraite.

Nous approchâmes donc du conduit vertical avec précaution à la faveur de l'obscurité. Arrivés à quelques kilomètres, je donnai l'ordre à la flotte d'arrêter et Carthoris partit en reconnaissance avec un homme, chacun dans un appareil individuel.

Nous fîmes une pause à l'entrée du puits pour que tous les appareils atteignent leur emplacement fixé à l'avance, puis je fis plonger notre vaisseau amiral à toute allure dans les profondeurs noires, les autres aéronefs nous suivant à une cadence rapide.

Tout était fondé sur le hasard qui nous favorisait sans doute, en atteignant le temple par les souterrains ; aussi nous ne laissâmes point de garde à l'entrée du puits car nous n'avions pas assez d'appareils pour nous opposer à un retour en force éventuel de l'escadre des Premiers-Nés.

La sécurité attachée à notre irruption dans Omean dépendait beaucoup de sa témérité, elle-même basée sur la certitude qu'il s'écoulerait un petit moment avant que le Premier-Né de garde ne réalise que c'était un ennemi qui avait pénétré et non pas un vaisseau de leur flotte qui, de retour, pénétrait sous la voûte dissimulant la mer intérieure.

Et il en fut bien ainsi. En fait, quatre cents sur les cinq cents vaisseaux constituant ma flotte purent passer sur la mer d'Omean avant que la première salve ne fût tirée. Il y eut une bataille chaude mais de courte durée, qui ne pouvait connaître qu'une seule issue : les Premiers-Nés, dans leur négligence due à un trop grand sentiment de sécurité, n'avaient laissé qu'une poignée de vieux raffiots périmés pour garder leur grand port.

Sur la suggestion de Carthoris, nous débarquâmes nos prisonniers dans deux grandes îles et les laissâmes sous bonne garde. Puis, nous remorquâmes les épaves des vieux appareils des Premiers-Nés jusqu'au puits, et les coinçâmes solidement à l'intérieur même du conduit. Puis, nous ouvrîmes les réservoirs à rayons antigravifiques de ceux qui restaient, et les laissâmes s'envoler seuls. Ils vinrent heurter ces obstacles, obturant ainsi momentanément cette issue et nous prémunissant contre tout retour intempestif de leur flotte.

Nous étions sûrs, de la sorte, qu'il s'écoulerait un certain temps avant que les Premiers-Nés, à leur retour, puissent atteindre la mer d'Omean, ce qui nous laissait assez de temps pour progresser dans le dédale menant au temple d'Issus.

Le premier soin que je pris fut de m'assurer, avec un

contingent suffisant, de la garnison gardant l'île du sous-marin. Elle se rendit sans résistance.

Le sous-marin était dans son bassin et j'y plaçai une forte garde, ainsi que sur l'île, en attendant le retour de Carthoris et des autres.

Parmi les prisonniers se trouvait Yersted, le commandant du sous-marin. Il me reconnut, j'avais déjà fait trois traversées avec lui à l'époque où j'étais prisonnier.

— Quel effet cela fait-il de voir les rôles renversés et de vous retrouver prisonnier de celui qui fut votre captif ? lui demandai-je.

Il sourit, d'un sourire plein de sous-entendus.

— Ce n'est pas pour bien longtemps, John Carter, rétorqua-t-il. Nous vous attendions et étions prêts à vous recevoir.

— Certainement ! répondis-je. Vous vous étiez surtout préparés à devenir mes prisonniers au prix de bien peu de coups portés de part et d'autre !

— La flotte vous a probablement raté, mais elle va revenir à Omean, et alors il en sera tout autrement... pour John Carter.

— Je ne savais pas que la flotte m'avait manqué, observai-je.

Mais évidemment, il ne comprit pas mon allusion et parut simplement intrigué.

— Nombreux sont les prisonniers qui empruntent votre triste engin pour gagner Issus, Yersted ? demandai-je.

— Très nombreux, opina-t-il.

— Vous rappelleriez-vous de l'une d'elle que l'on appelait Dejah Thoris ?

— Oui, bien sûr, car elle était d'une très grande beauté et puis aussi parce qu'elle était l'épouse du premier mortel à avoir pu s'évader de chez Issus, depuis les temps immémoriaux que dure son règne divin. On dit aussi qu'Issus se souvient particulièrement d'elle parce qu'elle est l'épouse ou la mère de deux hommes ayant levé la main sur la déesse de la vie éternelle.

Je frissonnai devant la perspective d'une lâche vengeance, dont je savais Issus parfaitement capable, sur la personne de l'innocente Dejah Thoris, du fait du sacrilège commis par son fils et son mari.

— Et où donc se trouve Dejah Thoris, maintenant ? demandai-je, sachant qu'il allait prononcer le mot que je craignais le plus. Mais je l'aimais tellement que je ne pouvais m'empêcher d'entendre même le pire à propos de son sort pour peu que cela vienne de la bouche d'un de ceux qui l'avaient vue encore récemment. C'était pour moi comme si elle se rapprochait de moi !

— Hier se sont tenues les cérémonies mensuelles d'Issus, dit alors Yersted, et je l'ai vue assise à sa place habituelle, aux pieds de la déesse.

— Quoi ? m'écriai-je, alors, elle n'est pas morte !

— Pourquoi donc ? rétorqua le Noir. Il n'y a pas un an qu'elle a jeté les yeux sur la divine beauté de la face resplendissante de...

— Pas un an ? le coupai-je.

— Eh bien, non ! insista Yersted. Il n'y a pas plus de trois cent soixante-dix ou trois cent quatre-vingts jours.

Un grand trait de lumière me traversa. Que j'étais stupide. Je pus à peine réfréner une manifestation publique de la joie qui m'avait prise. Comment pouvais-je avoir oublié la grande différence qu'il y avait entre l'année martienne et l'année terrestre ! Les dix années terrestres que j'avais passées sur Barsoom ne représentaient que cinq ans et quatre-vingt-seize jours en temps martien, puisque les jours ont quarante et une minutes de plus que les nôtres et que l'année compte six cent quatre-vingt-sept jours.

Il n'est pas trop tard ! Il n'est pas trop tard ! Ces mots me tourbillonnaient dans la tête sans cesse, sans arrêt. Ils finirent par se manifester de manière audible puisque Yersted hocha la tête d'un air dubitatif.

— Pas trop tard pour sauver votre princesse ? demanda-t-il sans attendre ma réponse. Non, John Carter, Issus ne rend jamais ce qui est sien. Elle sait que vous allez revenir et avant que le moindre vandale ait posé un pied impie dans l'enceinte du temple, si une telle calamité devait survenir, Dejah Thoris serait éliminée à jamais sans aucun espoir de secours.

— Vous voulez dire qu'elle sera tuée rien que pour contrecarrer mon action ?

— Non pas ! Sauf en dernier ressort, répondit-il. Avez-vous jamais entendu parler du temple du Soleil ? C'est là qu'elle sera transférée. Il se situe loin à l'intérieur des bâtiments formant le palais, au fond des jardins intérieurs. C'est un petit bâtiment qui élève son fin minaret hélicoïdal au-dessus des tours spiralées du temple principal qui le jouxte. A l'intérieur et par en dessous, dans le sol où cette tour se prolonge, la partie principale de cet édifice est faite de six cent quatre-vingt-sept chambres circulaires, l'une au-dessus de l'autre. Chacune de ces pièces est reliée aux souterrains d'Issus par un couloir creusé à même la pierre. Comme le temple du Soleil fait un tour complet sur lui-même dans le même temps que Barsoom accomplit une révolution circumsolaire, l'entrée de chaque chambre séparée vient en prolongement du couloir une fois l'an seulement : c'est là le seul moyen de communiquer avec le monde extérieur. Issus enferme là tous ceux qui lui déplaisent mais qu'elle ne veut pas faire exécuter sur-le-champ ; ou alors, pour punir un noble des Premiers-Nés, elle le fait mettre dans une de ces chambres pendant un an. Souvent, elle enferme avec un exécuteur des hautes œuvres chargé de le tuer sous une forme horrible un jour déterminé ; ou encore on ne dépose de provisions que pour une durée inférieure, calculée par Issus, et le condamné subit les tourments de l'angoisse devant un temps de nourriture insuffisant. C'est ainsi que Dejah Thoris mourra, et son destin sera fixé par le pied étranger qui franchira le seuil d'Issus.

Ainsi étais-je contré juste à la fin, alors que j'avais accompli des miracles et que j'étais parvenu tout près de ma divine princesse ; j'en étais, au fond, aussi loin que lorsque je me trouvais sur les rives de l'Hudson, à soixante-quinze millions de kilomètres de là !

CHAPITRE XXI

A travers flots et flammes

Les informations de Yersted me convainquirent qu'il n'y avait pas de temps à perdre. Il me fallait gagner le temple d'Issus secrètement, avant que les forces de Tars Tarkas n'en donnent l'assaut, à l'aube du lendemain. Une fois à l'intérieur de ces murs maudits, j'étais certain de pouvoir vaincre les gardes d'Issus et de leur arracher ma Princesse car j'avais derrière moi une force énorme, qui pouvait appuyer mon action

Dès que Carthoris et ses compagnons m'eurent rejoint, nous commençâmes le transfert des hommes, à travers le souterrain submergé, jusqu'à l'entrée des passages conduisant du bassin du sous-marin, situé à une extrémité du tunnel inondé — celle proche du temple —, jusqu'aux fosses d'Issus.

Plusieurs voyages furent nécessaires mais, à leur terme, tous étaient de nouveau réunis, en sécurité, au seuil de l'étape finale de notre recherche : nous étions cinq mille hommes, et tous étaient des guerriers endurcis, de la race des meilleurs combattants des Hommes Rouges barsoomiens.

Comme Carthoris était le seul à connaître les secrets des tunnels, nous ne pouvions nous diviser pour attaquer le temple en plusieurs endroits à la fois, comme il aurait été souhaitable. Aussi, nous décidâmes qu'il nous guiderait aussi vite que possible à un point proche du centre du temple.

Alors que nous étions sur le point de quitter le bassin et de pénétrer dans les boyaux, un officier attira mon attention sur les eaux où flottait le sous-marin ; au premier abord, elles donnaient l'impression d'être agitées comme par le mouvement d'un gros objet sous la surface, et je pensai aussitôt qu'un autre sous-marin, lancé à notre poursuite, remontait à la surface, mais bientôt il apparut clairement que le niveau de l'eau s'élevait, pas très vite mais sûrement, et que, rapidement, les parois du bassin seraient atteintes et que l'eau submergerait le sol de la salle.

Je ne réalisai pas, sur le moment, toutes les conséquences que cette élévation des eaux impliquait. C'est Carthoris qui en comprit toute l'importance : à la fois la cause et ce qu'il y avait derrière.

— Vite cria-t-il. Si nous tardons, nous sommes perdus ; les pompes d'Omean ont été arrêtées et cela pour nous noyer comme des rats. Il nous faut gagner le niveau supérieur des puits avant que l'eau ne l'atteigne, sinon nous n'arriverons jamais là-haut. Venez !

— Montre-nous le chemin, Carthoris, criai-je. Nous te suivons.

Sur mon ordre, le jeune homme bondit dans l'un des souterrains et, les soldats le suivirent par colonnes de deux, en bon ordre, chaque compagnie n'entrant que sur l'ordre de son dwar — son capitaine. Avant que la dernière compagnie ne quittât la salle, l'eau nous arrivaità la cheville et les hommes étaient visiblement inquiets. N'ayant aucune habitude de l'eau, sinon en très faible quantité, pour boire ou pour la toilette, les Martiens Rouges avaient un mouvement de recul instinctif devant des profondeurs aussi considérables et une activité si menaçante. Mais qu'ils ne se soient pas laisser impressionner, alors que les eaux tourbillonnaient en remous agités jusqu'à leur recouvrir les pieds, cela donne la mesure de leur bravoure et de leur discipline.

Je fus le dernier à quitter la salle du sous-marin. En suivant l'arrière de la colonne dans le souterrain, je vis que l'eau m'arrivait au genou. Le boyau était également inondé à la même hauteur, en effet, le sol était de niveau avec l'antre du sous-marin ; il ne commençait à s'élever perceptiblement qu'au bout de plusieurs mètres.

La progression de la troupe le long de ce couloir était aussi rapide que le permettait le passage d'un grand nombre d'hommes par une voie aussi étroite, mais elle était insuffisante pour gagner de vitesse la montée des eaux. A mesure que le souterrain montait, le niveau de l'eau s'élevait également et, fermant la marche, je me rendis vite compte qu'elle gagnait rapidement du terrain sur nous. La raison en était la suivante : l'étendue d'Omean se rétrécissant à mesure que l'eau s'élevait vers la pointe du dôme, la vitesse de la montée croissait en raison inverse de l'espace à occuper qui, lui, décroissait constamment.

Bien avant que le dernier de la colonne pût espérer atteindre les puits supérieurs, qui étaient situés au-delà de la zone dangereuse j'étais convaincu que les eaux déferleraient sur nous en énorme quantité et que plus de la moitié des hommes périraient noyés.

Alors que je me creusais la tête pour trouver quelque moyen de sauver le plus possible de ces hommes ainsi condamnés, j'aperçus sur ma droite un boyau, partant dans une direction divergente, qui paraissait monter selon une pente très forte. Les eaux bouillonnaient maintenant autour de ma taille. Les hommes juste devant moi s'abandonnaient à la panique. Il fallait faire quelque chose au plus vite sinon ils allaient se précipiter en avant sur leurs compagnons, dans une débandade démente qui entraînerait le piétinement de centaines d'hommes tombés dans les flots et pourrait même aboutir à boucher le souterrain, empêchant toute possibilité de retraite pour ceux qui étaient en avant.

Élevant la voix autant que je le pouvais je transmis mon ordre aux dwars qui cheminaient loin devant.

— Rappelez les vingt-cinq derniers utans ; il semble bien y avoir une issue par ici. Revenez et suivez-moi !

Mes ordres furent suivis par près de trente utans, de sorte que trois mille hommes arrivèrent et se hâtèrent de gagner la galerie que je leur désignais, tout en pataugeant dans les flots mouvants.

Comme le premier dwar y pénétrait avec son utan, je lui demandai de prêter une attention scrupuleuse à mes ordres, de ne s'aventurer à aucun prix à l'air libre, et de ne pas quitter les souterrains pour gagner le temple avant que je ne les aie rejoints, « A moins que vous ne sachiez que j'ai péri avant de pouvoir vous rejoindre », lui précisai-je.

L'officier salua et me laissa. Les hommes passèrent rapidement devant moi, pénétrèrent dans le souterrain qui — je l'espérais — nous mènerait loin du danger. L'eau était maintenant à hauteur de la poitrine. Les hommes trébuchaient, pataugeaient et s'engloutissaient. J'en rattrapai plusieurs, les remit sur leurs pieds, mais seul, le travail était disproportionné. Des soldats étaient happés par l'eau qui montait en un torrent bouillonnant et ils ne réapparaissaient plus. A la fin, le dwar du 10e utan vint se placer à côté de moi.

C'était un soldat valeureux, du nom de Gur Tus. Tous deux, nous parvînmes à maintenir la troupe, maintenant complètement paniquée, dans un semblant d'ordre, portant secours à de nombreux hommes qui se seraient noyés autrement.

Djor Kantos, le fils de Kantos Kan, padwar du 5e utan, se joignit à nous quand son utan atteignit l'ouverture par laquelle les hommes fuyaient. De ce moment, il n'y eut plus un seul homme de perdu parmi les centaines qui devaient encore passer du souterrain principal dans le passage qui bifurquait.

Au moment où le dernier utan défilait devant nous, l'eau avait atteint notre cou, mais nous avions joint nos mains, ce qui nous aida à tenir jusqu'au bout, jusqu'à ce que le dernier homme soit passé dans ce boyau relativement plus sûr. Nous y rencontrâmes tout de suite une forte pente ascendante, de sorte qu'après une centaine de mètres nous avions atteint un point situé au-dessus du niveau des eaux.

Pendant quelques minutes encore, nous continuâmes à gravir rapidement la pente raide, qui nous menait — du moins je l'espérais — jusqu'aux puits supérieurs accédant directement au temple d'Issus. Mais j'allais bientôt éprouver un douloureux désappointement.

En effet, venant de loin par-devant, j'entendis tout à coup « Au feu ! » suivi presque aussitôt par des cris de terreur et par les ordres que hurlaient des dwars et des padwars qui tentaient manifestement de soustraire leurs hommes à un grave danger. L'information parvint enfin jusqu'à nous : « Ils ont mis le feu aux puits, en avant ! » « Nous sommes cernés, avec les flammes devant nous et l'eau par-derrière ! » « Au secours, John Carter ! Nous étouffons ! » et, subitement, balayée jusqu'à nous, en bout de colonne, une vague de fumée dense nous fit nous sauver, tout chancelants et aveuglés, dans une retraite éperdue et suffocante !

Il n'y avait rien d'autre à faire que de chercher une nouvelle voie de salut. Le feu et la fumée étaient bien plus dangereux encore que l'eau, aussi me précipitai-je dans la première galerie qui, tout en montant, nous éloignait, de cette fumée asphyxiante nous submergeant littéralement.

Je me tins à nouveau sur le côté, tandis que les soldats se hâtaient d'emprunter le nouvel itinéraire. Deux mille hommes étaient peut-être passés, à un pas rapide, quand leur défilé cessa, mais je n'étais pas certain que tous les hommes qui n'avaient pas dépassé le lieu où avait éclaté l'incendie avaient été sauvés. Afin de m'assurer que pas un pauvre diable n'était resté là-bas, condamné à une mort horrible, sans secours, je courus rapidement dans la galerie en direction des flammes, que je distinguais loin devant, par la lueur qu'elles dégageaient.

Il faisait horriblement chaud et l'air était presque irrespirable, mais je parvins enfin à un point où la lueur était assez vive pour que je puisse constater qu'aucun soldat d'Hélium ne se trouvait entre le lieu du sinistre et l'endroit où je me tenais. Il m'était impossible de dire s'il n'en était pas resté quelques-uns juste à l'endroit où les flammes avaient jailli ou au-delà, mais cela, personne n'aurait pu le dire, puisque aucun des témoins de cet incendie diabolique, d'origine chimique, n'avait pu revenir en arrière.

Mon sens du devoir étant satisfait, je fis demi-tour et courus rapidement pour reprendre le souterrain par où mes hommes étaient passés. Mais, à ma grande horreur, je m'aperçus que ma progression dans cette direction était impossible : l'entrée de la galerie adjacente se trouvant maintenant fermée par une grille massive faite de barreaux d'acier, laquelle s'était manifestement abattue d'une position d'attente en surplomb, pour me couper toute retraite.

A la lumière de ce qui s'était passé, jusque-là, il était clair que nos principaux mouvements étaient connus des Premiers-Nés : rien ni l'attaque la veille par la flotte, ni l'arrêt des pompes à un moment crucial, ni le déclenchement d'une combustion chimique précisément dans la galerie par laquelle nous progressions vers le temple d'Issus, rien de tout cela ne pouvait être le fait du hasard. Tout cela était manifestement calculé.

Mais, cette grille d'acier abaissée pour obturer un accès et m'empêcher de gagner une galerie prouvait que des yeux invisibles suivaient tous nos mouvements à chaque instant. Quelle chance avais-je, dans ces conditions, de pouvoir porter secours à Dejah Thoris, si je devais combattre des adversaires qui restaient invisibles ? Je me reprochai mille fois de m'être laissé piéger dans cette souricière, maintenant que je savais à quel point ces galeries étaient dangereusement préparées en cas d'attaque. Je comprenais qu'il aurait bien mieux valu garder nos forces intactes et groupées, pour attaquer le temple à partir de la vallée, nous confiant à la chance et à notre habileté éprouvée pour dominer les Premiers-Nés et mener à bien la libération de Dejah Thoris.

La fumée, toujours dense, m'obligeait à reculer de plus en plus dans le boyau principal, vers l'eau que je pouvais entendre glouglouter dans l'obscurité. Mes hommes avaient emporté la dernière torche et les parois du tunnel n'étaient plus phosphorescentes, comme dans les niveaux inférieurs. Ce dernier point m'assurait que je n'étais pas loin des puits supérieurs, qui se trouvaient juste en dessous du temple.

Je sentis enfin que je barbotais de nouveau dans l'eau. Derrière moi, la fumée était très épaisse. Il n'y avait qu'une chose à faire, il fallait choisir la mort la plus simple. Je continuai donc à progresser dans le souterrain jusqu'à ce que les eaux glacées d'Omean se referment autour de moi et me mis à nager dans cette obscurité totale, mais vers quelle destination ?

L'instinct de conservation est très fort en nous, même lorsque la personne, ne ressentant aucune frayeur et en pleine possession de toute ses facultés de raisonnement, sait pertinemment que la mort, réelle et intangible, est là, tout près. Je me mis donc à nager, lentement, m'attendant à sentir ma tête toucher le sommet de la paroi, ce qui indiquerait que j'avais atteint le point ultime de ma fuite et l'endroit où je m'enfoncerais à tout jamais dans une tombe anonyme.

A ma grande surprise, je me heurtai à un mur avant d'avoir atteint l'endroit où l'eau rejoindrait le plafond du boyau. Pouvais-je m'être trompé ? Non, j'étais bien arrivé à la tranchée principale, pourtant il y avait un espace libre entre le niveau de l'eau et la paroi rocheuse formant un plafond. Je pouvais respirer. J'empruntai alors la galerie principale, en suivant la direction dans laquelle Carthoris s'était enfoncé, une demi-heure auparavant, avec la tête de la colonne. Je continuai à nager, le cœur de plus en plus léger à chaque brasse, car je savais que je me rapprochais sans cesse du point à partir duquel il serait impossible que l'eau soit plus profonde qu'à l'endroit où je me trouvais. J'étais certain de pouvoir bientôt reprendre pied et d'avoir de nouveau la possibilité de tenter d'atteindre le temple d'Issus et, la belle prisonnière qui y languissait.

Mais, alors que mon espoir avait atteint son apogée, je ressentis un choc soudain de ma tête contre la paroi supérieure. C'était le pire qui pût m'arriver ! J'avais atteint un de ces rares endroits où un tunnel martien plonge subitement à un niveau plus bas. Je savais qu'il reprenait son niveau normal plus loin, mais sur quelle distance formait-il de la sorte un siphon complètement immergé ?

Il n'y avait qu'un seul moyen de le savoir, laissant un mince espoir. Je le saisis. Prenant une large goulée d'air, les poumons remplis au maximum, je plongeai sous la paroi et nageai dans cette eau noire comme de l'encre. De temps à autre, je levais une main pour tâter le haut du tunnel, mais je le trouvais toujours plongé dans l'eau.

Je ne pouvais pas tenir beaucoup plus longtemps : mes poumons éclataient. Je me sentis presque succomber, mais aucun retour n'était plus possible, car j'avais été très loin vers l'avant. Je savais pertinemment que je ne tiendrais pas, à essayer de retrouver l'endroit où le siphon commençait. La mort me regardait en face ; je ne vois aucun moment de ma vie où j'eusse si distinctement senti le souffle glacé de ses lèvres mortes sur mon front.

Je fis encore un effort désespéré, avec mes forces évanescentes. Je remontai une dernière fois, privé de toute énergie, et mes poumons torturés respirèrent ce qui risquait fort d'être un étrange élément engourdissant, mais de cela, je sentis un air frais, vivifiant s'engouffrer dans mes narines et emplir mes poumons agonisants.

Encore quelques brasses et j'atteignis un endroit où j'avais pied ; puis, très vite, je sortis complètement de l'eau. Je me mis à courir comme un fou, à la recherche de la première ouverture qui me menât à Issus. Si je ne pouvais plus sauver ma Dejah Thoris, j'étais en tout cas décidé à venger sa mort ; rien ne pourrait me satisfaire davantage que d'ôter la vie à ce démon incarné, cause de souffrances incommensurables sur Barsoom.

Plus tôt que je ne l'avais imaginé, je parvins à ce qui me paraissait être une entrée directe dans le temple situé au-dessus. Elle était à droite du couloir qui continuait, vraisemblablement, vers d'autres accès donnant sur des parties différentes de l'édifice.

Je n'avais aucune préférence : je n'avais pas la moindre idée de l'endroit où chacun de ces accès pouvait bien conduire. Aussi, sans plus attendre de risquer d'être découvert, je parcourus rapidement les derniers mètres du plan incliné et ouvris toute grande la porte que j'avais sous les yeux.

Le vantail pivota lentement vers l'intérieur et, avant qu'on ne pût me le claquer au nez, je bondis au milieu de la salle qui s'ouvrait là. Bien que ce ne fût pas encore l'aube, les lieux étaient brillamment éclairés. Son unique occupant était étendu sur un lit bas, du côté opposé, apparemment endormi. Les tentures et le splendide mobilier m'amenèrent à penser qu'il s'agissait d'une pièce réservée à une prêtresse, voire à Issus elle-même !

A cette pensée, mon sang se mit à bouillir dans mes veines. Qui sait si la chance n'avait pas été magnanime jusqu'à placer entre mes mains la hideuse créature seule et sans gardes. Avec elle en otage, je pourrais obtenir tout ce que je demanderais.

J'approchai à pas de loup du personnage couché, venant tout doucement, de plus en plus près ; mais je n'avais parcouru que la moitié de la chambre quand la silhouette se dressa et, tandis que je bondissais, elle se leva et me fit face.

Tout d'abord, une expression de terreur envahit la physionomie de cette femme qui me regardait. Elle laissa place à la plus vive incrédulité, puis à l'espoir, enfin à la gratitude.

Mon cœur bondit dans ma poitrine alors que je m'avançais vers elle les larmes me montèrent aux yeux, et les mots, qui voulaient couler dans un véritable torrent s'étranglèrent dans ma gorge, tandis que j'ouvrais tout grands mes bras dans lesquels, enfin, venait de nouveau se blottir la femme que j'aimais, Dejah Thoris, princesse d'Hélium.

CHAPITRE XXII

Victoire et défaite

— John Carter, John Carter ! sanglotait-elle, sa chère tête sur mon épaule, même maintenant, je peux à peine en croire le témoignage de mes yeux. Quand la jeune fille, Thuvia, m'a dit que tu étais de retour sur Barsoom, je l'ai écoutée et crue mais sans réaliser, car il me semblait qu'un tel bonheur était impossible à qui avait souffert dans une solitude silencieuse durant tant d'années. A la fin, quand je compris que c'était vrai, j'étais prisonnière dans cet affreux endroit et je me mis à douter que tu puisses jamais m'atteindre ici.

Les jours ont passé et lune après lune ont défilé sans apporter la moindre rumeur à ton propos ; alors je me suis résignée à mon destin. Et maintenant que tu es là, je peux à peine y croire. Il y a une heure, j'ai entendu des bruits de bataille dans le palais. J'ignorais ce qu'ils signifiaient mais j'espérais contre tout espoir que c'étaient les hommes d'Hélium conduits par mon prince bien-aimé.

— Et dis-moi, qu'en est-il de Carthoris, notre fils ?

— Il était avec moi il y a moins d'une heure, Dejah Thoris, répondis-je. Ce doit être lui et ses hommes que tu as entendus en train de se battre, à l'intérieur de l'enceinte du temple. Mais où donc est Issus ? m'écriai-je tout à coup.

Dejah Thoris haussa les épaules.

— Elle m'a fait transférer dans cette pièce, sous bonne garde, avant que les combats ne commencent dans le temple. Elle a dit qu'elle me ferait appeler un peu plus tard. Elle paraissait très irritée et un tant soit peu effrayée. Je ne l'avais jamais vue agir d'une façon aussi indécise et presque sous le coup de la terreur. Je sais maintenant que la cause en était l'information selon laquelle John Carter, prince d'Hélium, approchait pour lui demander compte de l'emprisonnement de sa princesse.

Des bruits de lutte, le cliquetis des armes entrechoquées, des cris et des pas précipités nous parvenaient de diverses parties du temple. Je savais que l'on avait besoin de moi, là-bas, mais je ne voulais pas laisser Dejah Thoris, ni ne désirais l'amener au milieu de l'agitation et des dangers de la bataille.

Tout d'un coup, je me souvins des souterrains d'où j'arrivais. Pourquoi ne pas l'y cacher jusqu'à ce que je revienne la chercher afin de l'arracher, en toute sécurité et pour toujours, de cet endroit abominable ? Je lui fis part de cette idée.

Pendant un moment elle se pelotonna encore plus contre moi.

— Je ne supporte pas l'idée de me trouver séparée de toi, même un instant, John Carter, dit-elle. Je frémis à l'idée de me retrouver seule et que cette terrible créature puisse me découvrir à nouveau. Tu ne la connais pas. Personne n'est capable d'imaginer la cruauté féroce dont j'ai été témoin dans ses actes quotidiens, pendant une demi-année. Il m'aura fallu tout ce temps pour concevoir même des choses que j'ai vues de mes propres yeux.

— Je ne te laisserai pas, ma princesse, répondis-je.

Elle resta ainsi silencieuse un moment, puis me prit le visage et l'attira pour y déposer un baiser.

— Va, John Carter ! dit-elle. Notre fils est là-bas ainsi que les soldats d'Hélium, qui combattent pour la princesse d'Hélium. C'est là ta place, tu dois y être. Je ne dois pas penser à moi, maintenant, mais à eux et au devoir de mon époux. Il ne faut pas que je me mette en travers du chemin. Cache-moi dans les souterrains et va !

Je la menai à la porte par laquelle j'avais fait mon entrée. Je pressai sa chère personne contre moi et puis, quoique cela me broyât le cœur et me remplît de sombres pressentiments, je lui fis franchir le seuil, l'embrassai une nouvelle fois, et refermai la porte derrière elle.

Sans plus hésiter, je me précipitai hors de la salle attiré par le vacarme. J'arrivai sur les lieux où se déroulait une lutte acharnée, après avoir traversé cinq ou six pièces. Les Noirs étaient massés à l'entrée d'une vaste salle, essayant de bloquer l'avance d'un groupe d'Hommes Rouges en direction de l'enceinte sacrée du temple.

Venant de l'intérieur, je me trouvais derrière les Noirs et, sans attendre d'avoir évalué leur nombre ni considéré la folie de mon aventure, je chargeai rapidement à travers le groupe, tombant sur eux, sans crier gare, les prenant à revers avec ma longue épée acérée.

En frappant le premier coup, je criai bien fort : « Pour Hélium ! » Et puis, je taillai et taillai encore dans le tas des guerriers surpris ; les Rouges, stupéfaits, reprirent courage en entendant mon cri et redoublèrent d'efforts, en hurlant « John Carter ! John Carter ! » L'attaque était venue avec une telle fureur que, avant que les Noirs aient eu le temps de se reprendre, leurs rangs se trouvèrent brisés et les Hommes Rouges avaient investi la place.

Si un chroniqueur compétent s'était trouvé dans cette salle pour assister à la bataille, son récit serait devenu pour Barsoom un témoignage de la sauvagerie primitive de ses habitants ô combien belliqueux. Cinq cents hommes se battirent ce jour-là, Homme Noirs contre Homme Rouges. Aucun d'entre eux ne faisait de quartier ni n'en demandait ! Comme d'un commun accord, ils combattirent, comme si l'enjeu en était de déterminer, une fois pour toutes, leur droit de vivre, en le basant sur la loi de survie du plus habile ou du plus fort.

Je pense que nous savions tous que de ce combat dépendrait la position relative que ces deux races occuperaient à tout jamais sur Barsoom. C'était le combat entre l'ancien monde et le nouveau, mais je dois dire que je ne me suis pas posé cette question. Avec Carthoris à mes côtés, je combattais tout simplement avec les Hommes Rouges de Barsoom et pour leur émancipation totale, hors de la servitude étouffante établie par d'abominables superstitions.

La marée humaine déferla et reflua dans cette pièce, jusqu'à ce que le sol fût recouvert de sang, montant jusqu'à la cheville, et que les morts fussent en si grand nombre que, la moitié du temps, il fallait monter sur leurs corps pour combattre. Comme le centre de gravité se déplaçait vers les fenêtres donnant sur les parcs, un coup d'œil me donna un frisson de jubilation.

— Regardez ! criai-je, hommes des Premiers-Nés, voyez !

Le combat cessa un instant et, d'un accord tacite,

tous les yeux se tournèrent dans la direction que j'avais indiquée.

Ce que virent les Premiers-Nés, pas un seul n'eût osé imaginer que cela fût possible ! Dans les jardins, d'un bout à l'autre, s'étendait une ligne ondulante et indécise de guerriers noirs avec, par-derrière, les forçant sans cesse à reculer, une grande horde de guerriers verts montés sur leurs énormes thoats. Au moment précis où nous les regardions, l'un de ces Verts, plus féroce et plus terrifiant encore que ses compagnons, arriva, venant de plus loin derrière, en hurlant quelques ordres violents à sa terrible légion.

C'était Tars Tarkas, jeddak de Thark. Il inclina son immense lance de douze mètres à l'horizontale et ses guerriers l'imitèrent. Nous comprîmes alors quel avait dû être son ordre : vingt mètres à peine les séparaient de la ligne des défenseurs noirs. Un autre commandement et, poussant une clameur sauvage, un cri de bataille terrifiant, les guerriers verts chargèrent. La ligne des Noirs sembla tenir un instant, puis les bêtes farouches portant leurs cavaliers, tout aussi terribles, traversèrent de part en part la ligne des défenseurs, complètement disloquée.

Les utans d'Homme Rouges les suivirent, en se succédant, vague après vague. Les hordes vertes, elles, se dispersèrent pour se répartir tout autour du temple, tandis que les Rouges faisaient l'assaut de l'intérieur.

Nous autres nous retournâmes alors pour reprendre notre combat, mais nos adversaires avaient disparu.

Ma première pensée fut pour Dejah Thoris. J'appelai Carthoris, lui appris que j'avais retrouvé sa mère, et nous partîmes en courant vers la salle où je l'avais laissée, mon fils me suivant de près. Nous étions accompagnés par le petit groupe des hommes ayant survécu à notre sanglant affrontement.

Sitôt que nous eûmes pénétré dans la pièce, je vis que l'on y était entré après mon départ. Une robe de soie était jetée à même le sol, alors qu'elle n'y était pas auparavant. Il y avait aussi une dague et plusieurs ornements de métal éparpillés, comme s'ils s'étaient trouvés arrachés à leur propriétaire au cours d'une lutte. Mais, pire que tout, la porte donnant sur les souterrains, où j'avais dit à ma princesse de sa cacher, était entrebâillée.

Je ne fis qu'un bond jusqu'à celle-ci, et, l'ouvrant toute grande avec brusquerie, je me ruai de l'autre côté. Dejah Thoris avait disparu ! Je l'appelai à voix haute, sans arrêt, mais n'obtins aucune réponse. Je crois qu'en cet instant je frôlai les limites de la folie. Je ne me rappelle pas ce que j'ai pu dire alors mais je sais qu'alors une furie démente me saisit.

— Issus ! criai-je, Issus ! Où est donc Issus ? Cherchez-la-moi dans tout le temple, mais n'y portez pas la main, seul John Carter en a le droit. Carthoris, où sont les appartements d'Issus ?

— Par ici ! s'écria-t-il et, sans même s'assurer que je l'avais entendu, il se précipita comme une flèche dans les parties basses du palais.

Mais, aussi rapide soit-il, j'étais derrière lui, à le presser encore davantage.

Nous finîmes par arriver devant une porte sculptée, par laquelle Carthoris s'élança, me précédant seulement d'un mètre. A l'intérieur d'une grande salle, je vis la répétition d'une scène que j'avais déjà connue par deux fois : Issus, sur son trône, avec ses esclaves allongées à ses pieds et, l'entourant comme derrière une barrière, plusieurs rangs de guerriers.

Nous fûmes tellement vite sur eux que nous ne laissâmes guère de temps à ces derniers de réaliser ce qui arrivait ! D'un seul mouvement tranchant, j'opérai une percée dans le rang frontal ; puis, par le seul poids donné par mon élan, je défonçai complètement les deux autres rangs, bondissant sur l'estrade à côté du trône en sorapus ciselé.

La repoussante créature, toute recroquevillée de terreur, tenta de m'échapper et sauta vers une trappe derrière elle ; mais, cette fois, je ne fus pas dupe d'un aussi piètre subterfuge. Elle n'était pas à mi-chemin que je la saisis par un bras et, comme je voyais les gardes se rassembler pour me sauter dessus de toutes les directions à la fois, je sortis brusquement ma dague. La tenant à deux doigts de son affreuse poitrine, j'ordonnai à l'assistance de ne pas faire un pas dans notre direction.

— Arrière ! leur criai-je. Arrière ! Au premier pied qui se pose sur ce podium, ma dague se plante dans le cœur d'Issus.

Ils hésitèrent un instant et un oficier leur intima l'ordre de reculer. Par l'antichambre extérieure, un millier d'Hommes Rouges se déversèrent dans la salle, à la suite de mon groupe de survivants. Kantos Kan, Hor Vastus et Xodar les commandaient.

— Où est Dejah Thoris ? hurlai-je à l'intention de l'être que j'avais en mon pouvoir.

Elle riboula des yeux en les portant sur le spectacle qui s'offrait en contrebas. J'eus l'impression qu'il lui fallait un certain temps pour comprendre que le temple était tombé et se faire à l'idée que les assaillants du monde extérieur l'avaient emporté. Quand elle fut enfin pénétrée que c'était bel et bien arrivé, le choc fut horrible. Elle comprit les implications : la perte de son pouvoir, l'humiliation, l'étalage au grand jour de la supercherie et de l'imposture, qu'elle avait si longuement entretenue auprès de son propre peuple.

Il ne manquait qu'une seule chose pour compléter la réalité de ce qu'elle voyait. Elle fut apportée par le personnage le plus élevé, après elle, de son royaume, par le grand prêtre de sa religion, également premier ministre de son gouvernement.

— Issus, déesse de la mort et de la vie éternelle, s'écria-t-il, déploie la puissance de ton juste courroux, laisse-lui libre cours et d'un seul geste de ta main omnipotente, terrasse tes blasphémateurs ! Que nul n'y échappe. Issus, ton peuple compte sur toi et n'existe que par toi. Fille de la lune proche, tu as la toute-puissance et toi seule peux sauver ton peuple. J'ai dit ! Nous attendons ta volonté. Frappe !

Ce fut à ces mots que sa folie s'exprima. Je n'agrippai plus qu'une masse hurlante, bredouillante et démente. Puis, elle éclata d'un rire strident et sinistre, à glacer le sang dans les veines. Les esclaves poussèrent des clameurs et se sauvèrent, effrayées. La chose bondit après elles, grinçant des dents et elle leur cracha dessus.

Dieu, quel horrible spectacle !

A la fin, après l'avoir rattrapée, je la secouai fortement dans l'espoir de lui rendre un moment de lucidité.

— Où est Dejah Thoris ? criai-je à nouveau.

L'affreuse créature entre mes griffes marmotta un moment de manière inarticulée, puis un éclair soudain de ruse illumina ses ignobles petits yeux rapprochés.

— Dejah Thoris ? Dejah Thoris ?

Un rire strident, inhumain, transperça une nouvelle fois nos oreilles.

— Oui ! Dejah Thoris... je sais. Et Thuvia et Phaïdor, fille de Mataï Shang. Toutes trois aiment John Carter. Oh ! c'est comique ! Elles vont pouvoir méditer ensemble pendant toute une année durant la rotation du temple du Soleil. Mais, il n'y a pas à manger pour tout ce temps. Oh ! Oh ! quel spectacle divin ! et elle passa la langue sur ses affreuses lèvres. Il n'y aura plus de nourriture, elles n'auront plus qu'à se manger entre elles !

L'horreur de cette idée me paralysa presque. Cette démoniaque créature, maintenant en mon pouvoir, avait condamné ma princesse à cette effroyable destinée. Je tremblais de rage, me sentant devenir moi-même féroce. Comme un fox-terrier secoue un rat qu'il a attrapé, je secouai Issus, déesse de la vie éternelle, en m'écriant :

— Annulez vos ordres ! Rappelez les condamnées, vite, ou vous mourrez !

— C'est trop tard ! Ah ! ah !

Et elle reprit son bredouillis et ses cris inarticulés.

Ma dague allait s'abattre et lui transpercer son cœur abject, presque malgré moi, mais quelque chose me retint la main et je suis content, maintenant, qu'il en ait été ainsi. Il doit être affreux d'avoir tué une femme de sa main. Mais une autre fin bien plus terrible encore me vint à l'idée pour cette fausse divinité.

— Premiers-Nés ! m'écriai-je, en me tournant vers tous ceux qui se trouvaient là, vous avez pu constater l'impuissance totale d'Issus, or les dieux sont tout-puissants, donc Issus n'est nullement d'essence divine. Ce n'est qu'une maudite vieille bonne femme qui vous a tous abusés et dupés pendant des siècles et des siècles. Prenez-la ! John Carter, prince d'Hélium, ne veut pas souiller ses mains de son sang.

Et, sur ces mots, je repoussai cette bête de proie, qu'un peuple entier adorait moins d'une demi-heure avant comme divine. Je l'envoyai rouler au bas de l'estrade supportant son trône, entre les doigts crochus de son peuple trahi et assoiffé de vengeance.

Repérant Xodar parmi les officiers des Hommes Rouges, je l'appelai pour qu'il m'accompagne immédiatement au temple du Soleil. Et, sans attendre de savoir quel sort les Premiers-Nés avaient réservé en guise de vengeance à leur déesse, je sortis précipitamment de la salle avec lui, Carthoris, Hor Vastus, Kantos Kan et une demi-douzaine d'autres nobles rouges.

Le Noir traversa rapidement les salles du temple et pénétra dans la cour intérieure : c'était une grande place circulaire recouverte d'un marbre transparent d'un blanc opalescent d'une grande beauté. Devant nous s'élevait un temple en or, dont la forme et la décoration étaient des plus somptueuses, tout serti de diamants, de rubis, de saphirs, de turquoises, d'émeraudes et de milliers d'autres pierres précieuses typiquement martiennes qui n'ont pas de nom chez nous, dépassant en beauté et en pureté, par leur chatoiement, les bijoux les plus rares de la Terre.

— Par ici ! cria Xodar, en nous menant vers l'entrée d'un tunnel ouvrant dans le jardin, auprès du temple lui-même.

Nous nous apprêtions à y pénétrer et à commencer la descente, quand une sourde détonation se fit entendre du côté du temple d'Issus que nous venions juste de quitter. Un Homme Rouge, Djor Kantos, fadwar du 5e utan, surgit d'une porte toute proche et nous cria de revenir.

— Les Noirs viennent de mettre le feu au temple, cria-t-il. Il brûle en mille endroits. Hâtez-vous de gagner les jardins extérieurs ou vous êtes perdus !

Tandis qu'il parlait, nous vîmes la fumée sortir en épaisses volutes d'une douzaine de fenêtres donnant dans le jardin du temple du Soleil, et, loin au-dessus du minaret le plus élevé d'Issus, un panache de fumée grossissait.

— Revenez ! Revenez ! criai-je à ceux qui m'avaient accompagné. Où est le chemin ? Xodar, montre-moi le chemin et laisse-moi, je retrouverai seul ma princesse.

— Suis-moi, John Carter ! répondit Xodar, et, sans attendre ma réponse, il se rua dans le tunnel qui se trouvait à nos pieds.

Sur ses talons, je courus en dévalant une demi-douzaine de galeries en étages jusqu'à ce qu'il me conduise à un niveau de plain-pied au fond duquel j'aperçus une pièce éclairée.

Des barreaux massifs arrêtaient notre progression mais, au-delà j'aperçus mon incomparable princesse et, avec elle, Thuvia et Phaïdor. Quand elle me vit, elle se précipita contre la grille qui nous séparait. La chambre avait déjà tourné de son rythme lent si bien que seule une portion de l'ouverture ménagée dans le mur du temple se trouvait en face de l'extrémité de la galerie d'accès fermée par une grille. Cet intervalle s'amenuisait de plus en plus. Ce ne serait bientôt plus qu'une fente étroite qui, elle-même, disparaîtrait : la chambre effectuerait sa lente rotation pendant une longue année barsomienne, jusqu'à ce qu'elle se trouve de nouveau face à l'extrémité de la galerie le temps d'une seule brève journée.

Mais, entre-temps, quels horribles événements pouvaient se produire dans cette chambre !

— Xodar ! criai-je, n'y a-t-il pas un moyen, quelque chose de plus puissant, qui puisse arrêter cet abominable mouvement de rotation ? N'y a-t-il personne qui détienne le secret de ces horribles barreaux et qui permette de les ouvrir ?

— Personne, je le crains, que l'on puisse atteindre à temps, du moins. Mais je vais quand même essayer. Attendez-moi ici.

Après son départ, je me plaçai devant la grille et me mis à causer avec Dejah Thoris, qui me tendit sa chère main à travers ces cruels barreaux pour que je puisse la tenir ainsi jusqu'au dernier moment.

Thuvia et Phaïdor vinrent également vers nous, mais, quand la première sentit que nous voulions être seuls, elle se retira à l'autre bout de la pièce. Par contre, l'attitude de la fille de Mataï Shang fut tout autre.

— John Carter, dit-elle. C'est la dernière fois que tu nous vois. Dis-moi que tu m'aimes et je mourrai heureuse.

— Je n'aime que la princesse d'Hélium, répondis-je calmement. Je regrette, Phaïdor, mais c'est ainsi et je te l'ai dit dès le début.

Elle se mordit les lèvres et s'en retourna. Mais j'eus le temps de voir le vilain coup d'œil, plein de noirceur, qu'elle jeta à Dejah Thoris. Puis elle se tint un peu à l'écart, mais pas aussi loin que je l'aurais désiré car j'avais bien des confidences à faire à mon amour, que j'avais perdu depuis si longtemps.

Nous nous tînmes ainsi quelques minutes, à parler à voix basse pendant que l'ouverture diminuait progressivement. Elle serait bientôt trop étroite pour pouvoir laisser passer même le bras menu de ma princesse. Oh ! Mais que faisait donc Xodar ? Pourquoi ne se hâtait-il pas ! Nous pouvions entendre, au-dessus, les échos lointains d'un grand tumulte : c'était la multitude des Noirs, des Rouges et des Verts qui tentaient de se frayer un chemin dans l'incendie du temple d'Issus.

Un courant d'air, venu d'en haut, apporta une odeur de fumée à nos narines. Puis, tandis que nous attendions Xodar, la fumée s'épaissit de plus en plus. Une voix forte nous parvint bientôt de l'autre bout du tunnel, ainsi qu'un bruit de pas précipités.

— Revenez, John Carter, revenez ! criait la voix. Même les souterrains sont en feu !

Un instant après une douzaine d'hommes vinrent à mes côtés, surgissant du nuage de fumée qui nous aveuglait. Carthoris, Kantos Kan, Hor Vastus et Kodar étaient là, avec quelques-uns de ceux qui m'avaient suivi dans la cour du temple.

— Plus aucun espoir n'est permis, John Carter, cria Xodar. Le porteur des clés est mort et son trousseau n'était pas sur son cadavre. Notre seul espoir est d'arriver à éteindre cet incendie et de faire confiance au destin pour qu'il rende dans un an notre princesse saine et sauve. J'ai apporté suffisamment de nourriture pour que les trois femmes puissent tenir tout ce temps. Quand cette fente se refermera, la fumée ne pourra plus les atteindre et si nous nous hâtons d'éteindre le feu, je crois qu'elles vivront.

— Alors, partez et prenez les autres avec vous, répliquai-je. Pour ma part, je resterai ici, aux côtés de ma princesse jusqu'à ce qu'une mort miséricordieuse vienne me délivrer de mon angoisse. Je ne désire pas vivre !

Alors que je parlais ainsi, Xodar lançait un grand nombre de petites boîtes de conserve dans la cellule. La fente ne fut bientôt plus que quelques centimètres. Dejah Thoris se tenait aussi près de moi qu'il était possible murmurant à mon intention des mots d'espoir et de courage, m'engageant à me sauver au plus vite.

Soudain, je vis derrière elle le joli visage de Phaïdor déformé par un rictus exprimant la méchanceté et la haine. Lorsque mes yeux rencontrèrent les siens, elle s'adressa à moi :

— Ne crois pas, John Carter, que tu peux rejeter aussi légèrement l'amour de Phaïdor, fille de Mataï Shang. N'espère pas non plus qu'il te sera un jour possible de tenir de nouveau ta Dejah Thoris dans tes bras. Attends donc cette longue, interminable année, mais sache que, l'attente terminée, ce seront les bras de Phaïdor qui t'accueilleront et non pas ceux de la princesse d'Hélium. Tiens, regarde ! elle meurt !

Et, ayant prononcé ces mots, je la vis lever très haut une dague... mais, au même moment, j'aperçus une autre silhouette. C'était celle de Thuvia. Tandis que le poignard s'abattait sur la poitrine sans protection de ma bien-aimée, Thuvia était presque entre les deux rivales. Une bouffée aveuglante de fumée vint masquer la tragédie qui se déroulait dans cette cellule effrayante. Un cri fut poussé, un seul cri, au moment où la dague s'abattait.

La fumée se dissipa, mais nous nous trouvâmes devant un mur nu : la fente s'était refermée et pendant une longue, très longue année martienne, cette horrible chambre dissimulerait son secret au regard des hommes.

On me pressa de quitter ces lieux.

— Dans un instant il sera trop tard, s'écria Xodar. Il est déjà trop tard, à vrai dire, mais nous avons encore une chance infime de pouvoir encore maintenant gagner les jardins extérieurs. J'ai ordonné que les pompes soient remises en route : dans cinq minutes les souterrains seront inondés. Si nous ne voulons pas être noyés comme des rats pris dans un piège, nous devons gagner au plus vite les étages supérieurs et nous ruer à travers le temple en feu.

— Partez ! les pressai-je, et laissez-moi mourir ici, près de ma princesse. Je n'ai plus aucun espoir de bonheur ailleurs. Dans une année, quand on sortira de ce terrible endroit le corps adoré de ma princesse, on trouvera le corps de son seigneur qui l'attendra.

Je ne conserve qu'une impression confuse de ce qui arriva ensuite. Il me semble que je me débattis, luttant contre plusieurs hommes à la fois, puis que mon corps fut soulevé et emmené au loin. Je ne sais pas. Je n'ai jamais demandé ce qui s'était passé, et aucun de ceux qui étaient présents ce jour-là n'a osé raviver mon chagrin en me rappelant ces dramatiques circonstances, sachant que cela ne ferait que rouvrir la blessure profonde que j'ai au cœur.

Ah ! si je pouvais simplement ne savoir qu'une seule chose, quel fardeau insoutenable serait ôté de mes épaules ! Mais, quelle belle poitrine la dague de l'assassin a-t-elle frappée, seul le temps le révélera !

Table des matières

COLLECTION « ÉPÉES ET DRAGONS »

LE CYCLE DE SKAITH
Leigh Brackett

Le Secret de Skaith
Les Chiens de Skaith
Les Pillards de Skaith

LE CYCLE DE THONGOR
Lin Carter

Thongor et la Cité des Dragons
Thongor et la Cité de la Flamme
Thongor à la Fin des Temps

LE CYCLE DU GUERRIER DE MARS
Michael Moorcock

La Cité de la Bête
Le Seigneur des Araignées
Les Maîtres de la Fosse

LE CYCLE DE MARS
Edgar Rice Burroughs

Une Princesse de Mars

LA COMPOSITION, L'IMPRESSION ET LE BROCHAGE DE CE LIVRE
ONT ÉTÉ EFFECTUÉS PAR LA SOCIÉTÉ NOUVELLE FIRMIN-DIDOT
POUR LE COMPTE DES ÉDITIONS ALBIN MICHEL
ACHEVÉ D'IMPRIMER LE 9 MARS 1988

Imprimé en France
Dépôt légal : mars 1988
N° d'édition 10079 – N° d'impression : 9082